HEDWIG COURTHS-MAHLER

Der verhängnisvolle Brief

HEDWIG COURTHS MAHLER

Der verhängnis-volle Brief

WELTBILD VERLAG

Genehmigte Lizenzausgabe für
Weltbild Verlag GmbH, Augsburg 1997

Einbandgestaltung: Peter Engel, München
Umschlagfoto: Superbild, München
Gesamtherstellung: Presse-Druck Augsburg
Printed in Germany
ISBN 3-7951-1442-X

I

Es war einige Jahre vor dem Ersten Weltkrieg. Hasso von Ried ging langsam den Kurfürstendamm in Berlin entlang. Er hatte soeben seine in einer stillen Seitenstraße gelegene Junggesellenwohnung verlassen und hoffte, hier ein Taxi zu finden, das ihn an seinen Bestimmungsort bringen sollte. Suchend ließ er seine Blicke umherschweifen, aber alle Autos, die ihm begegneten, waren besetzt.

»Wieder einmal kein einziges Vehikel zu haben«, sagte er ärgerlich vor sich hin.

In demselben Augenblick sah er wieder ein Auto den Fahrdamm entlang rasen – natürlich war es auch besetzt. Aber dicht vor ihm hielt es vor Hamann an, der die bei den Berliner Damen so sehr beliebten Konfitüren und Baumkuchenspitzen mit Bitterschokolade fabrizierte. Aus diesem Fahrzeug stieg eine schlanke junge Dame.

Hasso von Ried warf unwillkürlich einen bewundernden Blick auf den schmalen, kleinen Fuß, den sie beim Aussteigen vorgestreckt hatte.

Der Chauffeur klappte den Hebel an der Zahlscheibe herum und sah nach der Taxe. Die Dame nahm ein Geldstück aus der kleinen, aufgesteppten Tasche ihrer Jacke und reichte es dem Chauffeur. Dann wollte sie sich abwenden. Sie blieb aber mit der Schutzkette ihres Armbandes an einem aus dem Wagen hervorspringenden Messingknopf hängen und war so eine Weile gefangen.

Hasso von Ried bemerkte das und trat rasch und hilfsbereit heran. Er verneigte sich, und sie blickte, leicht errötend, zu ihm auf. Seine schlanke, sehnige Gestalt in der Uniform eines Berliner Garde-Regiments überragte die ihre um ein gutes Stück.

»Gestatten Gnädigste, daß ich behilflich bin?« fragte er und löste vorsichtig die Kette von dem Knopf. Dabei bewunderte er die feine, schlanke Hand in einem eleganten, grauen Lederhandschuh, und dann betrachtete er interessiert eine kleine Münze, die als Anhänger an der Armbandkette hing. Sie war von Gold und zeigte ein Wappen mit einer Freiherrnkrone. Das Wappen war ausgesägt und hob sich klar in dem runden Münzenrand ab. Er erkannte nur einen springenden Eber und auf dem Spruchband die Worte: »Treu und unverzagt«.

Notgedrungen war die junge Dame stehengeblieben, bis er sie befreit hatte. Nun war sie erlöst. Er trat mit einer Verbeugung zurück.

Einen Moment sahen sie sich groß und voll in die Augen.

Dankend neigte die junge Dame den Kopf. Sie mochte kaum zwanzig Jahre zählen. Eine leise Röte war in ihre Wangen gestiegen, als ihre Blicke zusammentrafen. Sie prägte sich seine rassig aristokratischen Züge ein und wußte, daß sie dies interessante Gesicht nicht wieder vergessen würde.

Aber sie wandte sich nun schnell ab und ging auf das Konfitürengeschäft zu, ohne scheinbar weiter Notiz von ihm zu nehmen.

Er blieb am Wagenschlag stehen und sah ihr nach. Seine Augen freuten sich an der ruhig stolzen Haltung der jungen Dame, an ihren elastischen Bewegungen, die von Kraft und Grazie zugleich zeugten. Man merkte ihr an, daß ihr junger Körper durch häufigen Sport trainiert war.

Als sie im Laden verschwunden war, rief Hasso dem Chauffeur zu, wohin er zu fahren wünschte. Dann stieg er ein und lehnte sich in die Polster zurück.

Das Auto fuhr davon.

Hasso von Ried warf keinen Blick mehr nach dem Laden zurück. Seine Gedanken wandten sich Dingen zu, die wichtiger für ihn waren als die flüchtige Begegnung mit einer schönen jungen Dame. So merkte er auch nicht, daß diese verstohlen durch die Konfitürenberge in der Auslage des Schaufensters dem davonfahrenden Auto nachsah.

Sie machte ihre Einkäufe und verließ mit einigen kleinen Paketchen das Geschäft.

Mit schnellen, zielsicheren Schritten kreuzte sie den Kurfürstendamm und bog in eine Nebenstraße ein. Nach kurzer Zeit hatte sie ihr Ziel, eine vornehme Fremdenpension des Westens, erreicht.

Eine Zofe nahm ihr im Vorzimmer Hut und Jacke ab.

»Ist Mama schon zurück, Franziska?« fragte die junge Dame.

»Gnädige Frau ist vor wenigen Minuten zurückgekommen«, erwiderte die Zofe.

Die junge Dame ordnete vor dem Spiegel ein wenig ihr Haar, nahm ihre kleinen Pakete wieder auf und betrat einen hübschen kleinen Salon, bei dessen Einrichtung das Schablonenhafte des Hotelsalons vermieden worden war. Er machte einen ganz wohnlichen, behaglichen Eindruck. Aber durch die Tür, die ins Nebenzimmer führte, sah man geöffnete und schon gepackte Koffer stehen.

In diesem Zimmer saß in einem Sessel am Fenster eine

ältere Dame. An der Ähnlichkeit sah man sofort, daß man Mutter und Tochter vor sich hatte.

»Habe ich dich lange warten lassen, Mamascha?« frage die junge Dame, die Mutter herzlich umarmend und küssend.

»Nein, Carry, auch ich kam eben erst zurück von meinen Abschiedsbesuchen. Exzellenz Haukner hielt mich ziemlich lange auf. Sie sagte mir viel Schmeichelhaftes über meine reizende Tochter. Wirst du eitel werden?«

Lachend sahen sich Mutter und Tochter an.

»Ich soll dir ja sehr ähnlich sein, Mamascha. Wirst du nun eitel werden?« neckte Carry.

Die Freifrau von Hartenfels machte eine abwehrende Geste. »Die Zeiten sind für mich vorbei, Carry. Eitel bin ich jetzt nur noch für dich, obgleich das nicht sein dürfte. Wie war es bei der Modistin – sind deine Kleider fertig?«

»Bis auf Kleinigkeiten. Sie werden direkt nach Hartenfels geschickt.«

»Und was hast du da in diesen Paketchen?«

»Hamann-Konfitüren, Mamascha. Den ganzen Rest meines Taschengeldes habe ich für Reisefutter ausgegeben und habe auch noch, deine gütige Einwilligung voraussetzend, eine größere Bestellung gemacht, die uns nachgesandt wird.«

»Die gütige Einwilligung erteile ich hiermit nachträglich. Im übrigen habe ich uns einen Imbiß bestellt. Wir haben ja noch gut eine Stunde Zeit, ehe wir zum Bahnhof fahren müssen. Hast du noch irgend jemand von unseren Berliner Bekannten getroffen?«

»Nein. Aber einen unbeschreiblich interessanten Gardeleutnant habe ich gesehen. Er bestieg dasselbe Auto, das ich bis zu Hamann benutzte, und da ich mit meiner Schutzkette an Armband hängenblieb, erlöste er mich. Du – Mamascha – er sah prachtvoll aus. Weißt du – so stelle ich mir den Drachentöter St. Georg vor.«

»In einer Gardeuniform?« scherzte die Mutter.

Carry lachte. »Natürlich nicht.«

Sie packte die kleinen Paketchen in ihre Reisehandtasche und sah ein Weilchen gedankenverloren vor sich hin. In diesem Moment trat die Zofe der beiden Damen ein. Sie trug ein Tablett, auf dem der bestellte Imbiß appetitlich arrangiert war. Die Damen ließen sich auch hier in der Pension nur von ihrer eigenen Dienerschaft bedienen.

»Ist es recht so, gnädige Frau?« fragte die Zofe, das Tablett vor Frau von Hartenfels niedersetzend.

Diese nickte lächelnd. »Es genügt vollständig, Franziska. Nun lassen Sie für sich und Friedrich auch noch eine Mahlzeit richten. Dann fahren Sie beide mit dem Gepäck schon zum Bahnhof. Sie geben es auf und belegen unsere Plätze.«

»Sehr wohl, gnädige Frau.«

»Und bestellen Sie an der Kasse, daß man mir die Rechnung vorlegt. Die Kassiererin wird sie wohl schon fertig haben.«

Franziska hatte den Imbiß zierlich auf einem kleinen runden Tisch geordnet, an dem die Damen sich nun niederließen.

»Nun geht es also für neun Monate nach Hause, Carry, die schönen Tage von Berlin sind wieder einmal zu Ende.«

Carry nickte lächelnd. »Ich freue mich schon darauf.«

»Wirklich?«

»Wirklich.«

»Und ganz leichten Herzens verläßt du Berlin? Ist dir und deiner Herzensruhe keiner von den glänzenden Kavalieren gefährlich geworden, die dich so eifrig umworben haben?«

»Nicht ein einziger. Ich bringe mein Herz heil und unversehrt wieder nach Hartenfels zurück.«

»Trotz des St. Georgs von der Garde?« neckte die Mutter.

Carrys Blick flog einen Moment träumerisch ins Weite. Seltsamerweise schlug ihr Herz ein wenig schneller beim Gedanken an den jungen Offizier. Aber sie war unzufrieden mit sich, daß der Offizier einen so nachhaltigen Eindruck bei dieser flüchtigen Begegnung auf sie gemacht hatte. Obwohl sie gewohnt war, ihrer Mutter alles zu sagen, wollte sie doch nicht zugestehen, daß ihr der Gedanke an den jungen Herrn Herzklopfen machte.

»Auch trotz des St. Georgs, Mamascha. Der hat ja nur so im Vorbeigehen, gewissermaßen wie ein schönes Bild, auf mich gewirkt.«

»Also hat niemand Gnade vor deinen Augen gefunden? Ich dachte einmal, du hättest Graf Soest ein wenig ausgezeichnet.«

Energisch schüttelte Carry den Kopf. »Ach nein, mit dem war ich nur öfters zusammen, weil seine Schwester mir von der Pension her befreundet ist. Es ist ja ein ganz amüsanter Gesellschafter, aber das ist auch alles. Es eilt mir durchaus nicht, unter die Haube zu kommen. Wenn ich mich einmal verheirate, dann tue ich es nur, wenn ich einen Mann von ganzem Herzen liebe und ebenso wiedergeliebt werde.«

»Nun – hoffentlich findest du einen solchen.«

»Eilt es dir denn so sehr, mich loszuwerden, Mamascha?«

Die Mutter faßte die Hand der Tochter und preßte sie zärtlich an ihre Wange. »Ach, Carry, wenn es nach mir ginge, müßtest du immer bei mir bleiben. Aber Mütter müssen sich bescheiden. Über meinen eigenen Wünschen steht mir dein Glück.«

Carry küßte die Hand der Mutter. »Bin ich denn nicht glücklich bei dir, meine süße Mamascha?«

»Du sollst noch viel glücklicher werden, so glücklich wie ich es mit deinem lieben Vater war.«

Carry seufzte leise. »Ich glaube, so ein inniges Verhältnis wie zwischen dir und Papa gibt es nur alle hundert Jahre einmal bei Eheleuten.«

Die Mutter lächelte vor sich hin. »Und doch habe ich deinen Vater erst lieben gelernt, als wir verheiratet waren.«

Überrascht sah Carry auf. »Wirklich, Mama? Du liebtest ihn nicht schon, als du seine Braut wurdest?«

»Nein. Damals hatte ich mein dummes Herz an einen Mann verloren, der es gar nicht mochte.«

»Ach – das mußt du mir erzählen, das ist ja sehr interessant.«

Die noch immer schöne Mutter sah lächelnd in die Augen ihres Kindes. »Da gibt es nicht viel zu erzählen. Ich schwärmte eben nach Jungmädchenart für ein Ideal. Und das sah ich in einem Manne, der mindestens fünfzehn Jahre älter war als ich. Ich lernte ihn zu derselben Zeit kennen wie deinen Vater. Sie waren im Manöver beide bei uns einquartiert. Mein Herz flog ihm beim ersten flüchtigen Begegnen zu, obwohl der stolze, imponierende Mann keine Notiz von mir nahm. Er war der Vorgesetzte deines Vaters – und in der Nacht, die diesem Tage folgte, ging ich gar nicht zu Bett. Ich meinte, so eine glückselige Zeit dürfe man nicht verschlafen.«

»Ach, Mamascha – mir ist, als sähe ich dich am offenen Fenster, beim Mondenschein.«

Frau von Hartenfels lachte leise. »Ich werde wohl dem Mond mein süßes Herzensgeheimnis anvertraut haben, denn ich war wirklich ganz ernsthaft verliebt. Von deinem Vater erfuhr ich dann, daß mein angeschwärmtes Ideal schon seit zwölf Jahren verheiratet war und einen elfjährigen Sohn besaß. Da trug ich meine heimliche Liebe still zu Grabe. Es tat furchtbar weh damals – aber du siehst, ich bin nicht an gebrochenem Herzen gestorben. Dein Vater mochte ahnen, was in mir vorging. Er war aber so zartfühlend und ritterlich und umgab mich mit so viel Aufmerksamkeiten, daß ich ihm herzlich gut sein mußte. Und ich wurde schließlich seine Frau, obwohl mein Herz noch immer nicht ruhig schlug, wenn ich an den andern dachte. Aber zu meiner eigenen Überraschung merkte ich bald, daß ich eigentlich sehr glücklich war an der Seite deines Vaters. Und er ließ mir gar keine Wahl – ich mußte ihn liebgewinnen. Du weißt ja, welch ein goldener Mensch er war.«

Carry nickte mit leuchtenden Augen. »Ich weiß – er war ein Mensch mit seltener Herzensgüte. Wir beide wissen sehr wohl, was wir an ihm verloren haben.«

Die Augen der Mutter feuchteten sich. »O ja – das wissen wir. Aber du siehst, Carry, es sind nicht immer die Ehen die glücklichsten, die aus großer leidenschaftlicher Liebe geschlossen werden.«

Ihre Bewegung in sich niederzwingend, sah Carry die Mutter schelmisch an. »Und die Nutzanwendung? Ich soll nicht auf die große Liebe warten. Meinst du das?«

»Ich meine, daß in dieser Frage jeder Mensch nach seinem eigenen Ermessen entscheiden muß. Eine Nutzanwendung beabsichtigte ich nicht.«

»Dann ist es gut! Vorläufig gefällt es mir bei dir noch viel zu gut, als daß ich wünschen sollte, mich zu verändern. Dazu müßte mich mein Herz mit aller Macht drängen – und vorläufig fühle ich noch nicht das leiseste Zucken.«

Ob Carry jetzt ganz ehrlich war? Ob der St. Georg in der Gardeuniform nicht doch ein klein wenig Unruhe in ihr junges Herz gezaubert hatte?

»Ich bin es zufrieden«, sagte die Mutter lächelnd.

»Nun mußt du mir aber noch sagen, Mamascha, ob du später dem Mann, den du liebtest, wieder begegnet bist.«

Frau von Hartenfels nickte lächelnd. »O ja, zuweilen. Und so ein ganz klein wenig habe ich noch lange für ihn geschwärmt. Ich brauche dir kein Geheimnis aus seinem Namen zu machen, es war der Freiherr von Ried.«

Carry zuckte betroffen zurück.

»Wie? Unser bärbeißiger, unliebenswürdiger Nachbar, der Majoratsherr auf Marwedel?«

Die Mutter lachte herzlich. »O nein, so einen schlechten Geschmack wirst du mir doch nicht zutrauen. Nicht ihn meine ich, sondern seinen Vetter Heinz von Ried, der ganz vermögenslos war und immer Offizier geblieben ist.«

»Den kenne ich ja gar nicht.«

»Er ist schon seit Jahren tot und war nur selten im Schloß Marwedel. Die Vettern mochten sich nicht sehr.«

»Kein Wunder – wer soll denn mit dem alten Isegrim sympathisieren. Also er ist tot – dein Schwarm?«

»Ja, auch seine Gattin ist tot. Nur sein Sohn Hasso lebt noch.«

»Ach – Hasso von Ried? Von dem hat mir Kurt Ried zuweilen erzählt. Er hält viel von diesem Vetter, obwohl sein Vater allerlei an ihm auszusetzen hat. Nun ja, wer soll auch die Zufriedenheit des alten Marwedelers erringen? Das müßte ja ein Phänomen sein. Dieser Hasso von Ried scheint auch nicht viel Sehnsucht nach seinen Verwandten in Marwedel zu haben. Ich habe ihn nie dort gesehen.«

»Früher war er mit seinen Eltern einige Male da. Das letztemal, als du in der Pension weiltest. Seitdem habe ich ihn auch nicht wieder gesehen. Seltsamerweise sind wir ihm auch nie in Berlin begegnet.«

»Ach richtig, Kurt sagte mir ja, sein Vetter Hasso lebe in Berlin. Er ist Offizier.«

»Ganz recht. Sein Vater hatte es bis zum Obersten gebracht, als er starb. Also Kurt Ried hält viel von seinem Vetter Hasso?«

»Ja, obwohl sein Vater sehr unzufrieden mit ihm ist, weil er nach seiner Meinung zu viel Geld ausgibt.«

»Nun, man muß noch kein Verschwender sein, um bei Herrn von Ried diese Meinung zu erwecken.«

»Da hast du recht, Mamascha, der alte Herr von Ried ist, unter uns, ein Geizkragen, und Kurt hat auch nicht gerade das angenehmste Leben, obwohl er der Erbe eines großen Majorats sein wird.«

»Kurt Ried plaudert gern mit dir. Ich glaube, du brauchtest ihm nur eine leise Hoffnung zu machen, dann würde er um deine Hand anhalten. Sein Vater sähe das sicher auch gern, weil dann Hartenfels, das ja gottlob nicht Majorat ist, an die Rieds fallen würde.«

Carry schüttelte energisch den Kopf. »Nein, Mama! Kurt ist ein ganz lieber, netter Mensch und mein guter Freund – aber nichts weiter. Das ist kein Mann für mich – um Gottes willen nicht. Der würde bei mir rettungslos unter den Pantoffel kommen.«

»Meinst du?«

»Ganz sicher. Das habe ich ihm auch schon ganz unverblümt gesagt.«

Frau von Hartenfels horchte auf. »Wie? Du hast mit ihm über diesen Punkt gesprochen?«

»Ja – er fragte mich kurz vor unserer Abreise nach Berlin – es war halb ernst und halb scherzhaft gemeint, ob ich nicht Lust habe, Majoratsherrin von Marwedel zu werden. Da habe ich ganz entschieden abgewinkt.«

»Wie denn, Carry?«

»O ich habe ihm einfach gesagt: ›Lieber Kurt, Sie und ich, wir sind viel zu gute Freunde, kennen uns viel zu genau, als daß wir als Eheleute zusammen paßten. Sie sind viel zu gut und zu sanftmütig für mich. Ich würde Sie sehr unglücklich machen.‹«

»Und was sagte er darauf?«

»Er meinte, deshalb hätte er keine Angst, und er glaube das Gegenteil. Ich bat ihn, nie mehr davon zu reden, damit wir gute Freunde bleiben könnten.«

Frau von Hartenfels sah nachdenklich vor sich hin.

»Also, da war ich mit meinen Mutmaßungen auf dem Holzweg«, sagte sie seufzend.

»Mit welchen Mutmaßungen?« forschte Carry.

»Ich glaubte, du verhieltest dich nur deshalb so ablehnend gegen all deine hiesigen Bewerber, weil du im geheimen Kurt Ried zugetan seiest.«

Energisch schüttelte Carry den Kopf, »Nein, nein, Mamascha, da warst du wirklich auf dem Holzweg. Daran ist nicht zu denken.«

»Schade! Er würde dich auf Händen tragen.«

»Doch nur, soweit es sein gestrenger Herr Vater gestattet.«

»Da du ihm eine erwünschte Schwiegertochter wärst,

würde er dir gegenüber nicht streng sein.«

»Er ist mir aber als Schwiegervater durchaus nicht erwünscht. Und ganz gewiß ist Kurt kein Mann nach meinem Sinn. An seiner Sanftheit und Weichheit würde ich mich zur Xantippe ausbilden. Wenn ich mir einmal einen Mann wähle, dann muß es ein ganzer Mann sein, bei dem es nur biegen oder brechen heißt. Er muß mir imponieren können – sonst tanze ich ihm auf der Nase herum. Ich will einen Mann haben, zu dem ich in jeder Beziehung aufsehen kann.«

Frau von Hartenfels seufzte. »Ach, Carry – mein Wunsch, du mögest Freifrau von Ried werden, entsprang sehr egoistischen Motiven. Ich wollte dich gern in meiner Nähe behalten, wenn du dich einmal verheiratest. Marwedel und Hartenfels liegen so hübsch dicht beieinander.«

Carry schob ihren Teller zurück und sprang auf. Sie umfaßte die Mutter und küßte sie. »Meine goldene Mamascha, selbst die Aussicht, in deiner Nähe bleiben zu können, würde mich nicht dazu veranlassen, Kurt von Rieds Gattin zu werden.«

Auch die Mutter erhob sich nun. Sie zog ihre Tochter fest in ihre Arme. »Die Hauptsache ist, daß du glücklich wirst, meine Carry.«

Hier wurden die Damen durch die Kassiererin der Pension gestört, die Frau von Hartenfels die Rechnung vorlegte.

Kurze Zeit darauf machten sich die beiden Damen fertig zur Abreise.

II

Hasso von Ried war inzwischen durch die belebten Straßen des Berliner Westens gefahren. Er sah mit düsteren Augen und finster zusammengezogener Stirn in das lebhafte Treiben dieses Vorfrühlingstages. Die Damen trugen, vom Sonnenschein verlockt, schon teilweise Frühjahrstoiletten und fröstelten entschieden darin noch ein wenig. Die Vorsichtigen hatten nicht von ihren Pelzkragen gelassen, aber sie hatten sich mit großen Veilchentuffs geschmückt, um den Sonnenschein zu grüßen und zu betonen, daß sie bereit waren, den Frühling zu empfangen.

Und das soll man nun alles aufgeben, aus dieser sprudelnden Berliner Luft direkt in die Wildnis verpflanzt werden. Mein Onkel ist ein Tyrann, dachte er.

Mit einem resignierten Aufatmen lehnte er sich zurück in die Lederpolster des Autos. »Na, warum denn nicht – Südwest ist mal was Neues, vielleicht wird es ganz lustig.«

Während er gedankenverloren vor sich hinstarrte, wurden seine Augen plötzlich durch einen blitzenden Gegenstand gefesselt, der sich zwischen dem hochgeklappten Rücksitz und der Autowand eingeklemmt hatte. Er sah genauer hin, faßte mit der Hand danach und berührte etwas Hartes, Metallisches, das sich nicht herausziehen ließ. Um den Gegenstand loszulösen, klappte er den Rücksitz nieder. Zu gleicher Zeit fiel der Gegenstand schwer auf den Boden des Automobils.

Überrascht bückte er sich danach und hob den Gegenstand auf. Es war eine goldene Handtasche aus einem feinen Netzwerk aus Golddraht, wie sie elegante Damen zu tragen pflegten. Nur in dieser originellen Ausführung hatte sie Hasso noch nicht gesehen. Der Bügel stellte den gekrümmten Leib eines Elefanten dar. Schwanz und Rüssel hingen mit den Beinen zu beiden Seiten der Tasche herab und rahmten mit dem Elefantenleib die aus feinem Golddraht gewebte, feinmaschige Tasche ein, die sich fast wie Trikotstoff dehnte. Am Rücken des Elefanten waren an den Gurten, die seinen Leib wie goldenes Sattelzeug umspannten, goldene Ringe angebracht, und daran war eine starke, goldene Kette als Henkel für die Tasche befestigt. Die Gurte waren mit Brillantsplittern besetzt, und die Augen des Elefanten bildeten zwei schöne Saphire.

Keinen Moment bezweifelte Hasso von Ried, daß diese Elefantentasche der jungen Dame gehörte, die vor ihm das Auto benutzt hatte. Es erschien ihm selbstverständlich, daß er sofort versuchen mußte, den sicher schon schmerzlich vermißten Wertgegenstand in die Hände der jungen Dame zurückzulegen.

Sofort rief er den Chauffeur an, er möge an die Stelle zurückfahren, wo er das Auto bestiegen hatte.

Dieser lenkte um und fuhr zurück. Aber als das Auto vor Hamann hielt, war die junge Dame natürlich nicht mehr zu sehen. Hasso betrat den Laden und forschte nach ihrem Verbleib; aber es waren inzwischen schon so viele andere Käuferinnen in dunkelblauen Kleidern dort gewesen, daß die Verkäuferinnen nicht wußten, welche er meine. Es hatte auch keine der Damen etwas von einer verlorenen Handtasche verlauten lassen.

Für alle Fälle ließ er seine Adresse zurück, falls die junge Dame hier nach ihrem Eigentum forschen sollte. Dann kehrte er in das Auto zurück. Er gab abermals die Adresse an, die er schon vorher genannt hatte. Während das Auto davonrollte, öffnete er nun die kostbare Tasche, in der Hoffnung, aus dem Inhalt vielleicht die Adresse oder den Namen der Besitzerin ermitteln zu können. Innen im Bügel entdeckte er ein kleines Monogramm »C. H.«. Aber das konnte ihm keinen Aufschluß geben. Er mußte den Inhalt der Tasche durchsehen.

Da war eine kleine goldene Geldbörse, in der sich, fest zusammengelegt, einige Banknoten befanden. Außerdem ein kleiner Schlüsselbund mit vier zierlichen Schlüsseln, ein winziges feines Spitzentaschentuch, dem ein leiser, diskreter Duft entstieg – und ein zusammengefalteter Brief, ohne Kuvert.

Einen Moment zögerte er. Da er aber aus dem anderen Inhalt der Tasche die Eigentümerin nicht ermitteln konnte, entfaltete er schließlich den Brief, in der Hoffnung, darin einen Namen zu entdecken. Gern beging er diese Indiskretion nicht, aber hier half kein Zögern.

Anrede und Unterschrift des Briefes gaben auch keinen Aufschluß – er mußte also den ganzen Brief lesen. Er war ziemlich kurz. Und als er ihn gelesen hatte, machte er ein Gesicht, als sei er äußerst peinlich berührt worden.

Der Brief lautete:

»Süße – Liebe! Heißen innigen Dank für Deinen Opfermut. Ich kann Dir nie genug danken, daß Du gestern abend zu mir kamst und allem zum Trotz vor Gott mein Weib wurdest. Nun wird uns Deine Mutter ihre Einwilligung nicht mehr versagen. Du hast es ihr durch Deinen Opfermut unmöglich gemacht. Bitte teile mir mit, wann ich kommen darf, um nochmals um Deine Hand anzuhalten. Werden wir glücklich sein dürfen? Ich küsse Deine lieben Hände.

Dein treuergebener R.«

Hasso war das Blut jäh in die Stirn getreten. Mit einem unsagbar peinvollen Gefühl faltete er den Brief zusammen. Der Inhalt desselben war kompromittierend für die junge Dame, und zwar mit einer Deutlichkeit, die nichts zu wünschen übrigließ. Es war ihm sehr unangenehm, daß er den Brief hatte lesen müssen, der ganz sicher nicht für fremde Augen bestimmt war.

Er rief sich das Bild der jungen Dame ins Gedächtnis zurück, aber es hatte sich ihm bereits verwischt. Er wußte nur, daß sie einen vornehmen, eleganten Eindruck gemacht hatte wie eine Dame aus guter Familie, und daß ihre Augen rein und stolz geblickt hatten. Ja – an den stolzen, wahrhaften Ausdruck konnte er sich noch erinnern – sie blickte wahrhaftig nicht, wie Sünderinnen blickten. An die Farbe dieser Augen konnte er sich nicht mehr erinnern – nur an ihr helles, strahlendes Leuchten.

Und dann dachte er an die kleine Münze am Armband, die eine Freiherrnkrone und ein Wappen gezeigt hatte mit dem Wahrspruch: »Treu und unverzagt.« Also eine Dame von Adel.

Wie peinlich mußte es ihr sein, daß sie diese Tasche verloren hatte. Ganz abgesehen von ihrem Wert barg sie doch nichts weniger in sich als den guten Ruf der Besitzerin. Fiel dieser Brief in unrechte Hände, war sie unrettbar kompromittiert. Und das mußte er verhüten. Aus welchem Grunde sich diese junge Dame auch an einen Mann verschenkt haben mochte, das Geheimnis, das dieser Brief barg, mußte von ihm gehütet werden wie ein eigenes.

Hastig barg er den Brief mit den anderen Sachen in der Handtasche und steckte diese sorgfältig zu sich.

Er konnte in seinen Gedanken nicht von dem Brief

loskommen. Die Worte standen wie in Flammenschrift vor seinen Augen.

Als bald danach der Chauffeur vor einer der hohen, eleganten Mietskasernen des Westens hielt, stieg Hasso aus und lohnte ihn ab. Dabei sagte er:

»Ich habe in Ihrem Wagen eine Damenhandtasche gefunden. Kannten Sie die junge Dame, die vor mir das Auto benutzte und die sicher die Besitzerin ist?«

»Nein, Herr Oberleutnant, ich kenne die Dame nicht«, erwiderte der Chauffeur.

»Nun, falls die Dame sich Ihre Autonummer gemerkt hat und bei Ihnen nachforschen sollte, sagen Sie ihr, daß ich die Tasche gefunden und in Verwahrung genommen habe. Hier ist meine Adresse.«

Er gab dem Chauffeur seine Visitenkarte.

»Sehr wohl, Herr Oberleutnant«, sagte dieser und steckte die Karte zu sich. Hasso betrat das Haus und fuhr im Lift in die dritte Etage. Drei Wohnungstüren mündeten auf den Vorplatz. Der mittelsten wandte sich Hasso zu. Unter der Klingel befand sich ein Namensschild. »Wendt« stand darauf. Und über der Klingel war noch ein kleineres Schild angebracht mit dem Namen »Kronau«.

Er zog die Klingel. Ein Dienstmädchen mit weißer Schürze erschien.

»Ist Herr von Kronau zu Hause?« fragte Hasso.

Die Dienerin ließ ihn eintreten. Im Hintergrund des Korridors erschien eine zierliche alte Dame, sie trug über einem grauen Kleid eine schwarzseidene Schürze und auf dem weißen Haar ein schwarzes Spitzenhäubchen.

Hasso verneigte sich. »Guten Tag, Frau Rat.«

Frau Rechnungsrat Wendt, von der Oberleutnant von Kronau die Hälfte der Wohnung gemietet hatte, neigte lächelnd das noch aufrecht getragene Haupt.

»Guten Tag, Herr Oberleutnant. Ja, Herr von Kronau ist daheim«, sagte sie, und dann rief sie in den Korridor hinein:

»Kretschmar! Kretschmar! Der Herr Oberleutnant bekommt Besuch!«

Auf diesen Ruf erschien ein Bursche in Uniformhosen und einer blau und weiß gestreiften Leinenjacke. Er stand stramm vor Hasso. Dieser winkte ab und ging nach dem hinteren Teil des Korridors, der so schmal war, daß er nur mit Vorsicht an den beiden weiblichen Wesen vorübergehen konnte, um sie nicht anzustoßen.

Ein Lächeln zuckte um seinen Mund. Der Bursche öffnete eine Tür und meldete hinein: »Herr Oberleutnant von Ried!«

Dann ließ er Hasso eintreten.

In diesem Zimmer saß ein junger Offizier in einer häuslichen Litewka am Schreibtisch und las in einem militärischen Werk. Er sprang auf, als Hasso eintrat.

»Tag, Hasso! Ich habe schon auf dich gewartet.«

Hasso gab dem Burschen Mantel und Mütze und ließ sich, nachdem er Kronau die Hand geschüttelt hatte, in einen Sessel nieder.

»Tag, Rudi! Verzeih die Verspätung. Natürlich war mal wieder kein Auto zu haben. Ich habe mich eben wieder über deine Garde amüsiert. Eine Beruhigung habe ich.«

»Welche denn?«

»Daß du ganz bestimmt nicht gestohlen werden kannst. Drei Zerberusse muß man jedesmal passieren, ehe man in dein Allerheiligstes eindringen kann, die Dienerin, die Frau Rat und deinen Kretschmar.«

Rudolf von Kronau lachte. »Ja, es ist gar nicht so

einfach, zu mir zu gelangen. Ungesehen kommt nicht einmal eine Stecknadel zu mir herein, viel weniger ein Mensch. Das hat diese Wohnung so an sich. Ich lebe immer unter den schützenden Augen der Frau Rat. Aber es ist herzlich gut gemeint von ihr. Sie betreut mich wie eine fürsorgliche Mutter, und da ich keine Mutter mehr habe, lasse ich es mir ganz gern gefallen. Also – du bekamst kein Auto?«

»Nein.«

»Und deshalb bist du so verstimmt? Du siehst nämlich verstimmt aus, Hasso.«

»Bin ich auch – ich habe verteufelt schlechte Laune. Aber natürlich nicht wegen des Autos. Diesen Komfort werde ich mir, wie allen übrigen, baldigst abgewöhnen müssen.«

»So wird es also wirlich ernst – du gehst nach Südwest?«

»Ja – es läßt sich nicht ändern – ich muß.«

»Dein Onkel hat sich also nicht erweichen lassen?«

»Nein, Rudi – ich war selbst noch einmal in Marwedel – alles vergebens. Er bleibt dabei, daß ich ein Verschwender bin, dem der Brotkorb höher gehängt werden muß. Und er will nur dann meine Schulden bezahlen, wenn ich mindestens auf zwei Jahre nach Südwest gehe – um den Ernst des Lebens kennenzulernen.«

»Na, ich denke, den hast du schon ohne dies weidlich kennengelernt.«

»Das ist deine Ansicht, aber nicht die meines Onkels. Lieber Gott – wenn der alte Herr nur mal ein Jahr mit meinem knappen Wechsel bei dem teuren Regiment auskommen müßte – hier auf dem Berliner Pflaster, mit der Notwendigkeit, einem alten Namen Ehre zu machen, dann würde er einsehen, daß dies gar nicht so erheiternd wirkt und daß man auch mit der ernstesten Veranlagung Schulden machen muß.«

»Wem sagst du das? Mir geht es ja genau wie dir. Hättest dem alten Herrn mal vorrechnen müssen, wo der Mammon bleibt.«

»Habe ich getan, aber ohne Erfolg. Der alte Herr weiß das alles besser, wenn er auch tagaus, tagein in seinem feudalen Schlosse sitzt und keine Ahnung vom Leben hat. Natürlich hat er mir seinen Sohn, den braven Kurt, wieder als Musterbeispiel vorgeritten. Der sitzt, obwohl er Majoratserbe ist, treu und bieder zu Hause, tanzt ganz nach seines Vaters Pfeife und gönnt sich nicht den kleinsten Seitensprung. Er verbraucht natürlich soviel wie nichts. Es wächst ihm ja alles zu, und Wohnungsmiete braucht er auch nicht. Aber der Alte nimmt das als Norm an. Vater und Sohn sorgen dafür, daß die Batzen hübsch zusammengehalten werden. Geld wie Heu sitzt in Marwedel – es macht ja keiner Gebrauch davon. Sie freuen sich, wenn der Geldschrank bis zum Platzen anschwillt, und ich werde wegen ein paar lumpiger Tausend als unverbesserlicher Verschwender nach Südwest verbannt. Vielleicht hofft der Alte, daß mir dort das Lebenslicht ausgeblasen wird, damit er nichts mehr für mich ausgeben muß.«

»Da siehst du wohl zu schwarz, Hasso.«

Der zuckte die Achseln. »Möglich, daß ich ihm unrecht tue. Aber bitter ist es ihm, daß er mal ein bißchen tiefer in seinen Säckel greifen muß. Übrigens meinen Vetter Kurt spreche ich unbedingt von solchen Gedanken frei. Ich ärgere mich nur, daß er mir immer als Vorbild hingestellt wird. Um keinen Preis möchte ich ihm gleichen. Er ist ja ein lieber, guter Kerl, aber vom Leben weiß er so wenig wie sein Vater, und ich glaube, er betrachtet mich mit stillem Entsetzen, weil ich es fertiggebracht habe, Schulden zu machen. Na – lassen wir ihn! Aber wenn ich nun nicht meine Gläubiger um ihr Geld bringen will, muß ich schon in den sauren Apfel beißen und nach Südwest gehen – um den Ernst des Lebens kennenzulernen.«

Kronau legte ihm die Hand auf die Schulter. »Nicht so bitter, Hasso! Du hattest doch im Grunde schon immer Lust, mal nach Südwest zu gehen.«

»Ja doch, Rudi – aber freiwillig. Das ist ganz etwas anderes, als so quasi als Verbrecher auf den Schub gebracht zu werden zur zwangsweisen Besserung. Ich vertrage Zwang so schlecht, er weckt in mir entschieden die Lust am Bösen.«

Kronau lachte. »So siehst du aus.«

Auch Hasso mußte lachen, aber er wurde gleich wieder ernst. »Nein, Rudi – es ist nicht zum Lachen. Gegen Zwang revoltiere ich immer. Und wenn mich meine Gläubiger nicht dauerten, dann sagte ich dem alten Marwedeler rundweg: ›Bedauere – ich gehe nicht!‹ So aber – man will doch ein anständiger Kerl bleiben –. Also, ich habe meinen obstinaten Nacken gebeugt; wie du mich hier siehst, bin ich marschfertig nach Südwest. Und nun bin ich zu dir gekommen, um zu hören, ob du mich wirklich begleiten willst, wie du es mir halb und halb in Aussicht stelltest.«

Rudolf von Kronau atmete tief auf und sah mit seltsamen Augen auf den Freund.

»Nein, Hasso – ich bleibe hier!«

Hasso sah ihn forschend an. »Nicht? Also hast du dich umbesonnen?«

»Mein lieber Hasso – in diesen Tagen hat sich so unendlich viel für mich geändert. Du sollst es zuerst erfahren – ich hoffe, mich dieser Tage zu verloben!«

Hasso blickte überrascht in sein Gesicht. »Hallo! So plötzlich ist das gekommen?«

Kronau schüttelte den Kopf. »Nein – das spielt schon lange. Ich sprach nur nicht davon, da die Sache bisher hoffnungslos schien. Die junge Dame, die ich liebe, ist eine reiche Erbin. Du kennst mich genug, um zu wissen, daß mir dieser Umstand nicht maßgebend war. Aber die Angehörigen der jungen Dame waren bisher dagegen, und unsere Sache schien aussichtslos. Deshalb wollte ich mit dir nach Südwest. Ich sagte das der jungen Dame – und – sie war außer sich. Wir wagten noch einen Sturm – und – ich glaube, das Schicksal will mir ein großes, großes Glück in den Schoß werfen. Und deshalb muß ich dich allein ziehen lassen.«

Mit einem krampfhaften Druck schüttelte Hasso die Hand des Freundes. »Man soll nicht voreilig Glück wünschen, Rudi – aber – weiß Gott – ich gönne es dir von Herzen.«

»Das weiß ich. Und wenn du aus Südwest zurückkommst, dann findest du einen warmen Platz an meinem häuslichen Herd. Meine Auserkorene kennt dich durch meine Erzählung, und sie wünscht sehr, dich einmal zu sehen.«

»Ich kenne sie also nicht?«

»Nein, sie gehört nicht direkt in unseren Gesellschaftskreis. Ich habe sie durch Zufall auf einem Wohltätigkeitsfest kennengelernt. Ihr verstorbener Vater war Kommerzienrat und hat ihr ein enormes Vermögen hinterlassen. Sie ist die einzige Tochter. Aber – ich liebte sie schon, ehe ich wußte, daß sie eine reiche Erbin ist.«

»Das brauchst du nicht zu betonen, Rudi. Zum Mitgiftjäger taugen wir beide nicht. Also ›Glückauf!‹ mein

Junge. Und nun wäre ja der Zweck meines Besuchs bei dir erledigt. Ich wollte nur wissen, ob du mitkommst nach Südwest. Nächsten Sonnabend verlasse ich Berlin.«

»So bald schon?«

»Ja, ich habe mir noch einige Wochen Urlaub genommen. Die will ich bei unserem gemeinsamen Freund und Regimentskameraden Norbert in seinem Taunusschloß verbringen. Du weißt, er hat uns so dringend eingeladen, und sein letzter Brief an mich war so seltsam bedrückt. Will doch mal nach ihm sehen. Ich habe mich schon bei ihm angesagt.«

»Du mußt ihn herzlich von mir grüßen, Hasso. So geht nun einer nach dem anderen. Weißt du noch, wie vergnügt wir vier als junge Dachse zusammen waren, als wir die ersten Leutnantsstiefel abliefen, du, Norbert Platen, Leo Holms und ich. Es war doch eine herrliche Zeit, obgleich wir, außer Norbert, alle höllisch knapp bei Kasse waren. Norbert hatte ja immer eine offene Hand für uns – der Prachtkerl. Leo war dann der erste, der fortging – auch nach Südwest. Der sitzt nun dort auf seiner Farm.«

»Ich hoffe, ihn wiederzusehen.«

»Das wirst du sicher. Wie gesagt, einer nach dem andern geht fort – und ich bleibe nun allein zurück.«

»Deine zukünftige Frau wird dich uns alle vergessen machen.«

»Das glaubst du ja selbst nicht, Hasso. Aber wir wollen nicht weich werden. Wie ist es – hast du für heute abend etwas vor?«

»Nein!«

»Dann könnten wir gemeinsam etwas unternehmen.«

»Gern. Wer weiß, ob es nicht vielleicht der letzte Abend ist, an dem wir zusammensein können.«

»Nun, nun – da du bis Sonnabend noch hier bist, sehen wir uns noch öfter, ehe du abreisest.«

»Ich hoffe es. Meine Worte bezogen sich auf später – weiß man denn, ob man wiederkehrt?«

»Aber, Hasso – du bist ja ganz schwermütig.«

Dieser richtete sich straff auf. »Nein – nur ein bißchen ernsthaft. Mein Onkel würde seine Freude daran haben, könnte er mir ins Herz sehen. Ernsthafter als mir kann es so leicht keinem Menschen zumute sein.«

Kronau drückte ihm die Hand. »In zwei Jahren lachen wir wieder zusammen, mein Alter.«

»Guter Kerl – dann bist du ehrsamer Hausvater und hast vielleicht keine Zeit mehr für deine alten Freunde.«

»Haha! Dann kennst du mich schlecht und meine Lotte auch.«

»Also ›Lotte‹ heißt deine Auserkorene?«

»Ja – Lotte.«

»Ich bitte dich, ihr meine Ergebenheit zu Füßen zu legen. Sie soll meinen alten Freund Rudi glücklich machen.«

Kronaus Augen leuchteten auf. »Wenn sie meine Frau wird, gibt es keinen glücklicheren Menschen als mich.«

Hasso war an die Schreibmaschine herangetreten, die Kronau zu benutzen pflegte. Er tippte darauf herum.

»Schreibst du deine Liebesbriefe auch auf der Schreibmaschine? Ich kann mich nicht entsinnen, deine Schrift gesehen zu haben – höchstens deinen Namenszug.«

»Ja, ich habe mich an die Maschine so sehr gewöhnt, du weißt, ich erbte sie als ziemlich einzige Hinterlassenschaft von einer Tante, die eine so miserable Handschrift hatte, daß niemand mit ihr korrespondieren wollte. Und weil sie ohne ausgedehnte Korrespondenz in ihrem Altjungfernstift nicht leben konnte, sparte sie sich das Geld für die Schreibmaschine vom Munde ab. Ich mußte sie doch zu Ehren bringen und benutze sie stets. Aber – zu Liebesbriefen natürlich nicht – da muß Herzblut hineinfließen.«

Hasso reichte ihm zum Abschied die Hand. »Also auf Wiedersehen heute abend, Rudi. Wo treffen wir uns?«

»Ich hole dich in deiner Wohnung ab. Du bist doch zu Hause?«

»Wenn ich dich erwarten darf, sicher.«

Sie drückten sich die Hände, und Hasso entfernte sich.

Als er die Treppe hinabschritt und eine Zigarette aus seinem Etui nahm, fühlte er in seinem Rock die goldene Handtassche. Da fiel ihm ein, daß er etwas tun müsse, um die Besitzerin zu ermitteln.

Er begab sich also zunächst in das Anzeigenbüro einer vielgelesenen Zeitung und gab folgendes Inserat auf:

»Goldene Handtasche im Auto gefunden. Abzuholen Fasanenstraße 11, 2 Treppen.«

Er bat dringend darum, daß dieses Inserat schon am nächsten Tag in der Zeitung erscheinen sollte. Man versprach es ihm auch.

Befriedigt ging er davon. Er hatte nun getan, was möglich war. Denn im offiziellen Fundbüro durfte und wollte er die Tasche mit dem Brief nicht abgeben.

III

Am nächsten Morgen ließ sich Hasso, als er sein Frühstück einnahm, von seinem Burschen die Zeitung bringen.

Er fand seine Annonce sogleich. Dann flogen seine

Augen über die Inserate unter der Rubrik: »Verloren«. Und auch hier fand er, was er suchte:

»Goldene Handtasche, Bügel in Form eines Elefanten, mit Inhalt, wahrscheinlich in einem Auto, verloren. Dem ehrlichen Finder wird hohe Belohnung zugesichert. Nachricht unter C. H. in der Expedition dieses Blattes erbeten.«

Obwohl sich Hasso nun sagte, daß die junge Dame auch sein Inserat lesen würde, schrieb er sogleich einige Zeilen.

»Sehr geehrtes gnädiges Fräulein!

Die von Ihnen verlorene Handtasche befindet sich in meinem Besitz. Ich fand sie im Auto zwischen Rücksitz und Wand eingeklemmt. Ich bitte, die Tasche bei mir selbst abzuholen oder durch einen sicheren Boten abholen zu lassen. Ich werde sie im versiegelten Kuvert übergeben.

Ergebenst Hasso von Ried, Fasanenstraße 11, II.«

So – nun wußte die junge Dame, wenn sie den Brief erhielt, daß er die Angelegenheit diskret behandeln würde.

Er schickte den Brief mit seinem Burschen sogleich in die Expedition. Und er mußte im Laufe des Tages immer wieder an die junge Dame denken. Wieviel Unruhe und Sorge ihr die verlorene Handtasche, hauptsächlich wegen des Briefes, machen würde. Konnte sie doch nicht wissen, wie er seinen Fund behandeln würde. Er suchte sich wieder das Bild der jungen Dame ins Gedächtnis zurückzurufen, aber es gelang ihm nicht. Nur an ihre leuchtenden Augen und an die kleinen, elegant bekleideten Hände und Füße konnte er sich erinnern, und an die Münze mit Wappen und Spruchband.

Es wäre ihm ja schließlich ein leichtes gewesen, im

Gotha zu finden, welches Freiherrngeschlecht das Wappen führte, aber das wollte er gar nicht. Er wollte diskret sein, soweit es in seiner Macht stand, und wollte sich überhaupt bemühen, die Angelegenheit, sobald sie geordnet war, zu vergessen.

Er steckte nun die Handtasche mit ihrem Inhalt in ein festes, großes Kuvert und versiegelte es sorgfältig. Falls die junge Dame selbst kam, die Tasche abzuholen – und das war wahrscheinlich, da sie dieselbe kaum jemandem anvertrauen würde, der sie kannte –, so wollte er ihr gar nicht gegenübertreten. Das hielt er nicht für ritterlich und diskret. Er würde ihr das versiegelte Kuvert durch seinen Burschen aushändigen lassen, nachdem sie sich durch genaue Beschreibung der Tasche und des Inhalts legitimiert hatte.

Nun wartete er, selbst ein wenig erregt, was geschehen würde. Der Tag verging aber, ohne daß sie erschien. Es wurde Abend, und er wollte gerade ausgehen, als er unten vor seinem Hause ein Auto vorfahren hörte.

Wenige Minuten später klingelte es an seiner Wohnung.

Sein Bursche war instruiert. Hasso hörte ihn die Tür öffnen und ihn mit jemand reden. Die andere Stimme war so leise, daß er sie nicht vernahm.

Nach einer Weile trat der Bursche ein.

»Herr Oberleutnant, es ist eine Dame draußen in einem weiten Pelzmantel und ganz dicht verschleiert. Sie sagt, sie kommt wegen der Handtasche, die sie verloren hat.«

Hasso nickte.

»Es ist gut, Treumann. Sie haben die Dame doch in den Korridor eintreten lassen?«

»Zu Befehl, Herr Oberleutnant!«

»Dann gehen Sie hinaus und bitten Sie die Dame um eine genaue Beschreibung der Tasche und ihres Inhaltes.«

Treumann schnarrte sein: »Zu Befehl, Herr Oberleutnant!« und verschwand.

Mit leiser Erregung lauschte Hasso. Aber er vernahm nichts.

Treumann trat wieder ein.

»Die goldene Handtasche soll aussehen wie ein Elefant, mit Augen von Saphiren und Gurten von Brillantsplittern.«

»Stimmt. Und der Inhalt?«

Treumann zählte am Finger her:

»Ein Schlüsselbund mit vier Schlüsseln, ein Spitzentaschentuch, eine goldene Börse mit verschiedenen Banknoten.«

»Auch das stimmt genau. Hier, Treumann, geben Sie das der Dame.«

Er überreichte dem Burschen das versiegelte Kuvert mit der Tasche.

Treumann ging hinaus. Hasso vernahm ein leises Geräusch und dann das Rauschen seidener Frauenkleider und leise Schritte. Dann klappte die Vorsaaltür ins Schloß.

Gleich darauf stürzte Treumann ganz fassungslos ins Zimmer. Er war ganz blaß geworden.

»Herr Oberleutnant – die Dame hat mir Papiergeld in die Hand gedrückt und hat gesagt, ich soll es behalten, weil der gnädige Herr keinen Finderlohn annehmen würde. Und sie hat geweint – so richtig aufgeschluchzt, als sie die Tasche aus dem Kuvert nahm und hineingesehen hatte, ob alles noch drin war. Und wie sie fort war, sehe ich mir erst das Papiergeld an – und hier – es ist viel zuviel. Da wird sich die Dame wohl geirrt haben.«

Lächelnd schüttelte Hasso den Kopf. »Sie hat sich sicher nicht geirrt. So viel wird ihr die Tasche schon wert gewesen sein. Behalten Sie das Geld ruhig, Treumann.«

Der sah ganz fassungslos und ungläubig auf die beiden Scheine. »Das ganze Geld? Hergott – das ist ja, als hätte ich in der Lotterie gewonnen.«

Hasso lachte. »Sie werden es gut brauchen können, Treumann, wenn Sie mich nach Südwest begleiten. Also stecken Sie es ein.«

»Zu Befehl, Herr Oberleutnant! Das ist aber ein Glückstag für mich.«

Hasso winkte lächelnd ab, und Treumann ging ganz benommen hinaus.

Sein Herr trat rasch ans Fenster.

Da sah er gerade die junge Dame in dem dunklen Pelzmantel aus dem Hause treten. Es war nichts von ihr zu erkennen. Nur die kleinen, schmalen Füße sah er unter dem weiten Mantel über den Fußsteig trippeln. Sie stieg in das Auto und fuhr davon.

Er atmete auf, wie von einer Last befreit. Wie froh sie sein würde, daß sie die Tasche und den Brief wiederhatte. Sicher wußte sie, daß er derselbe Herr war, der ihr Armband von dem Autoknopf gelöst hatte. Wie mochte sie sich gefürchtet haben, ihm gegenüberzutreten. Sie hatte geweint – geschluchzt. Gewiß hatte sie unruhige, qualvolle Stunden hinter sich. Jedenfalls war er sehr befriedigt, daß diese Angelegenheit so geordnet worden war, daß der jungen Dame zu große Peinlichkeiten erspart blieben und er seinem ritterlichen Empfinden hatte Ausdruck geben können.

Er machte sich nun mit Treumanns Hilfe zum Ausgehen fertig, der noch ganz kopflos war vor Freude.

»Haben Sie das Gesicht der Dame gesehen, Treumann? War sie jung oder alt?« fragte Hasso.

Treumann schüttelte den Kopf. »Die Dame trug einen ganz dichten, schwarzen Schleier fest um den Hut herum. Ich konnte gar nichts sehen. Aber sie hatte eine junge Stimme und auch einen leichten, schnellen Gang. Die Treppe hinab ist sie nur so geflogen. Sie mußte sehr froh sein, daß sie die Tasche wiederhatte«, berichtete er.

Da war Hasso ganz beruhigt. Selbst wenn jemand die Dame im Hausflur gesehen hatte, würde sie nicht erkannt worden sein.

Er verließ nun seine Wohnung. Auch heute abend wollte er mit Rudolf von Kronau zusammentreffen. Sie hatten verabredet, bei Hiller zusammen zu speisen. Am nächsten Abend sollte Hasso von seinen Kameraden fortgefeiert werden; aber heute wollten die Freunde noch einmal allein sein, denn sie hatten sich noch mancherlei zu sagen.

Hasso kam eine Viertelstunde nach der verabredeten Zeit in dem Lokal an. Zu seinem Erstaunen fand er Kronau noch nicht anwesend. Dieser erschien erst eine halbe Stunde später, und er sah aus, als habe er eine große Erregung hinter sich. Sein Gesicht war blaß, und die Augen leuchteten wie im Fieber aus dem sympathischen, offenen Gesicht.

»Entschuldige, daß ich dich so lange warten ließ, Hasso. Ich – ja – ich erwartete zu Hause noch einen telephonischen Anruf der jungen Dame, von der ich dir sprach, und konnte nicht eher fort.«

Mit diesen Worten sah er Hasso unruhig forschend an und reichte ihm die Hand.

Hasso begrüßte ihn lächelnd. »Minnedienst geht vor, Rudi. Hoffentlich hast du per Telefon die erwartete beglückende Nachricht erhalten?«

Kronau zuckte leise zusammen, behielt sich aber in der Gewalt.

»Wie meinst du das?« fragte er nur ein wenig nervös.

Hasso lachte harmlos. »Ist das so schwer zu verstehen? Ich hoffe, daß dir deine zukünftige Frau etwas recht Liebes am Telefon gesagt hat. Sonst hat doch das Telefonieren zwischen einem Liebespaar keinen Zweck. Aber – du scheinst ein wenig zerstreut und erregt zu sein. Du hast doch nichts Unangenehmes erfahren, mein Alter?«

Die letzten Worte Hassos klangen ganz erhlich besorgt, und er faßte die Hand des Freundes, der sich zu ihm gesetzt hatte.

Seine harmlose Unbefangenheit mußte beruhigend auf Kronau wirken. Dieser strich sich aufatmend über die Stirn, und in sein Gesicht kam die normale Farbe wieder. Er lachte wie befreit.

»Du hast recht – ich bin ein wenig zerstreut.«

»Bei einem Verliebten kein Wunder«, neckte Hasso.

Kronau schüttelte den Kopf. »Nein, nein – ich habe wirklich einen recht unangenehmen und sorgenvollen Tag hinter mir. Aber nun bin ich dieser Sorge gottlob ledig, ich erhielt gute Nachricht. Und du? Was hast du heute vorgenommen?«

»Nicht eben viel. Am Vormittag hatte ich einige dienstliche Wege. Nachmittags bin ich zu Hause geblieben und habe Briefe geschrieben.«

Kronau wurde nun sichtlich ruhiger, und die Freunde plauderten zusammen über alles, was ihre Herzen bewegte. Nur von der gefundenen Handtasche erwähnte Hasso kein Wort, und Kronau verriet nichts von dem, was ihn heute so sorgenvoll erregt hatte.

Es war ziemlich spät, als sich die Freunde trennten. Hasso begleitete Kronau noch bis vor seine Wohnung, die in der Nähe lag. Dann verabschiedeten sie sich herzlich. Hasso fuhr in einem Auto nach seiner Wohnung, und Kronau eilte die Treppe hinauf.

In seinem Zimmer angekommen, warf er hastig den Überrock ab und setzte sich an seinen Schreibtisch. Er schrieb eilig ein Billett:

»Liebe, Süße! Sei ganz ruhig, mein Freund, Hasso von Ried, wird keinem Menschen etwas von der gefundenen Handtasche und ihrem Inhalt erzählen, denn er hat selbst mir nicht die leiseste Andeutung gemacht. Du kannst seiner absoluten Diskretion sicher sein, dafür kenne ich ihn. Und meine Schrift hat er sicher nicht erkannt. Wie ich Dir schon sagte, kennt er meine Handschrift kaum, da ich für alle Briefe außer denen, die ich an Dich schreibe, seit Jahren eine Schreibmaschine benutze. Er kennt höchstens meinen Namenszug, und der fehlte ja gottlob unter meinem Briefe an Dich. Ich habe auch aus Hassos ganzem Verhalten gemerkt, daß er nicht die leiseste Ahnung hat, daß ich mit der Verliererin der Handtasche in irgendeiner Verbindung stehen könnte.

Da kannst also ganz ruhig sein, meine süße Lotte. Da Dich Hasso von Ried überhaupt nicht gesehen hat und Dir die Tasche durch seinen Burschen im versiegelten Kuvert übergeben ließ, bin ich ganz außer Sorge. Die delikate Art, diese Angelegenheit zu erledigen, sieht Hasso ähnlich. Bist Du also nun wieder ruhig, meine angebetete Lotte?

Und nun kann ich mich doch wieder von Herzen freuen, daß Deine Mutter ihren Widerstand wirklich aufgeben will. Es war ein gewagtes Spiel, mein tapferes, liebes Herz – aber gottlob, wir haben es gewonnen. Morgen früh, bald nach diesem Brief, werde ich bei Dir sein und nochmals bei Deiner Mutter meine Werbung anbringen. Und dann wird alles – alles gut.

Ich küsse Deine lieben Hände in heißer Innigkeit und Anbetung Dein Rudi.«

Kronau machte diesen Brief postfertig und trug ihn gleich noch hinunter zum Postkasten. Als er über den Korridor ging, erschien in einer Tür in einem Schlafrock gehüllt, ein ehrpusseliges Nachtmützchen auf dem Kopfe, die Frau Rat Wendt.

»Ach, Sie sind es, Herr Oberleutnant?« sagte sie mit ihrem milden Lächeln. Kronau verbeugte sich.

»Ich will nur noch einen Brief in den Kasten werfen, Frau Rat.«

»Ja, ja – ist schon gut – ich glaubte nur, Sie brauchten noch etwas. Gute Nacht, Herr Oberleutnant.«

»Gute Nacht, Frau Rat.«

Kronau lachte vor sich hin, als er die Treppe hinabging.

Meine Garde wacht Tag und Nacht über mich, damit ich nicht strauchle, dachte er amüsiert.

IV

Hasso von Ried reichte seinem Freund Kronau die Hand aus dem Fenster seines Wagenabteils. Kronau war in diesem Moment erst auf den Bahnsteig gekommen.

»Ich wollte dir doch noch ein letztes Lebewohl sagen,

mein lieber Alter, und dir gleich selbst noch mitteilen, daß ich mich gestern mit Fräulein Lotte Harder verlobt habe,« sagte er. Hasso drückte ihm herzlich die Hand.

»Alles Glück der Welt für dich, Rudi – für dich und deine Braut. Also hast du endlich dein Ziel erreicht?«

Kronaus Augen strahlten. »Ja, gottlob, der Widerstand der Angehörigen ist besiegt, und in wenig Monaten wird unsere Hochzeit sein. Leider kannst du nicht daran teilnehmen, Hasso, wahrscheinlich keiner meiner drei besten Freunde, denn du und Leo, ihr seid dann in Südwest, und ob Norbert sein Taunusschloß wird verlassen wollen, um an meiner Hochzeit teilzunehmen, ist zum mindesten fraglich. Du könntest ihn aber mal fragen, ob er es tun wird.«

»Das will ich gern tun, Rudi. Du teilst mir aber, bitte, rechtzeitig den Termin zu deiner Hochzeit mit. Wenn es irgend angeht, will ich dir wenigstens ein Glückwunschtelegramm schicken. Jedenfalls bitte ich dich aber, deiner Braut meine ergebenen Glückwünsche, wenn auch leider unbekannterweise, zu Füßen zu legen.«

»Das will ich gern tun, Hasso, Lotte wird sich freuen.«

»Hoffentlich ist es mir vergönnt, sie später kennenzulernen – falls ich zurückkehre.«

»Du wirst zurückkehren, und dann holen wir alles nach. Und bitte, grüße Norbert herzlich, und wenn du Leo in Südwest begegnest, diesen natürlich auch.«

»Das will ich tun.«

»Du schreibst mir doch aber nochmal von Neuhalden aus?«

»Selbstverständlich.«

»Wie lange bleibst du dort?«

»Bis Mitte April. Am 16. April geht mein Dampfer ab. So lange bleibe ich bei Norbert.«

Jetzt trat Hassos Bursche heran. Er stand stramm und reichte seinem Herrn einen Stoß Zeitungen zum Fenster hinein.

»Haben der Herr Oberleutnant noch Befehle?« fragte er.

»Nein, Treumann, Sie können nun Ihren Platz einnehmen. Unterwegs lassen Sie sich zuweilen bei mir sehen, falls ich Sie brauchen sollte.«

»Zu Befehl, Herr Oberleutnant.«

Treumann machte Front vor Kronau. Dieser nickte ihm lächelnd zu. »Sie gehen also mit nach Südwest, Treumann?«

»Zu Befehl, Herr Oberleutnant.«

»Dann glückliche Reise, und kommen Sie samt Ihrem Herrn gesund wieder heim.«

»Zu Befehl – danke sehr, Herr Oberleutnant«, sagte Treumann mit lachenden Augen und schwenkte ab, um den Zug zu besteigen.

»Es freut mich, Hasso, daß der treue, ehrliche Kerl mit dir geht.«

»Mich auch. Er erklärte sogleich, als er von meinem Fortgehen hörte, er wolle mit mir gehen. Auf ihn kann ich mich verlassen, der geht mit mir durch dick und dünn. Er ist sehr anhänglich.«

»Wie mein Kretschmar auch. Der soll als Diener bei uns eintreten, wenn ich erst verheiratet bin und er seine Dienstzeit hinter sich hat. So lange bleibt er Bursche bei mir.«

Das Abfahrtssignal wurde gegeben. Die Freunde schüttelten sich noch einmal die Hände und sahen sich herzlich an.

»Leb wohl, Rudi!«

»Auf Wiedersehen, Hasso! Glück auf den Weg!«

Der Zug rollte davon, und die Freunde winkten sich zu, bis sie einander nicht mehr erkennen konnten.

Dann wandte sich Kronau um und ging die Bahnhofstreppe hinab. Das Herz tat ihm ein wenig weh, nun der letzte, liebste seiner Freunde davongefahren war.

Unten vor dem Bahnhof warf er sich in ein Auto und fuhr nach der Villa, die seine Braut mit ihrer Mutter im Grunewald bewohnte. Als er dort anlangte, führte ihn ein Diener in einen Salon, wo er seine Braut in Gesellschaft ihrer Mutter fand.

Lotte eilte ihm entgegen und fiel ihm um den Hals, trotz der mißbilligenden und protestierenden Blicke ihrer Mutter. Er küßte sie innig und führte fast ehrfurchtsvoll ihre Hand an seine Lippen. Sie sah ihn errötend, aber mit leuchtenden Augen an.

Es waren sehr schöne braune Augen, die aus dem reizenden, eigenartig geschnittenen Mädchengesicht leuchteten. Goldbraunes, leicht gelocktes Haar fiel weich in die Stirn. Man konnte Rudolf von Kronau sehr wohl nachfühlen, daß er dieser lebensfrischen jungen Dame sein Herz geschenkt hatte.

Nun begrüßte Kronau auch die Mutter seiner Braut. Sie zeigte ihm ein steif abwehrendes Gesicht und reichte ihm nur die Fingerspitzen, die er an die Lippen führte. Sogleich zog sie die Hand wieder zurück und wandte ihre Augen von ihm ab.

Er sah sie bittend an. »Sind Sie uns noch immer böse, verehrte, gnädige Frau?« fragte er.

Sie sah mit grollenden Augen auf das Brautpaar. »Was liegt Ihnen daran, Herr von Kronau? Sie haben sich mit sehr gewagten Mitteln die Hand meiner Tochter ertrotzt – Lotte hat mir durch ihr Verhalten leider keine andere Wahl gelassen – obwohl ich ihre Hand schon halb und halb Graf Lötzow zugesagt hatte.«

»Aber Mama, Graf Lötzow ist fast doppelt so alt wie ich und, unter uns gesagt, ein Ekel«, bemerkte Lotte energisch.

»Er ist ein sehr vornehmer, sympathischer Mann, wenn du das auch nicht einsehen willst. Seine Familie wäre dir sehr freundlich entgegengekommen, du wärest bei Hofe vorgestellt worden – «

»Und wäre bei alledem mordsunglücklich geworden, liebste Mama. Gilt dir das gar nichts?«

»Nun – wir werden es ja erleben, ob du in der von dir ertrotzten Verbindung glücklicher wirst.«

»Das hoffe ich bestimmt, Mama«, sagte Lotte, mit strahlenden Augen zu Kronau hinübersehend. »Und glaube mir – Papa hätte seine Einwilligung zu einer Verbindung mit Rudi nicht versagt, wenn er gewußt hätte, wie sehr ich ihn liebe.«

Kalt und streng blickte die Mutter ihre Tochter an. »Ich weiß nicht, was dein Vater getan hätte, wenn er hätte erfahren müssen, wie ehrvergessen du gehandelt hast. Es ist besser, daß er das nicht, wie ich, an seinem einzigen Kinde erleben mußte.«

Lottes Gesicht wurde sehr ernst. Sie atmete tief auf und faßte die Hand ihres Verlobten. »Liebe Mama – du hast uns ja keine andere Wahl gelassen. Du wiesest Rudi mit seiner ehrlichen Werbung ab und verlangtest von mir, daß ich meine Hand einem ungeliebten Manne geben sollte. Rudi wollte deshalb mit seinem Freunde nach Südwest gehen. Das hätte ich nicht ertragen, denn ich liebe ihn über alles.«

Mit einem bitteren, gramerfüllten Ausdruck sah die Mutter sie an. »Der Preis, den du dafür gezahlt hast, ist allerdings der höchste, den eine Frau zahlen kann. Mich hast du damit bis ins tiefste Herz getroffen. Ich hatte nur einen Stolz – den auf meine Tochter, und ich wollte sie an einer hohen Stelle sehen. Deshalb versagte ich Herrn von Kronau deine Hand und versprach sie Graf Lötzow. Jetzt bin ich tief gedemütigt in meinem Stolz.«

Lotte wurde dunkelrot, und es zuckte wie verhaltenes Weinen um ihren Mund. Kronau nahm ihre Hand und führte sie in inniger Verehrung an seine Lippen.

»Nie – niemals kann ich dir genug danken, meine Lotte, was du für mich getan hast. Du weißt, daß du mir hoch über allen Frauen stehst«, sagte er mit starkem Empfinden.

»Ja, weil sie das Glück hat, eine reiche Erbin zu sein. Wäre sie ein armes Mädchen, dann hätten Sie Lotte jetzt in Schmach und Elend sitzen lassen«, sagte die Mutter mit zornbebender Stimme.

Kronau wollte auffahren, aber Lotte faßte mit festem Druck seine Hand und sah ihn bittend an.

»Laß das Thema ruhen, Rudi. Mama wird mit der Zeit ruhiger darüber denken.«

»Nie – niemals! Ich werde es nie verwinden, daß meine Tochter sich so weit vergessen konnte.«

Lotte faßte ihre Hand. »Mama – hast du mir denn eine andere Wahl gelassen, mir mein Glück zu erringen?«

»Ich hätte mich schließlich doch erweichen lassen, wenn du festgeblieben wärest. Du hättest nur Geduld haben müssen. Aber freilich – mein mütterliches Empfinden hat mich von Anfang an vor Herrn von Kronau gewarnt. Wenn er dich wirklich liebt, dann hätte er das Opfer deiner selbst nicht angenommen.«

Da richtete sich Lotte plötzlich auf. Sie nahm Rudis Hand und trat mit ihm vor die Mutter hin. »Nun denn, liebe Mama, unsere Verlobung ist publiziert, ein Teil der

Verlobungsanzeigen ist schon unterwegs, und Rudi hat deine Einwilligung. So will ich dir die Eröffnung machen, daß der Brief, den ich dir zeigte und durch den ich endlich deinen Widerstand besiegte, ein fingierter war.«

Frau Kommerzienrat Harder fuhr auf. »Was willst du damit sagen?«

Lotte atmete auf. »Ich will damit sagen, daß nicht wahr ist, was in diesem Briefe steht. Ich habe mir Rudi gegenüber nichts vergeben. Er hätte solch ein Opfer gar nicht angenommen, dazu hat er mich viel zu lieb. Wollte er doch nicht einmal den Brief schreiben. Ich habe ihn lange darum bitten müssen. Aber ich sagte ihm, es sei der einzige Weg für uns, deine Einwilligung zu erhalten. Diesen Brief habe ich aus einem Roman abgeschrieben. Rudi war erst außer sich, er wollte es nicht tun – bis ich weinte und ihm sagte, er könne sich doch denken, daß ich so etwas nicht von ihm verlangen würde, wenn eine andere Möglichkeit bliebe, deinen Widerstand zu besiegen. Ich sagte ihm, wenn ich so viel für unser Glück tue, daß ich es über mich bringe, ihm diesen Brief zu geben, trotzdem ich vor Scham fast verginge, so müsse er auch das Opfer bringen, diesen Brief an mich zu schreiben. Da hat er endlich eingewilligt und hat mir so viel Liebes und Gutes über meinen Opfermut gesagt. Und so habe ich dich denn mit dem Briefe überlistet, liebe Mama. Ich hatte ja so große Angst, daß Rudi nach Südwest gehen würde. Bitte, sei nicht böse, daß ich dich durch diese List so im tiefsten Herzen gekränkt habe – du solltest ja später, wenn wir unser Ziel erreicht hatten, die Wahrheit erfahren.«

Frau Kommerzienrat Harder sah das Brautpaar mit unruhigen Zweifeln an.

»Ist das auch wahr, Lotte?«

»Gnädige Frau, ich verbürge mich mit meinem Ehrenwort als Offizier für die Wahrheit dieser Worte. Glauben Sie Lotte. Ich war tiefgerührt durch ihren beispiellosen Opfermut, den sie ihrem Herzen abgerungen hat. Bitte, verzeihen Sie auch mir, daß ich in die kleine Komödie gewilligt habe. Aber seien Sie versichert, zwei Menschen wie wir, Lotte und ich, wissen, was sie einander wert sind. So hoch mir Lotte über allen andern Frauen steht, so sicher weiß sie auch, daß ich ihrer Liebe wert bin. Gewiß, ich könnte ein armes Mädchen nicht heimführen, weil ich selbst arm bin und der Stand, dem ich angehöre, eine gewisse Repräsentation verlangt. Aber auch die reichste Erbin hätte mich nicht verleiten können, um sie anzuhalten, wenn ich sie nicht geliebt hätte.«

Frau Kommerzienrat Harder sah noch immer zweifelnd und unruhig auf das Brautpaar. Da lief Lotte plötzlich aus dem Zimmer, kam aber nach wenigen Minuten wieder herein und trug ein Buch und einen Brief in der Hand. Sie schlug das Buch auf, legte den entfalteten Brief darauf und sagte erregt:

»Bitte, liebe Mama, vergleiche das. Hier aus diesem Buche schrieb ich den Brief ab. Es stimmt Wort für Wort.«

Die Mutter las. Und in ihrem Gesicht zuckte es seltsam. Unsicher sah sie empor zu den beiden jungen Menschen, die, Hand in Hand, mit einem heiligen Feuer in den Augen, vor ihr standen. Und da sanken ihre letzten Zweifel in nichts zusammen. Härte und Strenge schmolzen dahin. Sie war unsagbar glücklich, daß sie wieder an die Reinheit ihres Kindes glauben durfte.

Eine schwere, drückende Last fiel von ihrer Seele. Plötzlich löste sich ihre Erregung in Tränen. Und aus tiefstem Herzen aufschluchzend reichte sie Kronau die eine Hand und zog mit der andern Lotte an sich.

»Gottlob – ach gottlob! Ich habt mich bis ins innerste Herz getroffen mit dieser Komödie. Aber gottlob, daß es nur eine Komödie war und nicht Wahrheit. Nun habe ich doch mein Kind wieder, wie ich es immer gekannt habe, rein und stolz. Ich verzeihe euch die Täuschung – nun seid in Gottes Namen glücklich. Und gegen Sie, lieber Schwiegersohn, will ich allen Groll begraben – ich will Ihnen glauben, daß Sie Lotte von Herzen lieben. Machen Sie meine Tochter glücklich, dann will ich Sie in meinem Herzen wie einen Sohn betrachten.«

Kronau küßte ihr erfreut die Hand. »Liebe, teure gnädige Frau, darf ich Sie Mutter nennen? Ich habe meine Mutter verloren, als ich zwölf Jahre alt war, es würde mich froh machen, wenn ich jetzt wieder eine Mutter haben dürfte. Trotz Ihrer Gegenwehr habe ich Sie immer hoch verehrt – als Mutter meiner angebeteten Lotte.«

Die alte Dame mußte plötzlich denken, daß Graf Lötzow ihr nicht so herzliche Worte gesagt haben würde. Vielleicht hatte Lotte doch die bessere Wahl getroffen.

Sie zog den Kopf des jungen Offiziers zu sich herab und küßte ihn auf die Stirn. »Ich will dir eine Mutter sein, mein Sohn, wenn du mein Kind glücklich machst.«

»So glücklich, liebe Mutter, wie es in meiner Macht steht, so glücklich, wie es meine tapfere Lotte verdient«, sagte er und zog seine Braut in die Arme.

Sie sahen sich innig an. »Nun sind erst alle Schatten gewichen, Rudi, nun kann ich glücklich sein«, sagte Lotte.

Kronau mußte zu Tisch bleiben, und seine erst so böse Schwiegermutter hatte sich plötzlich in eine gute Mutter verwandelt. Sie wollte nun auch die Verlobung ihrer

Tochter mit allem Glanze feiern. Erst hatte sie von einer solchen Feier nichts wissen wollen.

Das Brautpaar strahlte vor Glückseligkeit, obwohl es die laute Feier gern vermißt hätte. Kurz vor Tisch zog sich die Mutter auf ein Weilchen zurück und ließ das Brautpaar allein. Da warf sich Lotte in Kronaus Arme.

»Ach, Rudi, wie bin ich froh, daß diese Last nun von meinem Herzen ist. Diese letzten Tage waren furchtbar schwer für mich. Als ich Mutter zuerst den Brief zeigte, zitterte ich an allen Gliedern. Du glaubst nicht, wie entsetzt sie war. Und dann mein fürchterlicher Schrekken, als ich zu meiner Modistin kam und merkte, daß ich meine Handtasche verloren hatte.«

»Meine arme Lotte«, sagte Kronau zärtlich.

Sie lächelte zu ihm auf. »Nun ist ja alles gut. Weißt du, ich ahnte sogleich, daß ich die Tasche im Auto hatte liegen lassen. Aber wie sie dein Freund Ried darin gefunden hat, ist mir ein Rätsel. Ich sah doch, wie vor dem Hause meiner Modistin eine andere Dame das Auto bestieg.«

»Nun, diese Dame wird eben die Handtasche nicht bemerkt haben. Wie ich durch vorsichtiges Forschen von Hasso erfuhr, hat er das Auto, das ihn an jenem Tage zu mir brachte, am Kurfürstendamm bestiegen. Bis dorthin hat es wahrscheinlich die Dame benutzt.«

»So wird es sein. Du kannst dir denken, welche Angst ich ausgestanden habe, als ich den Verlust der Tasche bemerkte. Und dann die Aufregung, als ich abends zu deinem Freund, Herrn von Ried, ging, um mir die Tasche abzuholen. Wußte ich doch nicht, daß er so ritterlich sein würde, mir gar nicht gegenüberzutreten. Sicher hat er den Brief gelesen und mir die Beschämung ersparen wollen.«

»Das ist wohl anzunehmen. Er mußte ja darin nach dem mutmaßlichen Besitzer der Handtasche forschen. Wie gut, daß du den Brief aus dem Roman abgeschrieben und keinen Namen genannt hattest.«

»Gottlob! Ich war so froh, als ich Tasche und Brief wiederhatte, daß mir die Tränen aus den Augen stürzten. Der Bursche sah mich ganz erschrocken an, als er mein Schluchzen hörte. Wie ich mich aber benommen hätte, wenn mir Herr von Ried selbst gegenübergetreten wäre, weiß ich nicht. Und doch mußte ich die Tasche selbst abholen. Sie durfte nicht nochmals in andere Hände gelangen. Und du hättest sie auch nicht abholen dürfen.«

»Nein, sonst hätte Hasso gewußt, daß ich der Briefschreiber war. Gottlob, daß er meine Schrift nicht so genau kannte. Ein Glück war ja auch, daß Hasso dich noch gar nicht kannte, sonst hättest du trotz des dichtesten Schleiers nicht zu ihm gehen können. Aber die Stunde, da ich dich auf diesem Wege wußte, möchte ich nicht noch einmal erleben. Ich war noch am Abend, als ich mit Hasso zusammen war, ganz aufgeregt, obwohl du mir telefonisch mitgeteilt hattest, daß alles gut abgelaufen sei. Jeden Moment erwartete ich, daß er sagen würde, er wisse, ich sei der Briefschreiber. Erst als ich seine völlige Harmlosigkeit erkannte, wurde ich ruhiger. Bis er von Südwest zurückkehrt, hat er längst die kleine Episode mit der gefundenen Handtasche vergessen.«

Lotte atmete auf.

»Und wenn auch nicht, er weiß ja nicht, daß ich sie verloren hatte.«

Kronau zog sie an sich und küßte sie. »Meine tapfere Lotti – wie liebe ich dich!«

Sie sah ihn strahlend an. »Ich weiß, daß du mich liebst, und es macht mich sehr, sehr glücklich.«

Er nahm das Buch, das Lotte vorhin mit dem Briefe herbeigeholt hatte. »Das mußt du mir schenken. Immer wieder will ich lesen, was du aus diesem Buche für mich aufgeschrieben hattest. Aber den Brief, meine Lotti, wollen wir vernichten.«

Sie nickte, und er steckte das Buch zu sich und verbrannte den Brief an seinem Feuerzeug zu Asche.

V

Hasso von Ried hatte schon einige Wochen bei seinem Freund, Baron Norbert Platen, auf Schloß Neuhalden verlebt, einem der schönsten Schlösser im Taunus, von herrlichen, alten Waldungen umgeben.

Hasso hatte von hier aus seinem Onkel, dem Majoratsherrn, mitgeteilt, daß er sich am 16. April nach Südwest einschiffen und bis dahin als Gast bei seinem Freund Platen bleiben würde.

Darauf hatte ihm der alte Herr in seiner knorrigen, unliebenswürdigen Weise geantwortet, daß seine Schulden sogleich nach seiner Abreise bezahlt werden würden.

»Er will sichergehen, daß ich auch wirklich abdampfe, sonst zahlt er nicht«, sagte Hasso zu seinem Freund.

Diesem tat es sehr leid, daß Hasso wegen einer solchen Bagatelle, wie er es nannte, in die Verbannung gehen sollte. Er wußte, daß Hasso durchaus kein Verschwender war und sich ehrlich gemüht hatte, nicht mehr auszugeben, als in seiner Stellung nötig war.

Als sie eines Abends gemütlich in dem achteckigen Turmzimmer bei einer guten alten Flasche Wein saßen, sagte Baron Platen: »Du bist wirklich zu schade für die Gegend da unten, Hasso. Es will mir nicht in den Kopf, daß du nach Südwest gehst. Ich will dir etwas sagen: schreibe deinem Onkel Isegrim, er soll sein Geld behalten und dir die Freiheit deines Tuns lassen.«

Hasso zuckte die Achseln.

»Und wie kommen meine Gläubiger dann zu ihrem Gelde?«

»Sehr einfach – ich strecke dir die Summe vor.«

»Und wann und wie soll ich sie dir zurückzahlen, mein lieber Norbert?«

»Wann und wie du willst. Vielleicht, wenn du einmal eine gute Partie machst. Ein Mensch wie du, der braucht doch nur die Hand auszustrecken.«

Ernsthaft schüttelte Hasso den Kopf und sah gegen das Licht durch den goldglänzenden Wein in seinem Glas.

»Nee, nee, mein Lieber, da ist nichts zu machen. Lieber drille ich da unten Rekruten, wenn sie auch noch so begriffsstutzig sind, als daß ich mich mit Leib und Seele verkaufe.«

»Du kannst dich aber doch auch regelrecht in eine Millionärin verlieben, wie es unser Freund Rudi auch getan hat.«

Hasso leerte sein Glas. »Siehst du, mein lieber Norbert, solche Glücksfälle kommen alle hundert Jahre nur einmal vor. Und für dieses Jahrhundert hat Rudi nun schon den Vogel abgeschossen.«

»Er scheint allerdings, seinen Briefen nach zu urteilen, in jeder Beziehung das Große Los gewonnen zu haben.«

»Das scheint mir auch so.«

Platen starrte in sein Glas, das er frisch gefüllt hatte. »Er ist ja auch in der beneidenswerten Lage, nicht danach fragen zu müssen, ob seine zukünftige Frau auch die nötige Ahnenzahl aufzuweisen hat. Ich darf zum Beispiel keine Bürgerliche heimführen, weil ich Majoratsherr bin und unser Hausgesetz eine bestimmte Ahnenzahl vorschreibt.«

»Du sagst das so seltsam schwerblütig, Norbert.«

Dieser seufzte und sah vor sich hin. »Du wolltest ja schon immer wissen, warum ich voriges Jahr so plötzlich meinen Abschied nahm. Ich will es dir sagen: weil ich hier in der Nähe von Wiesbaden leben, und so oft, wie es mir wünschenswert erscheint, hinüberfahren kann.«

»Nach Wiesbaden? Lockt dich das so sehr?«

»Nun ja! Da sitzt da drüben in Wiesbaden ein liebes, reizendes Mädchen – so ganz geschaffen, mich glücklich zu machen. Voriges Jahr im Mai lernte ich sie auf einem Fest im Kurhaus kennen. Sie heißt schlichtweg Gerta Werner. Ihr Vater ist Arzt, eine Kapazität in seinem Fach mit dem Professorentitel. Aber eine Gerta Werner ist für mich einfach unerreichbar. Was tut man da? Man vergräbt sich verdrießlich in die Mauern seines Schlosses und giftet sich über blödsinnige Majoratsbestimmungen, bis einen die Sehnsucht wieder mal nach Wiesbaden treibt und man sich von neuem das Herz von zwei blauen Mädchenaugen umdrehen läßt.«

»Armer Kerl! Da bist du freilich in einer schlimmen Lage. Solche Majoratsbestimmungen können peinlich sein.«

»Hoffentlich erfährst du das nicht eines Tages an dir selbst, mein lieber Hasso.«

»Ich? Wie meinst du das?«

»Nun, euer Hausgesetz schreibt euch doch auch

ebenbürtige Gemahlinnen vor.«

»Für die Majoratserben ja.«

»Es kann doch jeder Majoratserbe werden, der dem Geschlecht entstammt. Und wenn du nicht die Anwartschaft auf das Majorat Marwedel verlieren willst, mußt du auch ebenbürtig heiraten.«

Hasso warf den Kopf zurück. »Ich bitte dich, Norbert, was habe ich mit dem Majorat zu tun? Mein Onkel ist trotz seiner Jahre ein baumstarker, rüstiger Herr. Und sein Sohn, das brave Kurtchen, kann ohne große Anstrengung Bäume ausreißen. Die Rieds sind ein unglaublich kräftiger Schlag.«

»Alle Hochachtung, das sieht man an dir, Knochen wie Eisen, Muskeln wie Stahl. Es ist bewundernswert, wie kräftig ihr euch erhalten habt.«

»Vielleicht, weil unser Hausgesetz außerdem noch Heiraten zwischen Verwandten verbietet. Da ist immer frisches Blut dazugekommen. Aber wie gesagt, ich brauche nicht unbedingt ebenbürtig zu heiraten, da ich als Majoratserbe nie in Frage kommen werde.«

»Weißt du das so sicher? Dein Onkel ist ein alter Mann, und dein Vetter kann ohne männliche Nachkommen sterben. Es könnte doch sein, daß du Söhne hättest, die als Majoratserben in Frage kämen. Kinder und Kindeskinder von dir können vor die Notwendigkeit gestellt werden, ihre durchaus ebenbürtige Abkunft nachzuweisen. Und dann wärst du schuld, daß sie auf das Majorat verzichten müssen. Verliebe dich also niemals in eine Unebenbürtige.«

Hasso lachte. »Mensch, bist du gründlich! So weit habe ich noch nicht gedacht.«

Norbert von Platen lachte bitter. »In meiner Lage hättest du es auch getan. Sieh, ich war schon soweit, auf das Majorat zu verzichten und meine Gerta frisch und frei als Gattin heimzuführen. Ich habe ja von meiner Mutter aus Vermögen genug, um ohne Majorat standesgemäß und sorglos leben zu können. Aber da fiel mir ein, daß ich diese Entschließung nicht nur für mich, sondern auch für meine eventuellen Nachkommen zu treffen hätte. Und das darf ich nicht als gewissenhafter Mensch. Ergo – ich darf keine Bürgerliche heiraten.«

»Hm! Dann allerdings – dann ist dir wohl nicht zu helfen.«

»Nein, leider nicht. Ich sitze hier und grüble in meiner Einsamkeit nach einem Ausweg, nach einer Möglichkeit, mit meiner Gerta glücklich zu werden. Aber ich finde keinen. Und das macht mich zu Zeiten ganz menschenscheu. Ich komme dann wochenlang nicht aus dem Haus.«

»Das ist aber verkehrt, Norbert, du müßtest dich ablenken. Geh auf Reisen – du brauchst ja nicht nach dem Mammon zu fragen.«

»Was soll ich draußen in der Welt unter lauter gleichgültigen, fremden Menschen?«

Hasso faßte seine Hand und sah ihn besorgt an. »Du gefällst mir nicht, Norbert, du mußt hier heraus. Komm mit mir nach Südwest.«

Norbert stutzte. Dann schüttelte er den Kopf. »Ich werde nicht wieder Soldat.«

»Brauchst du ja auch nicht. Du kannst Südwest einfach als Vergnügungsreisender oder als Forscher besuchen. Es muß doch ganz interessant sein, sich dort einmal umzusehen. Du hast tüchtige Beamte, wie ich beurteilen kann. Hier wird inzwischen alles am Schnürchen gehen, und du kommst draußen auf andere Gedanken.«

Platen strich sich über die Stirn. »Die lange Seereise in

deiner Gesellschaft – die könnte mich schon locken.«

»Nun also – zieh es ernsthaft in Erwägung. Ich habe das Gefühl, als dürfte ich dich hier nicht allein zurücklassen.«

Platen hob sein Glas und hielt es gegen das Licht.

»Wenn ich noch lange so stumpfsinnig hier hause, verfalle ich am Ende der Trunksucht. Das ist fad, nicht wahr? Auf den Gedanken, eine längere Reise zu unternehmen, bin ich noch nicht gekommen. Das könnte mich locken. Aber nein – nein – es geht doch nicht – bedenke doch – ich könnte Gerta nicht sehen, wenn mich die Sehnsucht nach ihr packt. Und – was mir noch quälender wäre – sie würde sich grämen, daß ich fortgehe. Sie liebt mich, wie ich sie liebe, wenn ich ihr auch habe sagen müssen, daß ich sie nicht heiraten kann. Im Grunde warten wir beide auf das Wunder – aber es wird vergeblich sein. Nein, Hasso, ich kann nicht mit dir kommen, so sehr es mich lockt, ich kann Gerta nicht allein lassen, sie braucht den Trost, mich zuweilen sehen zu können, wie ich sie zuweilen sehen muß.«

»Ich will dich natürlich nicht drängen, Norbert, aber die Einsamkeit taugt nicht für dich.«

»Weiß ich wohl! Deshalb habe ich dich ja so dringend um deinen längeren Besuch gebeten. Du warst mir immer der liebste meiner Freunde, wenn ich auch Rudi und Leo von Holms herzlich zugetan bin. Seit du hier bist, ist mir auch etwas wohler zumute. Und weißt du – morgen fahren wir nach Wiesbaden hinüber. Da ist sie sicher im Kurhaus. Ich muß das liebe Mädchen einmal wiedersehen, damit ich nicht verzweifle.«

Hasso hätte ihm lieber abgeraten, aber er tat es nicht.

VI

Am andern Tage fuhren die beiden Herren im Auto nach Wiesbaden. Um die Mittagszeit langten sie an und nahmen Wohnung im Nassauer Hof. Für den Abend war großes Konzert und danach Ball im Kurhaus angesagt. Es war ein herrlicher, milder Tag, das Wetter war beständig, obwohl April im Kalender stand.

Am Nachmittag machten die Herren einen Spaziergang durch den Kurpark. Auf den Tennisplätzen wurde fleißig gespielt. Platen blieb stehen und sah scharf und forschend den spielenden Damen ins Gesicht. Gerta Werner war aber nicht unter ihnen. Da wandte er sich enttäuscht ab.

»Komm, Hasso, laß uns weitergehen«, sagte er.

Er konnte den Abend nicht erwarten. Daß er Gerta dann sehen würde, stand fest bei ihm.

»Jeden ersten Mittwoch im Monat haben wir uns verabredet. Dann ist sie immer mit ihren Eltern hier«, sagte er auf Hassos Frage, ob er sicher sei, sie zu treffen.

Endlich war es an der Zeit, ins Kurhaus zu gehen. Vom Hotel aus waren es nur wenige Schritte durch die Kolonnaden bis dorthin. Auch Hasso trug Zivilkleider.

Das Konzert war wundervoll. Hasso genoß es. Er war sehr musikalisch und wußte, daß er nun wahrscheinlich für sehr lange Zeit keine Musik von solcher Güte mehr hören würde.

Baron Platens Augen forschten umher nach Gerta. Aber er entdeckte sie nicht.

Nach dem Konzert begann der Ball. Eine glänzende, wenn auch nicht unbedingt exklusive Gesellschaft war anwesend. Die Damen trugen alle große Toiletten, bei den Herren herrschte der Frack vor.

Hasso und Platen blieben am Eingang des großen Saales stehen und ließen die Eintretenden an sich vorübergehen. Die Türen des Saales standen nach der wundervoll harmonischen Halle des Kurhauses weit offen. Auch der kleine Saal, der dem großen gegenüberlag, auf der Seite, wo sich die großen Weinrestaurants befanden, war geöffnet. Viele Herren und Damen promenierten noch in der großen Halle, als die Musik schon zum Tanz aufforderte.

Hasso bemerkte, daß Platens Augen unruhig suchten. Und endlich schien er den Gegenstand seiner Sehnsucht entdeckt zu haben; er zuckte zusammen und richtete sich mit einem tiefen Atemzug auf.

In der offenen Saaltür erschien ein großer, stattlicher Herr mit graumeliertem Haar und Spitzbart. In seiner Gesellschaft befanden sich zwei Damen, der Ähnlichkeit nach Mutter und Tochter. Und neben der Tochter schritt ein schlanker, blonder Herr im Beginn der Dreißig, mit einem Kneifer vor den kurzsichtigen Augen. Er sprach sehr eifrig auf die junge Dame ein und sah sie entschieden mit verliebten Augen an.

Die junge Dame sah aber auch in einem weichfließenden, weißen Seidenkreppkleid entzückend aus – wie eine Verkörperung des einziehenden Frühlings.

Das mußte Gerta Werner sein.

Hasso erkannte es an dem Verhalten des Freundes. Er war wie elektrisiert. Und ohne sich lange zu besinnen, steuerte er auf die Herrschaften los. Man begrüßte ihn sehr freundlich, aber doch eine Nuance zurückhaltender, als es nötig erschien. Die junge Dame errötete jäh bei seinem Anblick, beherrschte sich aber und zwang die aufsteigende Verlegenheit nieder. Hasso glaubte einen etwas schuldbewußten Ausdruck in ihren blauen Augen zu erkennen. Platen hatte zuerst die älteren Herrschaften begrüßt und verneigte sich nun mit einem aufleuchtenden Blick vor der jungen Dame.

Diese reichte ihm, die Unbefangene spielend, mit einem leisen Zögern die Hand. Dabei sah sie mit einem unruhigen Seitenblick nach dem blonden Herrn mit Kneifer hinüber, der sie entschieden eifersüchtig beobachtete.

Platen stellte nun seinen Freund, den Freiherrn von Ried, vor. Es war, wie Hasso erwartet hatte, Professor Werner mit Frau und Tochter. Der blonde Herr war der Assistent des Professors, Dr. Alvensleben.

Platen hatte für niemand weiter Aufmerksamkeit als für Gerta Werner. Die Sehnsucht nach einem kurzen Alleinsein mit ihr brannte ihm aus den Augen. Hasso wäre ihm gern zu Hilfe gekommen, doch wußte er nicht, wie er das anstellen sollte.

Schließlich verneigte sich Platen kurz entschlossen vor Gerta und bat um den eben beginnenden Walzer.

Sie zögerte eine Weile unsicher und sah wieder in Alvenslebens blondes Gesicht, das sich beängstigend rötete. Aber endlich legte sie doch ihre Hand auf Platens Arm. Er führte sie zum Tanz.

»Gerta, teure Gerta – die Sehnsucht nach einem Wiedersehen mit Ihnen hat mich hierhergetrieben. Und eine heiße Angst war in mir, daß Sie nicht kommen könnten. Gottlob, daß ich Sie endlich gefunden habe«, stieß Platen erregt hervor.

Die junge Dame biß sich auf die Lippen und sah unruhig zur Seite. »Vorsicht, Baron Platen, wenn man uns hört«, mahnte sie leise.

Er sah sie mit einem heißen, flehenden Blick an und führte sie im Tanz davon.

Hasso war im Gespräch mit den Eltern der jungen Dame und dem blonden Doktor stehengeblieben. Seine Augen folgten dem Freunde mit einer instinktiven, unklaren Besorgnis.

Der Professor unterhielt sich sehr liebenswürdig mit Hasso, und auch die Frau Professor warf einige höfliche Phrasen ein. Aber Dr. Alvensleben sah wie hypnotisiert hinter dem tanzenden Paar her und nagte etwas nervös an den Enden seines blonden Schnurrbarts.

Der Mann ist entschieden eifersüchtig, dachte Hasso.

Und irgend etwas gefiel ihm nicht – er wußte nur nicht, was es war.

Baron Platen hatte indes eine Runde mit Gerta Werner getanzt. Zu Hassos Erstaunen machte er nicht den Versuch, eine zweite Runde folgen zu lassen. Er brachte die junge Dame zu ihren Eltern zurück. Ihr Gesicht hatte sich dunkel gerötet, vielleicht von der Anstrengung des Tanzes – vielleicht aber auch aus einem anderen Grund. Dagegen sah Platen seltsam blaß und fahl aus, und in seinen Augen lag ein Ausdruck, der Hasso erschütterte.

Was war geschehen?

Diese Frage stieg in Hasso auf, als er sah, daß Platen sich gewaltsam zusammenriß, um Haltung zu markieren.

Er verabschiedete sich jetzt hastig von Gertas Eltern. Überrascht hörte Hasso ihn sagen:

»Ich bin nur auf ein halbes Stündchen hergekommen, in der Hoffnung, Sie, meine Herrschaften, zu sehen. Es bleibt mir keine Zeit zu einem Abschiedsbesuch bei Ihnen. Ich treten in diesen Tagen eine längere Reise an. Gestatten Sie mir, Ihnen gleich jetzt Lebewohl zu sagen.«

Professor Werner blieb harmlos, aber seiner Gattin Antlitz rötete sich vor Verlegenheit. Und Gerta Werners schönes Gesicht wurde einen Schein blasser. Ihre blauen Augen blickten unruhig und verlegen.

Dr. Alvensleben aber atmete sichtlich erleichtert auf.

Hasso war überrascht durch die Worte des Freundes, aber er ließ sich nichts anmerken. Keine Miene verriet, daß er nicht nur für eine halbe Stunde mit Platen hierhergekommen war. Er merkte diesem eine große Erregung an.

Platen brachte es über sich, noch einige lustige Worte zum Abschied zu sagen. Sie klangen aber heiser und gepreßt. Der Professor wollte noch Näheres über die Reise hören, aber Platen entschuldigte sich mit großer Eile. Er reichte dem Professor die Hand, küßte höflich und artig die der Professorin und machte eine steife Verbeugung vor Dr. Alvensleben. Dann wandte er sich Gerta zu. Er neigte das Haupt vor ihr. Dabei trafen seine Augen mit dem Ausdruck so namenloser Qual in die ihren, daß Hasso erschrak. Auch die junge Dame ließ erschrocken die Augen davor sinken.

Nun legte Platen seine Hand auf Hassos Arm und zog ihn mit sich fort. »Komm schnell, ich bitte dich«, sagte er heiser.

Stumm ging Hasso an seiner Seite aus dem Saal. Eine heitere Menuettmelodie folgte ihnen. Drinnen traten die tanzenden Paare zu einem neuen Reigen an, darunter Gerta Werner mit Dr. Alvensleben. Sie lächelte liebenswürdig heiter zu ihm auf.

Das sah Platen, als er sich an der Tür noch einmal umwandte.

Er biß die Zähne wie im Krampf zusammen. Stumm ging er mit Hasso zur Garderobe vorn am Eingang der

Halle. Sie ließen sich ihre Hüte und Mäntel geben und traten unter den von hohen Säulen getragenen Portikus über die breite Freitreppe ins Freie. Hier blieb Platen eine Weile stehen, wie aller Kraft beraubt. Der Atem kam keuchend aus der Brust.

Hasso faßte erschrocken seinen Arm. »Norbert, was ist dir?«

Platen sog mühsam die herbe, frische Luft ein und sah den Freund mit einem erschütternden Blick an. Dann lachte er scharf und schneidend auf.

»Nichts von Bedeutung, mein lieber Hasso! Ein kleines, lustiges Intermezzo, wobei freilich für mich eine herbe Enttäuschung herauskam. Ich kam mit meinem vollen Herzen nach Wiesbaden, mit meinem quälenden Hunger nach einem lieben Blick, einem tröstenden Lächeln, das mir sagen sollte: du leidest nicht allein, ich bin mit meiner Sehnsucht bei dir, wie du bei mir. So etwas Ähnliches habe ich oft aus ihren Augen zu lesen geglaubt. Aber es muß doch wohl ein Irrtum gewesen sein. Meine Sehnsucht wurde nicht gestillt.«

Langsam führte ihn Hasso davon. »Armer Kerl, ich habe dir angesehen, daß du eine herbe Enttäuschung erlebt hast.«

Wieder lachte Platen höhnisch auf. »Ich sagte ihr, wie ich mich nach ihr gesehnt, und wartete, daß sie mir dasselbe sagen sollte. Aber nach der ersten Walzerumdrehung erklärte mir Fräulein Werner, ich müsse vorsichtig sein, niemand dürfe merken, daß wir uns je von Liebe gesprochen hätten, bei der zweiten Umdrehung eröffnete sie mir, daß sie sich heute, vorläufig noch inoffiziell, mit Dr. Alvensleben verlobt habe und daß die Verlobung morgen proklamiert werden würde. Als ich nach dieser Eröffnung etwas fassungslos war, mahnte sie nach der dritten Umdrehung, ich müsse vernünftig sein, wie sie es auch gewesen wäre. Da ich sie nicht hätte heiraten können, dürfe ich doch nicht verlangen, daß sie meinetwegen unverheiratet bliebe. Gewiß wäre sie lieber meine Frau geworden als die des blonden Doktors. Und als ich, sprachlos und außer mir, diesen schönen Worten lauschte, lächelte sie mich schelmisch an und sagte neckend, ich würde ja wohl nun bald ihrem Beispiel folgen und mir eine Frau suchen, die zu mir passe. Daß ich dabei nicht zu Eis gefroren bin, wundert mich. Ist das nicht eine lustige Geschichte, Hasso?«

Dieser drückte seinen Arm fest an sich. »Armer Kerl! Das war eine bittere Enttäuschung.«

Platen richtete sich hoch auf. »Und wegen so etwas habe ich mich halb um den Verstand gegrämt! Komm, laß uns gleich jetzt nach Hause fahren, Wiesbaden erdrückt mich. Ich halte es hier nicht mehr aus. Wenn ich noch bleibe, bin ich imstande, ich kehre um und reiße sie dem blonden Doktor aus den Armen. Hast du gesehen, wie holdselig sie ihm zulächelte, nachdem sie ihr Henkeramt an mir vollzogen hatte?«

Erschrocken sah Hasso in sein verzerrtes Gesicht. »Komm doch zu dir, Norbert, sie ist es nicht wert, daß du dich so grämst.«

Platen riß sich zusammen. »Lustig, Freund, lustig, ich gehe mit dir nach Südwest und tröste mich mit einer Kaffernjungfrau!« rief er höhnisch. »Die hat am Ende mehr Herz als Fräulein Gerta Werner, die vorgab, mich zu lieben. Sieht so die Liebe aus? Ist das vielleicht das Wunder, auf das ich wartete?«

Hasso führte ihn nach dem »Nassauer Hof« hinüber und ließ das Auto vorfahren.

Eine Viertelstunde später saßen die beiden Herren im

Wagen und fuhren davon. Platen drückte sich in eine Ecke des Polsters. Sein Atem ging schwer. Er sprach kein Wort.

Hasso schwieg ebenfalls. Sein Herz war voll warmer Teilnahme. Wie er sich über Rudi von Kronaus Glück gefreut hatte, so schmerzte ihn Norberts Unglück. Aber er wußte, daß Schweigen jetzt die größte Wohltat für den Freund war.

Zwei Stunden später langten sie in Schloß Neuhalden an, zur Überraschung der Dienerschaft, die ihren Herrn heute nicht zurückerwartet hatte.

Platen zog sich sogleich zurück. Er sah sehr blaß und fahl aus in der elektrischen Beleuchtung der Schloßhalle.

»Nimm es nicht krumm, Hasso, wenn ich mich gleich zurückziehe, ich bin todmüde und würde dir ein schlechter Gesellschafter sein.«

»Gute Nacht, Norbert.«

Sie drückten sich stumm die Hände und trennten sich.

Hasso suchte seine Zimmer auf und saß noch eine Stunde am offenen Fenster. Der Rauch seiner Zigarette zog wie ein feiner Schleier in die Frühlingsnacht hinaus. Er dachte über die Liebe nach. Und er wußte selbst nicht, wie es kam, daß er an die Besitzerin der goldenen Handtasche denken mußte, an jenen Brief, der ihm verraten hatte, daß sie sich ohne gesetzliche Sanktionierung einem Manne zu eigen gegeben hatte. Er verglich diese Unbekannte mit Gerta Werner, die »vernünftig« gewesen war und sich einem anderen Manne verlobt hatte, weil sie Platen nicht angehören durfte. Welche von diesen beiden Frauen war nun die liebenswertere?

Und er mußte sich sagen, daß die Unbekannte das größere und tiefere Empfinden bewiesen hatte, obwohl wahrscheinlich Fräulein Gerta Werner die Nase über sie gerümpft haben würde. Am nächsten Morgen erschien Platen ziemlich ruhig und gefaßt beim Frühstück. Man sah ihm jedoch an, daß er die Nacht ruhelos verbracht und schwere Kämpfe bestanden hatte.

Als ihn Hasso besorgt ansah, machte er eine jäh abwehrende Geste. »Du brauchst mich nicht so anzusehen, Hasso. Jetzt bin ich fertig mit der Sache. Teufel noch einmal – es hat mich herzhaft geschüttelt. Kannst du begreifen, daß man über so etwas den Verstand verlieren kann?« sagte er mit einem bitteren Ausdruck, Hasso über den Frühstückstisch hinweg die Hand reichend.

»Nein, Norbert, das kann ich allerdings nicht begreifen. So tief hat es mich noch nie gepackt. Man hat so seine kleinen Liaisons gehabt – das geht aber nicht tief. Offen gestanden, eines so starken Gefühls für eine Frau hätte ich dich gar nicht für fähig gehalten.«

Platen fuhr sich über die Stirn.

»Ich weiß nicht, wie das über mich gekommen ist. Seit Jahr und Tag sitzt es mir im Herzen – ich betete dieses Mädchen an wie eine Heilige – ich sah in ihr mein Ideal – und sie war doch diesem Ideal so unähnlich wie möglich, wie sie mir gestern bewiesen hat. Wie habe ich mir den Kopf zergrübelt, um einen Weg zu finden, der uns zusammenführen könnte. Und ich glaubte, sie strebe diesem Ziele mit gleicher Sehnsucht zu. Statt dessen traf sie mit kalter Ruhe ihre Vorbereitungen für eine passende und sichere Versorgung und meldete mir einfach die vollzogene Tatsache. Und ich war so töricht, mein ganzes Herz an so ein kühl und vernünftig berechnendes Geschöpf zu hängen.«

»Lieber Norbert – Trostworte in solchen Fällen sind banal. Aber – ich meine, das Mädchen, das du liebtest, war dieses Fräulein Werner gar nicht. Du sahest in ihr alle Vorzüge einer Idealgestalt. Im Grunde hast du doch nicht Fräulein Werner geliebt, sondern dein erträumtes Ideal.«

»So mag es aussehen. Aber es kostet trotzdem Herzblut, glaube es mir. Doch lassen wir nun dies Thema. Ich muß und will so oder so damit fertig werden.«

»Das wirst du auch, und hoffentlich schneller, als du glaubst. Ist es nun dein Ernst, mich nach Südwest zu begleiten, oder hast du dich anders besonnen?«

»Es bleibt bei dem, was ich dir gestern abend gesagt habe. Die Einsamkeit hier halte ich vorläufig nicht aus.«

»Das freut mich herzlich, für dich und für mich. Hier würdest du nur Grillen fangen. Ablenkung tut dir wohl.«

»Ich denke auch.«

Die Freunde besprachen nun noch allerlei bezüglich der Reise und schrieben dann an Kronau, um ihm zu melden, daß Norbert nicht an seiner Hochzeitsfeier teilnehmen könne, weil er mit Hasso nach Südwest reise.

Hasso ließ Norbert an diesem Tage keine Stunde allein. Er tat sein möglichstes, um ihn von seinen trüben Gedanken abzulenken.

VII

Am 16. April stach der Dampfer, der die beiden Freunde an Bord hatte, in See.

Sie standen Arm in Arm an der Reling und sahen nach dem mehr und mehr entschwindenden Streifen zurück, hinter dem sich die Heimat barg.

Sie sprachen nicht zusammen.

Am Morgen vor der Abfahrt war plötzlich Hassos

Vetter Kurt an Bord gekommen, um Hasso noch einmal zu sehen. Er hatte ihm kräftig die Hand geschüttelt, und seine gutmütigen hellblauen Augen hatten ihn wie um Verzeihung flehend angesehen.

»Ich wollte dich nicht abreisen lassen, ohne dir Lebewohl zu sagen, Hasso. Mein alter Herr hat mir Urlaub geben müssen, obwohl er über die Reisekosten brummte. Du weißt ja, wie er ist. Das Sparen ist eine Marotte von ihm. Er ist ein bißchen sehr genau in Geldangelegenheiten. Er meint es aber wahrhaftig nicht böse, lieber Vetter.«

Hasso lachte. »Du brauchst ihn nicht zu entschuldigen, Kurt, er hat das Recht, mit seinem Gelde anzufangen, was ihm beliebt.«

»Ja doch – aber manchmal ist es schon ein bißchen arg. Und – siehst du, Hasso – ich habe da so einen kleinen Überschuß – ich brauche doch in Marwedel so gut wie nichts, weil ich einfach gar keine Gelegenheit habe, Geld auszugeben. Als Vater mich dir immer wieder als Muster eines sparsamen Wirtschafters hinstellte, habe ich mir gedacht, daß ich dir im Grunde durch diese unbeabsichtigte Sparsamkeit schaden könnte. So langsam habe ich mir dann von Vater immer ein wenig mehr geben lassen und mir den Anschein gegeben, als verbrauche ich alles. In Wirklichkeit hab' ich's zurückgelegt – weil ich es eben absolut nicht loswerden konnte – und – sei mir nicht böse – nun möchte ich, daß du die paar braunen Lappen von mir annimmst.«

Bei diesen Worten sah Kurt seinem Vetter treuherzig bittend in die Augen. Wider Willen gerührt blickte Hasso in das frische, gutmütige Gesicht. »Lieber Kurt, du beschämst mich. Ich kann das wirklich nicht annehmen.«

Kurt sah ganz unglücklich aus. »Du wirst mich doch nicht kränken und beleidigen wollen, Hasso? Tu mir die Liebe an und nimm das Geld. Ich kann es nicht brauchen, und dir fehlt es an allen Ecken.«

Wieder mußte Hasso lachen. »Wenn das dein Vater wüßte, Kurt!«

»Um Gottes willen! Vater darf natürlich nichts erfahren. Ich hätte dir das Geld sonst längst geschickt, aber das ging nicht heimlich zu machen. Ich wußte ja nicht, ob du mir das Geld empört zurückschicken würdest. Der Majoratsherr von Marwedel hat das Recht und die Verpflichtung, dir pekuniär beizustehen, aber ich doch nicht. Und dann wäre die ganze Geschichte herausgekommen, und Vater hätte einen Mordskrach gemacht. Aber nun ich die Gelegenheit habe, mal ganz allein mit dir zu reden, bitte ich dich, nimm das Geld an und laß es dir gefallen, daß ich dir auch in Zukunft von meinem Überfluß abgebe. Weiß Gott, ich möchte dir gern mehr geben, aber vorläufig geht das nicht. Vater muß sich erst ganz langsam daran gewöhnen, daß ich mehr ausgebe. Es tut mir bitter leid, Hasso, daß Vater dich wegen der verhältnismäßig kleinen Summe nach Südwest schickt.«

Hasso legte ihm die Hand auf die Schulter. »Laß es dir nicht leid tun.«

»Doch, ich fühle mich sozusagen mitschuldig an deiner Verbannung. Hätte ich mehr Geld ausgegeben, dann hätte Vater auch an deine Ausgaben einen andern Maßstab gelegt, und du hättest einen größeren Zuschuß bekommen und keine Schulden zu machen brauchen.«

»Guter Kerl – mit solchen Gedanken plagst du dich? Also sei ruhig, ich gehe im Grunde ganz gern nach Südwest, vielleicht wäre ich auch freiwillig einige Jahre hinuntergegangen. Nur der Zwang ärgerte mich. Aber das hast du nun wieder wettgemacht. Also – gib den Mammon her, er wird mich nicht belästigen. Und sei bedankt. Du bist wirklich ein grundguter Mensch. Ich glaube, ich habe dir in Gedanken manches abzubitten.«

Erfreut steckte Kurt ihm die braunen Scheine zu. »Wie froh bin ich, daß du es annimmst. Ich habe mich schwer herumgeplagt, bis ich mich damit herauswagte.«

Hasso rüttelte ihn ein wenig an den Schultern. »Ein Mann muß alles wagen, Kurt«, scherzte er.

»Ach ja, du hast gut reden, du kannst nicht begreifen, daß so ein baumstarker Kerl wie ich so verzagt sein kann. Aber du bist seit deiner frühesten Jugend immer selbständig gewesen. Dein Vater hat deinen Willen eher gestärkt als unterdrückt, und seit deinem zwanzigsten Jahre bist du dann gewöhnt gewesen, ganz allein über dich zu bestimmen. Ich aber lebe unentwegt unter der strengen Fuchtel meines Vaters, bin immer in Abhängigkeit erzogen worden. Da bin ich eben keine sehr energische Natur geworden.«

»Nein, das bist du wirklich nicht. Dein Vater behandelt dich noch heute wie einen unmündigen Jungen.«

Kurt lächelte verlegen. »Ich kann eben nicht ankommen gegen meinen alten Herrn. Er duckt mich ohne Unterlaß. Dabei meint er es durchaus nicht böse. Er ahnt nur nicht, daß er mich dadurch in meiner Entwicklung hemmt. Na – lassen wir das, um darüber zu jammern, bin ich nicht hierher gekommen. Ich wollte dir nur Lebewohl sagen und dir das Geld geben. Also, nicht wahr, in Zukunft darf ich dir schicken, was ich erübrige, und du erwähnst in deinen Briefen nie etwas davon?«

Gerührt drückte ihm Hasso die Hand. »Ich danke dir, Kurt. Aber nach Südwest brauchst du mir nichts zu schicken. Dort komme ich aus mit dem, was ich habe.

Aber wenn ich nach zwei Jahren wieder in mein altes Regiment eintrete, dann wird es mir sehr lieb sein, wenn du mir ein bißchen helfen willst mit dem, was du entbehren kannst. In Berlin komme ich nämlich bei aller Sparsamkeit mit meinem knappen Zuschuß nicht aus, ohne Schulden zu machen.«

»Kann ich mir schon denken. Weiß Gott, du hättest viel besser zum Majoratserben gepaßt als ich. Ich werde immer ein schlichter Krautjunker bleiben, der nicht versteht, ein vornehmes, altes Geschlecht zu repräsentieren. Im Grunde versteht es mein Vater auch nicht, und er sollte ganz zufrieden sein, daß du es tust. Dafür fehlt ihm aber das Verständnis. Mag ihm der Himmel ein langes Leben bescheren, denn ich habe ihn lieb mit all seinen Schrullen. Aber wenn er eines Tages nicht mehr am Leben ist, Hasso, dann werde ich dich pekuniär so stellen, daß du unseren Namen würdig vor der Welt vertreten kannst. Ich habe ja doch kein Geschick dazu.«

Hasso sah mit warmem Interesse in sein gerötetes Gesicht, über dem sich ein starker, blonder Haarschopf aufbäumte. »Wie gesagt, lieber Kurt, ich habe dir viel abzubitten. Ganz ehrlich – ich habe dich bisher als so eine Art scheinheiligen Musterknaben angesehen. Jetzt erkenne ich dich erst. Sei mir nicht böse.« Kurt drückte Hassos Hand, daß es diesen schmerzte. »Ich bin dir nicht böse, du konntest ja nicht wissen, wie ich bin. Und Ursache, mir zu grollen, hattest du, weil ich dir immer als Musterexemplar vorgeritten wurde – ich dir – es hätte umgekehrt sein müssen. Ich freue mich, daß ich mich mal mit dir aussprechen konnte.«

»Das freut mich auch von Herzen, Kurt. Hab Dank für deine guten Worte und für deine Hilfe.«

»Ach, das ist ja nicht der Rede wert.«

Die beiden Vettern wurden hier durch Platen gestört, mit dem sie nun plauderten, bis Kurt von Ried den Dampfer verlassen mußte.

Die Vettern schüttelten sich nochmals die Hand. »Auf glückliche Wiederkehr, Hasso!«

»Ich danke dir, Kurt. Und grüße deinen Vater und melde ihm, daß ich wirklich und wahrhaftig abgefahren bin. Du bist so gut und sorgst dafür, daß meine Gläubiger bald ihr Geld bekommen, es sind alles kleine Leute, die auf mein ehrliches Gesicht vertraut haben.«

»Es wird gleich erledigt werden, verlaß dich drauf. Auf Wiedersehen, Hasso!«

»Auf Wiedersehen, Kurt!«

Noch ein letzter Händedruck, und die Vettern waren getrennt. »Du, Norbert – dem braven Menschen habe ich unrecht getan – ich hatte ihn sehr unterschätzt«, sagte Hasso.

Platen sah Kurt nach. »Er macht den Eindruck eines ehrlichen, anständigen Menschen.«

»Ist er auch. Ich ärgere mich, daß ich ihn früher höhnisch ›das brave Kurtchen‹ nannte.«

»Man selber steckt in keinem andern, Hasso, den einen überschätzt man, den anderen schätzt man nicht hoch genug ein.«

Es klang eine leise Bitterkeit aus Platens Worten.

Nun war der Dampfer schon auf hoher See.

Die Freunde hatten lange Zeit schweigend an der Reling gestanden, als Treumann zu seinem Herrn herantrat und ihm eine Frage bezüglich der Sachen vorlegte, die ausgepackt werden sollten. Hasso gab ihm Bescheid, und Treumann entfernte sich.

»Komm, Norbert, wir wollen eine kleine Deckpromenade machen und uns unsere Mitpassagiere näher betrachten«, sagte Hasso neugierig.

Norbert nickte, und sie gingen langsam davon. Die See war glatt und ruhig, und die Sonne schien frühlingsmäßig warm.

An einer ziemlich einsamen, abgelegenen Stelle sahen die Herren eine junge Dame stehen. Sie trug Trauerkleider und sah gedankenverloren mit großen traurigen Augen über das Merr. Diese Augen waren dunkelbraun und hatten goldene Lichter auf dem Grund. Sie strahlten aus einem blassen, feingeschnittenen Gesicht und verrieten, daß ihnen Tränen nicht fremd waren.

Als Hasso die junge Dame erblickte, stutzte er und blieb stehen. Die Dame richtete in diesem Augenblick ihre schlanke Gestalt empor und wandte sich um, wahrscheinlich um weiterzugehen. Hassos Augen weiteten sich in Erstaunen. Er trat schnell mit einer Verbeugung an sie heran.

»Mein gnädiges Fräulein – täuschen mich meine Augen nicht? Sie sehen mich überrascht, Ihnen hier an Bord dieses Dampfers zu begegnen.«

»Sie täuschen sich nicht, Herr von Ried. Ich bin aber ebenso erstaunt, Sie hier zu sehen.«

»Auf der Fahrt nach Südwest, mein gnädiges Fräulein. Aber Sie – ich sehe, Sie sind in Trauer. Haben Sie einen Verlust gehabt?«

Es zuckte leise um den Mund der jungen Dame. »Einen sehr schweren, Herr von Ried – meine Mutter starb vor einigen Wochen. Ich bin auch auf der Fahrt nach Südwest. Mein Bruder erwartet mich auf seiner Farm, weil ich jetzt ganz allein im Leben stehe.«

»Gestatten Sie mir, Ihnen meine innige Teilnahme auszudrücken. Ich habe nichts von dem Tode Ihrer Frau Mutter gehört, da ich seit Wochen von Berlin fort bin.

Also – Sie wollen zu Leo reisen?«

»Ja – dort werde ich Arbeit und eine Heimat finden.«

»Also haben wir ein Reiseziel. Aber nun gestatten Sie mir, Ihnen meinen Freund, Baron Platen vorzustellen, der zugleich ein Freund und früherer Regimentskamerad Ihres Herrn Bruders ist.«

Damit rief Hasso Norbert herbei, der abseits stehengeblieben war.

»Lieber Norbert – diese junge Dame ist die Freiin von Holms, die Schwester unseres Freundes Leo, die auch nach Südwest reist.«

Platen verneigte sich. »Mein gnädiges Fräulein, als ganz Fremden bitte ich Sie also, mich nicht zu betrachten.«

Lena von Holms lächelte leise. »O nein, das will ich gewiß nicht tun. Ihr Name ist mir nicht fremd, Baron Platen, mein Bruder hat ihn oft genannt und Sie als seinen Freund bezeichnet wie Herrn von Ried und Herrn von Kronau, die ich schon länger persönlich kenne.«

»Es freut mich, daß auch ich nun die Ehre und das Vergnügen habe, Sie kennenzulernen. Wir haben in diesen Tagen viel von Leo gesprochen, hoffen wir doch, ihn wiederzusehen.«

Während dieser Worte betrachtete Platen voll Interesse das feine, liebliche Mädchengesicht. Der herbe Schmerzenszug um den jungen Mund und die traurigen Augen fesselten ihn.

»Oh, Leo wird sich sehr freuen, seine Freunde wiederzusehen. Sie werden doch wohl längere Zeit in Südwest bleiben, denn sicher sind Sie doch beide zur Schutztruppe kommandiert.«

»Nur mein Freund Ried. Ich selbst gehe sozusagen nur

zum Vergnügen als Begleiter dorthin.«

Lena von Holms sah ihn erstaunt an. »Zum Vergnügen – nach Südwest?« fragte sie ungläubig.

»Ist das so erstaunlich?«

Sie strich sich über die Stirn, um einige lose Löckchen zu fesseln. »Für mich ist es erstaunlich – ich – ich fürchte mich vor Südwest.«

Sie schauerte leise zusammen, und ihre sanften Augen blickten wie in Angst und Furcht.

»Und doch gehen Sie hin?«

»Es bleibt mir keine Wahl. Wenn mein Bruder nicht dort wäre, ginge ich freilich nicht hinunter. Aber besser in Südwest mit ihm als in Deutschland ganz allein. Ich bin eine schrecklich zaghafte Natur.«

Ihre Hilflosigkeit rührte Platen, und auch Hassos ritterliches Wesen erwachte.

»Sie müssen uns gestatten, Sie auf dieser Reise unter unseren Schutz zu nehmen, mein gnädiges Fräulein«, sagte er warm.

Sie atmete erregt wie ein Kind und neigte mit einem dankbaren Lächeln das Haupt. »O wie gern – ich habe mich vor der weiten Reise gefürchtet. Und mein Bruder wird sich freuen und Ihnen sehr dankbar sein. Er ist in großer Sorge, weil ich allein reisen muß. Aber er konnte mich nicht abholen. Abgesehen davon, daß er seine jung aufblühende Farm nicht allein lassen darf, konnten wir uns auch nicht den Luxus doppelter Reisekosten leisten. Ich brauche kein Geheimnis daraus zu machen, daß wir in sehr bescheidenen Verhältnissen sind seit meines Vaters Tode. Sie wissen ja, daß Leo den Abschied nehmen mußte, weil nach Vaters Tode der Zuschuß für ihn wegfiel. Zum Glück erbte Leo in jener Zeit gerade das kleine Kapital von einem Vetter meines Vaters, wofür er sich, um sich eine Existenz zu gründen, die Farm in Südwest kaufte.«

»Wir wissen das alles von Leo selbst, mein gnädiges Fräulein, und aus seinen letzten Nachrichten wissen wir, daß er jetzt anfängt, Erfolge zu verzeichnen«, erwiderte Platen.

Lena atmete auf. »Er hatte die Farm kennengelernt, als er einige Jahre bei der Schutztruppe war. Sie war sehr vernachlässigt, aber billig. Er hat schwer arbeiten und ringen müssen. Aber er ist so ungemein energisch und fleißig. Zum Glück hat er genug Wasser auf seiner Farm, um auch in der trockenen Zeit einen ziemlich großen Viehstand halten zu können. Damit hofft er sein Glück zu machen. Jedenfalls hat er sich vornehmlich auf Viehzucht gelegt.«

»Das teilte er mir auch mit. Jedenfalls freuen wir uns sehr, ihn wiederzusehen«, bemerkte Hasso.

»Wie seltsam, daß Sie nun auch nach Südwest kommen. Es fehlt nur noch Herr von Kronau, dann hätte mein Bruder alle seine Freunde wieder. Aber Herr von Kronau wird nicht nach Südwest kommen. Ich erhielt kurz nach meiner Mutter Tode seine Verlobungsanzeige mit Charlotte Harder.«

»Kennen Sie seine Braut persönlich, mein gnädiges Fräulein?«

»O ja, ich bin ihr verschiedentlich in einer befreundeten Familie begegnet.«

»Ich kenne sie leider nicht, da ich einen Tag nach Herrn von Kronaus Verlobung von Berlin abreiste.«

»Oh, sie ist eine sehr liebenswerte Persönlichkeit. Trotz ihres großen Reichtums gibt sie sich sehr schlicht und natürlich. Und sie ist schön und anmutig und hat liebe, gute Augen.«

»Solches Lob zählt doppelt, mein gnädiges Fräulein«, bemerkte Platen. »Gewöhnlich beurteilen die Frauen einander sehr kritisch.«

Mit großen ernsten Augen sah Lena ihn an. »Glauben Sie, daß Frauen in der Beurteilung von Geschlechtsgenossinnen so besonders kritisch sind?«

Er verneigte sich artig. »Keine Regel ohne Ausnahme. Ich will damit nichts Nachteiliges über die Frauen gesagt haben, sondern nur konstatieren, daß Sie sehr liebenswürdig über Fräulein Harder urteilen.«

Wieder huschte ein leises Lächeln um ihren Mund. »Im Grunde kennt doch jeder Mensch nur sein eigenes Geschlecht.«

»Meinen Sie? Ich habe im Gegenteil immer die Ansicht gehabt, daß man im Urteil über seine eigenen Geschlechtsgenossen befangen ist.«

»Herrschaften, ich schlage vor, wir vertagen die Schlußsitzung über diese Frage und machen uns bereit, zu Tische zu gehen. Ich glaube, es ist dazu die höchste Zeit. Mein gnädiges Fräulein, ich hoffe, Sie geben uns die Ehre, in unserer Gesellschaft zu Mittag zu speisen?« fragte Hasso.

Unschlüssig sah Lena die Herren an. »Meinen Sie, daß ich das ohne Ehrendame tun kann?«

»Sie stehen unter dem Schutze der Freunde und Regimentskameraden Ihres Bruders. Sicherer können Sie in keiner Gesellschaft sein«, erwiderte Hasso.

Sie richtete sich entschlossen auf. »Sie haben recht, Herr von Ried, und ich begebe mich bedingungslos in ihren Schutz.«

»Wir danken Ihnen für diese Auszeichnung, der wir uns würdig zeigen werden«, versicherte Platen mit einer Verbeugung. »Ich werde dem Steward sogleich Order geben, daß er ein für allemal einen bestimmten Tisch für uns belegen soll. Wollen Sie mir bitte im Speisesaal einen Tisch bezeichnen, wo Sie zu sitzen wünschen?«

»Ich bitte, daß Sie nach eigenem Gutdünken wählen, Baron, mir ist es gleich, wo ich sitze.«

Platen verneigte sich und ging davon.

Hasso begleitete die junge Dame bis zu ihrer Kabine. Dort verabschiedete er sich mit einem: »Auf Wiedersehen bei Tisch!«

Als die beiden Herren gleich darauf in ihrer Kabine zusammentrafen, sagte Platen mitleidig:

»Das arme Ding tut mir leid. Sie geht mit schwerem Herzen nach Südwest, und ich kann mir auch nicht denken, daß sie auf die abgelegene Farm Leos paßt, wo sie doch sicher allerhand Strapazen und Unbequemlichkeiten ausgesetzt sein wird.«

»Vielleicht denkst du dir das schlimmer als es ist, Norbert. Bei ihrem Bruder lebt sie doch wenigstens in treuer Hut. Wenn sie in Deutschland geblieben wäre, hätte ihr sicher nur ein Los der Abhängigkeit geblüht. Ich kenne ja die Verhältnisse der Familie ziemlich genau. Solange der Vater lebte, mußte ein großes Haus geführt werden, weil es seine Stellung erforderte. Dabei ist sein ganzes Einkommen draufgegangen. Vermögen ist nicht da, und der alte Name verpflichtet auch noch zu tausend Rücksichten. So ist es wirklich für Fräulein von Holms das beste, sie geht zu ihrem Bruder.«

Platen sah nachdenklich in den Spiegel, vor dem er eben Toilette machte.

»Und wenn Leo mal selbst eine Frau heimführt? Dann ist das arme Ding auf der Farm überflüssig. Sie tut mir sehr, sehr leid – so ein feines, zartes Geschöpf müßte vor jedem Lebenskampf verschont werden.«

Hasso sah nachdenklich zu ihm hinüber. Aus Mitleid ist schon oft Liebe entstanden. Vielleicht findet mein guter Norbert schneller Heilung von seinem Seelenschmerz, als er selbst glaubt. Die beste Medizin gegen eine unglückliche Liebe ist eine neue Neigung. Wir wollen mal den Dingen ihren Lauf lassen, dachte er.

VIII

In dem großen Speisesaal des Dampfers hatte Platen an einem günstigen Platz einen Tisch für drei Personen reservieren lassen. Am Eingang des Saales erwarteten die beiden Freunde Lena von Holms. Baron Platen hielt einen geschmackvoll gebundenen Blumenstrauß in der Hand, den ihm der Steward besorgt hatte.

Als Lena erschien in einem schlichten, schwarzen Seidenkleidchen, das bis zum Hals hinauf geschlossen war, überreichte er ihr artig die Blumen. Sie nahm sie dankend, aber ein wenig verlegen, und sagte befangen: »Solche Galanterien müssen aber aus unserem Verkehr ausscheiden, Baron.«

Er sah sie bittend an. »Nur heute habe ich mir erlaubt, diesen Begrüßungsstrauß zu überreichen. Unsere kleine Tafel soll doch nicht ganz des Blumenschmucks entbehren.«

Sie reichte ihm die Hand. »Ich weiß schon, daß es gut gemeint ist, und ich danke Ihnen.«

Die beiden Herren führten Lena zu dem reservierten Tisch hinüber. Der größte Teil der Passagiere hatte schon im Speisesaal Platz genommen. Man sah sehr interessiert den drei Personen nach, und die Damen beneideten

Lena um ihre beiden Kavaliere, die entschieden die interessantesten Erscheinungen an Bord waren. Hauptsächlich Hasso von Ried wurde von sehnsüchtigen Frauenaugen verfolgt.

Aber weder er noch die beiden anderen Personen an seinem Tisch nahmen vorläufig sonderlich Notiz von ihrer Umgebung. Sie plauderten angeregt miteinander.

Lenas Augen belebten sich unter den Bemühungen der beiden Herren, sie aufzuheitern. Und zuweilen huschte sogar ein Lächeln um ihren ausdrucksvollen Mund, so daß die feine Leidenslinie verwischt wurde.

Platen gefiel dieses Lächeln sehr. Er freute sich, wenn es erschien, und suchte es immer wieder hervorzurufen. Dabei wurde er von seinem eigenen Herzweh wohltätig abgelenkt. Überhaupt – Lena erschien ihm reizend in ihrer sanften Hilflosigkeit. Und er wich im Verlauf des Tages kaum von ihrer Seite. Zwar bemühte sich auch Hasso eifrig um Lenas Wohl, aber er überließ doch dem Freunde willig den Hauptanteil an ihrer Gesellschaft.

Im Verlauf der Reise änderte sich das nicht, die beiden kamen sich von Tag zu Tag näher. Sie fanden viele gemeinsame Berührungspunkte, harmonierten hervorragend in ihren Ansichten und Lebensanschauungen und wußten einander zu fesseln und zu interessieren.

Hasso gab sich den Anschein, als sei das ganz selbstverständlich. Er vermied delikat die leiseste Störung dieser aufkeimenden beiderseitigen Neigung und wußte es in zarter Weise immer wieder einzurichten, daß beide eine Stunde des Alleinseins fanden.

Platen ertappte sich sehr bald dabei, daß er sehnsüchtig nach dem blassen, stillen Mädchen in Trauerkleidern Ausschau hielt, wenn es einmal länger als sonst auf sich warten ließ. Und er horchte erstaunt in sich hinein. Wo war der Schmerz und das Herzeleid um den Verlust Gerta Werners geblieben? Er wurde sich bewußt, daß er sie gar nicht gekannt hatte bis zu dem Augenblick, da sie sich ihm in ihrer oberflächlichen Kleinlichkeit zeigte. Im Grunde hatte er sie ja auch gar nicht besser kennenlernen können, denn sie waren immer nur flüchtige Stunden zusammen. Mit Lena war das anders. Die lernte er gründlich kennen in dem steten, wochenlangen Beisammensein. Sie öffneten einander ihre Seelen bis zum Grunde und zeigten sich gegenseitig im wahren Licht, vielleicht, weil sie zu Anfang beide gar nicht daran dachten, Eindruck aufeinander zu machen.

Mit innigem Vergnügen sah Hasso, daß sich Norberts Mienen mehr und mehr aufhellten. Er sah, daß der Freund sehnsüchtig nach Lena Ausschau heilt und wie er ihr erfreut entgegeneilte, wenn sie erschien. Und mit großer Genugtuung bemerkte er, daß Lena errötete, wenn ihre Augen mit denen Norberts zusammentrafen.

Natürlich schloß man im Verlauf der Reise noch allerlei Bekanntschaften mit den anderen Passagieren des Schiffes. Es war nicht durchweg gute Gesellschaft, die Elemente waren etwas gemischt, und eine gewisse Zurückhaltung erschien geboten. Da gab es manche gescheiterte Existenz, die sich nach den Kolonien retten wollte und der man besser aus dem Wege ging. Aber mit einigen Herrschaften wurde man bekannt. Es waren noch einige Offiziere an Bord, die Oberin eines Missionshauses, die einen Urlaub in Deutschland verbracht hatte und auf der Rückfahrt war, ein angesehener Kaufmann, der in Windhuk ein Warenhaus errichten wollte, und verschiedene höhere Beamte.

Die auffallendsten Erscheinungen der Reisegesellschaft waren der Sohn eines millionenschweren Kommerzienrates mit seiner Frau. Herr Deckmann hieß er und erzählte jedem, der es hören wollte, daß er in Südwest die schönste und größte Luxusfarm besaß. Er hatte sie gekauft, um, wie er sagte, »die Mode mitzumachen«.

Er war ein hochelegant gekleideter, wohlgenährter Herr mit lebhaften Bewegungen und einem beängstigend funktionierenden Mundwerk. Aber trotz seiner herausfordernden Eleganz sah er unfein aus, und das wußte er auch. Er schrieb das seiner Nase zu.

»Kunststück – wie kann man mit einer Stülpnase vornehm aussehen. Wenn ich eine andere Nase hätte, würde mir das leicht fallen. Aber die Stülpnasen sind in unserer Familie erblich – gleichsam Rassenmerkmale – und man kann nichts dagegen tun. Ein berühmter Professor wollte mir meine Nase operieren und garantierte mir für ein klassisches Profil. Aber die Geschichte schien mir unsicher. Das Paraffin, das er mir unter die Haut spritzen wollte, um die klassische Form herzustellen, kann in großer Hitze schmelzen, und da ich mich zuweilen in den Tropen aufhalte, ist mir das riskant. Wer weiß, was dann herauskommt bei dieser Sache. Also trage ich getrost meine Stülpnase weiter, einem hübschen, forschen Kerl steht alles, und die Weiber sind trotzdem wild hinter mir her. Sehen Sie sich meine Frau an – sie ist die schönste Frau, die ich je gesehen habe, ist eine reiche Erbin – und liebt mich doch. Was sagen Sie nun?«

Auf seine Frau war er sehr stolz. Sie war auch tatsächlich eine blendend schöne Erscheinung von lebhaftem, rassigem Temperament, mit flammenden schwarzen Augen und einem wundervollen pfirsichfarbenen Teint. Sie sah aus wie eine Kreolin und war jedenfalls Brasilianerin von Geburt. Gleich den meisten Südländerinnen kokettierte sie mit großer Leidenschaft, und sie verschoß vornehmlich ihre Pfeile auf Hasso, der es ihr angetan zu haben schien.

Aus Langeweile ging Hasso im Anfang ein wenig auf dies Spiel ein. Das ungleiche Paar interessierte ihn und die nicht abzuschüttelnde Vertraulichkeit ihres Gatten machte ihm ein Ausweichen unmöglich. Aber als er merkte, daß die temperamentvolle Frau aufs Ganze ging, wurde er vorsichtig und hielt sich tunlichst von ihr zurück. In seiner Arglosigkeit sorgte aber Herr Deckmann selbst immer wieder dafür, daß Hasso mit seiner Frau zusammentraf.

Auch ließ er Hasso und Baron Platen nicht eher Ruhe, bis sie ihm ehrenwörtlich versprachen, ihn auf seiner Luxusfarm zu besuchen.

Schließlich setzte es Herr Deckmann auch durch, daß er und seine Frau mit Lena von Holms bekannt gemacht wurden. Dabei stellte sich heraus, daß die Ilonafarm in nächster Nachbarschaft von Holmseck lag. So hatte Leo von Holms seine Farm getauft. Herr Deckmann kannte Herrn von Holms sogar persönlich und hatte nachbarliche Geschäfte mit ihm. Natürlich vergaß Herr Deckmann nicht zu bemerken, daß sich Holmseck in keiner Weise mit der Ilonafarm messen könne, es sei ja nur eine kleine Farm, aber sie schiebe sich wie ein Keil in seine eigenen Besitzungen, und er habe ein scharfes Auge darauf, falls Herr von Holms eines Tages verkaufen wolle.

Immerhin hatte Herr Deckmann noch so viel Takt, daß er dies nur in Lenas Abwesenheit Hasso gegenüber bemerkte.

Im übrigen behandelte er Lena ebenfalls mit einer Vertraulichkeit, als sei er der intimste Duzfreund ihres Bruders. Lena war ihm gegenüber ganz hilflos und sah Platen oft an, als wollte sie sagen: »Erlöse mich von dem

Übel.« Sie konnte nicht begreifen, daß die schöne, elegante Frau Ilona ihrem Gatten keine besseren Manieren beibrachte.

Platen sagte eines Tages lachend zu Lena:

»Da kann man nichts machen, gnädiges Fräulein, solchen Menschen gegenüber ist man machtlos. Ihre Naivität ist entwaffnend. Wir können von viel Glück sagen, wenn wir am Schluß der Reise nicht alle zusammen Brüderschaft mit Herrn Deckmann getrunken haben. Wenn er es sich in den Kopf setzt, läßt er uns nicht aus. Er hat etwas von einem Commis voyageur, den man mit dem festen Vorsatz empfängt, ihn an die Luft zu setzen, und den man dann mit einem ermatteten Händedruck verabschiedet, nachdem man ihm eine glänzende Bestellung gemacht hat. Solche Menschen erreichen schlechtweg alles, was sie wollen. Ich bitte Sie, machen Sie es, wie wir beide – nehmen Sie die Herrschaften von der humoristischen Seite. Das ist die einzige Hilfe, und es kommt wenigstens ein kleines Amüsement dabei heraus.«

Lena lächelte. »Ich will mir das merken und danach handeln. Im übrigen ist Frau Deckmann wirklich eine ganz charmante und interessante Persönlichkeit – nur ein wenig zu temperamentvoll.«

Platen nickte. »In geeigneter Entfernung ist sie ganz passabel.«

»Ich kann mir nicht erklären, daß dieses schöne und, wie ich hörte, sehr reiche Geschöpf sich mit diesem häßlichen, gewöhnlich wirkenden Mann verheiratet hat. Sie kann ihn unmöglich lieben.«

»Aber er ist ihr bequem, sie kann ihn nach ihrer Willkür um den Finger wickeln.«

»Oh, wie gräßlich muß das für eine Frau sein.«

»Sie möchten also einmal nicht die Herrschaft führen, wenn Sie sich verheiraten?«

»Um Gottes willen nicht! Wie schlimm für eine Frau, wenn sie nicht zu ihrem Mann aufsehen kann.«

Er sah entzückt in ihr Gesicht, und das Herz wurde ihm warm. »Noch schlimmer ist das für den Mann selbst, mein gnädiges Fräulein.«

Sie wurden gestört in ihrer Unterhaltung, es sollte ein Gesellschaftsspiel auf Deck inszeniert werden, an dem sie sich beteiligen sollten. So verlief die Reise im ganzen recht angenehm.

Mit inniger Freude bemerkte Baron Platen, daß Lenas blasses Gesichtchen auf der Reise frischere Farbe bekam, daß ihre Augen leuchtender wurden und daß der Leidenszug um den Mund mehr und mehr verschwand.

Und Hasso konstatierte wiederum mit Vergnügen, daß sein Freund Norbert von Tag zu Tag froher und frischer wurde.

IX

Die Freifrau von Hartenfels lebte nun schon seit Monaten mit ihrer Tochter Carry wieder auf ihrem Gute. Wenn sie ihre Tochter im Winter in Berlin in Gesellschaft geführt hatte, fühlte sie sich jedesmal um so behaglicher, wenn sie wieder heimgekehrt war.

Und Carry hatte dasselbe Empfinden. Es war ja immer ganz unterhaltsam und interessant in Berlin, Oper und Theater erfreuten sie sehr, und man lernte eine Menge interessanter Menschen kennen; aber dafür kam man auch die ganze Zeit nicht zur Besinnung auf sich selbst, und die Hoffestlichkeiten waren oft sehr langweilig.

So war auch Carry zufrieden, daß sie wieder in ihrer Heimat war, im Harz.

Sogleich nach ihrer Heimkehr nahm sie ihre Morgenritte wieder auf. Ganz allein streifte sie dann auf ihrem schöngebauten Goldfuchs, einem Halbblüter, durch den herrlichen Wald, der sich zwischen Hartenfels und Marwedel und nach beiden Seiten weit darüber hinaus erstreckte.

Zwischen den beiden Besitzungen lag ein hoher, bewaldeter Berg, der hier gleichsam eine natürliche Grenze bildete. Die Waldungen an der nördlichen und östlichen Bergseite gehörten zu Marwedel und die an der südlichen und westlichen Seite zu Hartenfels. Von dem Plateau dieses Berges aus sah man Schloß Marwedel mit seinen sieben Türmen liegen und auch das langgestreckte Herrenhaus von Hartenfels mit seiner hübschen, blumengeschmückten Fassade, seiner breiten Terrasse mit den blau- und weißgestreiften Sonnenzelten und den hohen Fenstertüren, die auf die Terrasse mündeten.

Schloß Marwedel machte keinen so freundlichen Eindruck, obwohl es ein imposanter, malerischer Bau war mit herrlicher Architektur. Es sah aus, als wohnten keine frohen Menschen hier. Die meisten Fensterläden waren geschlossen – man sparte in Marwedel sogar mit der Dienerschaft.

Aber dem Herrenhaus von Hartenfels sah man an, daß schönheitsdurstige, frohe und glückliche Menschen darin wohnten, die das Bestreben hatten, ihre Umgebung freundlich und harmonisch zu gestalten.

In Marwedel führte an Stelle der längst verstorbenen Schloßherrin Frau Wohlgemut, eine etwas mürrische, wenn auch überaus tüchtige Haushälterin, das Regiment, soweit es Herr von Ried zuließ.

Frau Wohlgemut und Herr von Ried lebten permanent auf dem Kriegsfuß.

Zwischen diesen beiden Gewitterelementen stand Kurt von Ried als gutmütiger Vermittler, immer nach beiden Seiten begütigend und dafür von hüben und drüben nur Grobheiten erntend.

Am Tage nach seiner Rückkehr von Hamburg, wo er seinem Vetter Hasso Lebewohl gesagt hatte, ritt Kurt in früher Morgenstunde auf das Feld hinaus. Da gab es jetzt zum Beginn des Frühjahrs alle Hände voll zu tun. Sein Vater, dessen einzige Lebensfreude der Genuß guter Weine und schwerer Importen war, hatte wieder einmal das Podagra und konnte nicht ausreiten. Zur Erleichterung seines Zustandes lag er in heftiger Fehde mit Frau Wohlgemut, die ungeachtet dessen seinem Leiden energisch mit Fachinger Wasser und kalten Kompressen zu Leibe ging.

Meist brachte sie auf diese Weise ihren Herrn in wenigen Tagen wieder auf die Beine. Eine kraftvolle, wenn auch ziemlich mitleidslose Massage des kranken Fußes begünstigte den Heilungsprozeß. Aber diese verursachte dem alten Herrn große Pein, und er stieß unter den massierenden Händen die gräßlichsten Verwünschungen aus.

Natürlich bekam er von seiner gestrengen Pflegerin bei solchen Anfällen keinen Tropfen Wein zu trinken, und wenn er es noch so gebieterisch forderte. Sie kredenzte ihm unentweg ein Glas Wasser nach dem andern, und er mußte es schlucken, ob er wollte oder nicht. Kurt hatte sich so früh wie möglich aus dieser Atmosphäre ins Freie gerettet und ritt leidlich vergnügt durch den frühlingsfrischen Morgen. Er war eine sehr glückliche

Natur und fast immer mit seinem Dasein zufrieden.

Nachdem er seine Pflichten erfüllt und die Leute auf den Feldern inspiziert hatte, machte er sich wieder auf den Heimweg. Mitten im Walde sah er eine schlanke Reiterin auf einem Goldfuchs auf sich zukommen. Er erkannte Carry von Hartenfels.

Schnell war er an ihrer Seite und zog die Reitmütze von dem blonden Haarschopf. »Guten Morgen, Fräulein Carry! Habe ich heute ein Glück.«

»Guten Morgen, Herr von Ried. Was macht Sie denn so glücklich?« fragte sie lächelnd.

»Natürlich die Begegnung mit Ihnen. Wie geht es Ihnen?«

»Famos, wie immer.«

»Haben Sie sich nun wieder an unsere ländliche Stille gewöhnt nach den Berliner Tagen?«

»Mir ist, als sei ich nie fortgewesen.«

»Wirklich? Sind Sie gar kein bißchen anders wiedergekommen, als Sie fortgegangen sind?«

Es erging Carry bei dieser Frage seltsam. Auch jetzt mußte sie an den jungen Offizier denken, der ihr Armband von dem Autoknopf gelöst hatte und dessen Erscheinung einen so nachhaltigen Eindruck auf sie gemacht hatte, ohne daß sie ihn kannte. Sie zürnte sich selbst, daß sie so viel an ihn denken mußte. Immer wieder sah sie sein energisches, charakteristisches Gesicht vor sich und fühlte den Blick seiner Augen, die unter der kantigen Stirn hervorgesehen hatten. So deutlich erinnerte sie sich seiner, daß sie sein Gesicht hätte malen können. Dagegen half alles Zürnen nichts.

Und sie ahnte nicht, in welchen falschen Verdacht sie bei diesem Mann gekommen war, wußte sie doch nichts von der goldenen Handtasche, die eine andere vor ihr in dem Auto verloren hatte. Auch ahnte sie natürlich nicht, daß dieser Mann der Vetter von Kurt von Ried war und sich jetzt auf der Reise nach Südwest befand. Sie sagte trotz dieser Erinnerung ganz ruhig:

»Genauso bin ich wiedergekommen.« Er atmete tief auf.

»Gottlob! Ich hatte große Angst, daß Sie sich in Berlin verloben würden. Nun kann ich doch wieder einige Monate in Ruhe leben.«

Carrys Gesicht rötete sich unwillig. »Lieber Freund, wie oft soll ich Ihnen noch sagen, daß dieses Thema zwischen uns nicht mehr berührt werden soll.«

»Aber Fräulein Carry, ich will ja nur ganz im stillen hoffen, daß Sie eines Tages Ihren Widerstand aufgeben werden.«

»Sie sollen sich aber keine Hoffnung machen, ich habe es Ihnen ganz ausdrücklich gesagt.«

Er sah sie mit seinen hellblauen Augen treuherzig an. »Ja ja, gesagt haben Sie es mir ganz deutlich. Aber ohne diese stille Hoffnung könnte ich gar nicht leben. Und ich weiß, trotz Ihrer Abwehr, daß sie sich doch eines Tages erfüllen wird. Sie wissen doch, liebes Fräulein Carry, was uns vorigen Sommer die Zigeunerin gewahrsagt hat, die auf dem Mieritzer Jahrmarkt war.«

Carry schnippte mit ihrer Reitpeitsche nach einem Zweig, der über ihr hing. »Aber Herr von Ried, solchen Humbug werden Sie doch nicht glauben!«

»Doch, ich glaube daran, es war ganz seltsam und wunderbar.«

»Ach Unsinn, es war eine schlaue Gauklerin, die sich hier in der Gegend umgesehen hatte.«

»Vielleicht – vielleicht aber besaß sie auch wirklich die Gabe des Hellsehens. Und weil sie uns etwas wahrsagte, was mich sehr glücklich machte, warum soll ich nicht daran glauben? Wissen Sie noch ganz genau den Wortlaut der Prophezeiung?«

Unwillig schüttelte Carry den Kopf.

»Nein – wozu sich so etwas merken?«

»Ich habe es mir wörtlich gemerkt. Darf ich es Ihnen wiederholen?«

»Meinetwegen, wenn es Ihnen großes Vergnügen macht.«

»Sehr großes Vergnügen. Also Ihnen hat sie prophezeit: Ihr Schicksalsweg wird Sie führen über einen Berg in das große Schloß mit den sieben Türmen. Dort werden Sie Herrin sein und glücklich leben bis ans ferne Ende Ihrer Tage.«

»Wie tiefsinnig! Sicher hat sie ganz genau gewußt, wer wir sind, und sich die Szenerie genau angesehen – und ihre Leute auch«, spottete sie.

Er lächelte und sah sie voll Entzücken an.

»Spotten Sie nur. Ich glaube daran. Über den Berg liegt Schloß Marwedel, und es hat sieben Türme. Und eines Tages werden Sie dort als Herrin einziehen, liebe Carry, denn auf die Dauer können Sie sich meiner großen, tiefen Liebe nicht verschließen. Die Zigeunerin hat ja auch mir prophezeit. Sie hat mir gesagt: Bis zu Ihrer Todesstunde wird die Frau bei Ihnen sein, die Sie lieben, und sie wird Sie küssen und Ihre Hände halten, und wird über Ihren Tod weinen. – Sehen Sie wohl, Carry, – Sie werden dennoch meine Frau werden, ich glaube fest daran. Es wird alles in Erfüllung gehen. Wenn ich auch nicht dem Ideal entspreche, das Sie sich von einem Manne gemacht haben mögen, – lieben kann Sie kein Mensch treuer, tiefer und inniger als ich. Und kraft dieser Liebe werde ich Sie mir eines Tages erringen. Ich will geduldig warten.«

Sie warf den Kopf zurück.

»Nehmen Sie doch endlich Vernunft an, Herr von Ried. Es wäre weiß Gott kein Glück für Sie, wenn ich Ihre Frau würde, ich würde Sie schrecklich quälen und tyrannisieren. Sie sind viel zu gut für mich und durch Ihre Güte würde ich ganz schlecht und unleidlich werden.«

»O nein, ich kenne Sie viel besser. Und ich will Sie nicht drängen, Carry, Sie sollen sich zu nichts zwingen. Eines Tages findet Ihr Herz ganz von selbst den Weg zu mir, in das Schloß mit den sieben Türmen.«

Sie zuckte die Achseln, aber er tat ihr doch leid. Sie seufzte tief auf.

»Lieber Freund, wahrscheinlich wäre es ein großes Glück für mich, wenn ich Ihre Liebe erwidern könnte. Aber ich liebe Sie eben nicht, und man kann sich nicht zur Liebe zwingen.«

Er schüttelte lächelnd den Kopf. »Sollen Sie auch nicht, es wird ganz von selbst kommen. Und nun will ich Sie nicht mehr mit meiner Zuversicht quälen. Darf ich Sie noch ein Stück Wegs begleiten?«

»Wenn Sie mir versprechen, von anderen Dingen zu reden.«

»Gut, das verspreche ich.«

Sie ritten nebeneinander. Kurt von Ried bot nie eine elegante Erscheinung, aber neben der schlanken vornehmen Reiterin wirkte er doppelt unvorteilhaft. Seine große, kräftige Gestalt hielt sich schlecht im Sattel und seine Kleider saßen nicht gut. Sie verrieten den billigen Schneider.

»Sie waren also in Hamburg«, fragte Carry.

»Ja, ich habe meinem Vetter Lebewohl gesagt.«

Carry dachte daran, daß ihre Mutter für den Vater dieses Vetters geschwärmt hatte und daß dieser seinem Vater gleichen sollte.

»Er ist also wirklich nach Südwest abgereist?«

»Ja, Vater hat ihm leider keine Wahl gelassen. Aber Hasso paßt nicht nach Südwest, ich kann mir ihn dort gar nicht vorstellen.«

»Warum nicht?«

»Ich weiß nicht.«

»Fehlt es ihm an Schneid?«

»O bewahre – im Gegenteil, Schneid hat er für zehn. Er ist ein ganzer Mann, kühn, verwegen und energisch. Sie müßten ihn reiten sehen, Carry – unvergleichlich. Er zwingt jeden Gaul. Überhaupt – ein Prachtmensch! Und klug und interessant ist er, ein vornehmer Mensch im wahrsten Sinne, und eine stolze, imponierende Erscheinung. Ich habe ihn immer im stillen bewundert.«

»So gleicht er Ihnen nicht?«

Kurt lachte gutmütig. »Wie ein Rassepferd einem Akkergaul. Sein einziger Fehler ist seine Armut. Er wäre viel besser als Majoratserbe am Platze gewesen als ich. Der paßt in unser feudales, stolzes Schloß, und er würde einen ganz anderen Zug in das ganze Treiben auf Marwedel bringen. Und so einen Prachtmenschen verbannt mein Vater nach Südwest, bloß, weil er im Laufe der Jahre eine nicht gerade erhebliche Summe Schulden gemacht hat. Er konnte gar nicht anders, Vater hat ihn viel zu knapp gehalten. Berlin ist ein teures Pflaster, nicht wahr? Und ob nun von dem Mammon mehr oder weniger im Tresor ruht, das ist doch gleichgültig. Wir beide, mein Vater und ich, haben nicht das Talent, unsern Namen zu repräsentieren, das könnte Vater ruhig Hasso überlassen.«

Carry sah in sein gutmütiges Gesicht, das sich vor Eifer gerötet hatte. »Sie sind ein seelenguter Mensch, lieber Freund. Aber warum sagen Sie das, was Sie eben mir gesagt haben, nicht Ihrem Vater?«

Er duckte sich lächelnd zusammen. »Lieber Gott, sagen Sie mal meinem alten Herrn so etwas. Das grenzt an Tollkühnheit. So etwas riskiert höchstens Frau Wohlgemut.«

Carry lachte hell auf. »Ja, die hat Haare auf den Zähnen, die fürchtet sich nicht.«

Er lachte mit. »Nicht die Spur. Es ist unglaublich, wie die mit meinem Vater umgeht. Na – und er mit ihr. Da hagelt es Komplimente, wenn die beiden sich unterhalten. Heute morgen, ehe ich fortritt von zu Hause, gab es wieder einen Tanz zwischen den beiden – fürchterlich anzuhören. Aber seltsamerweise haben sie dabei im Grunde die größte Hochachtung voreinander, und ich wollte niemand raten, in Frau Wohlgemuts Gegenwart Böses über meinen Vater und in seiner Gegenwart Böses über Frau Wohlgemut zu sagen. Sie brauchen nur beide diesen Hauskrieg zu ihrem Wohlbefinden. Würde man meinen Vater von Frau Wohlgemut trennen, dann würde er gewiß krank, weil ihm die wohltätige Emotion fehlt.«

»Und warum verschaffen Sie Ihrem Vater nicht zuweilen dieses ihm so notwendige Gefühl des Widerstandes?«

Kurt lächelte verlegen. »Ach, sehen Sie, Fräulein Carry, ich wage es nicht. Ich glaube, daß es sich mein Vater zu sehr zu Herzen nehmen würde, wenn ich einmal auftrumpfen würde. Es könnte ihm schlecht bekommen – und dann hätte ich zeitlebens ein schlechtes Gewissen. Außerdem ist es mir persönlich ganz fürchterlich, mit jemandem im Unfrieden zu leben.«

Carry schüttelte den Kopf. »Wie gesagt – Sie sind viel, viel zu gut.«

Er sah sie mit seinen guten, treuen Augen an. »Zu gut kann kein Mensch sein, Fräulein Carry. Ich meine, es fehlt allen Menschen an wirklicher, echter Güte. Es müßte viel schöner auf der Welt sein, wenn alle Menschen so recht von Herzen gut zueinander wären.«

Nachdenklich sah sie ihn an.

»Ja – vielleicht wäre das sehr schön. Aber vielleicht wäre das Leben dann auch furchtbar langweilig. Sie wissen doch, Gutes und Böses trägt gemischt das Wesen der Erdenbewohner. Und es muß wohl so sein. Der liebe Gott wird schon wissen, wozu er das so eingerichtet hat. Aber um wieder auf Ihren Vetter zu kommen – er ist also nun wirklich abgereist nach Südwest?«

»Ja.«

»Ist es ihm sehr schwer angekommen?«

»Ich weiß es nicht. Er versteht sich großartig zu beherrschen. Den müßten Sie kennenlernen. Ich glaube, ein so interessanter Mensch ist Ihnen noch nicht über den Weg gelaufen.«

»Schade, daß ich ihn nicht kennenlernte. Sie haben mich neugierig gemacht«, erwiderte Carry lächelnd.

Und sie wußte nicht, daß sie Hasso von Ried kannte und sich in ihrer Erinnerung mehr mit ihm beschäftigte, als ihrer Seelenruhe gut war.

Kurt sah eine Weile nachdenklich in Carrys Antlitz, und in seinen Augen lag eine leise Unruhe. Er mußte plötzlich denken, daß Carry, in ihrer vornehmen, stolzen Art, viel besser zu Hasso passen würde als zu ihm. Und bei aller Gutmütigkeit atmete er auf bei dem Gedanken, daß der Vetter jetzt auf zwei Jahre verbannt war. In dieser Zeit konnte ihn Carry unmöglich kennenlernen.

Und das war gut so, dachte er.

Er war aber eine viel zu offene und ehrliche Natur, um damit hinter dem Berge zu halten. Er rückte die Mütze aus seiner Stirn, als sei ihm zu heiß, und sagte:

»Wissen Sie, Fräulein Carry, mein Vetter ist der einzige Mann, der Ihnen meiner Ansicht nach gefährlich werden könnte, und deshalb bin ich froh, daß Sie ihm jetzt nicht mehr begegnen können.«

Sie lachte hell auf. »Vielleicht mißfällt er mir gründlich, wenn ich ihn eines Tages kennenlerne.«

»Hoffentlich! Ich gönne meinem Vetter alles – meinetwegen das ganze Majorat – nur eines nicht. Sie wissen, was ich meine.«

»Halt, damit kommen wir wieder auf ein verbotenes Thema. Soll ich mich seitwärts in die Büsche schlagen oder wollen Sie von etwas anderem reden?«

»Ich tue es schon. Darf ich heute nachmittag eine Tasse Tee in Hartenfels trinken?«

»Mama wird sich sehr freuen.«

»Und Sie?«

»Ich mich natürlich auch, wenn Sie als guter Freund kommen.«

»Ich werde mich bemühen, mich Ihnen nur als guter Freund zu zeigen.«

»Gut. Dann sage ich Ihnen jetzt auf Wiedersehen, denn hier trennen sich unsere Wege.«

»Sie schicken mich schon fort?«

Carry lachte. »Ich bin der Ansicht, daß Sie sich als guter Sohn einmal nach Ihrem kranken Vater umsehen müssen. Wenn Sie mich noch weiter begleiten, müssen Sie einen zu großen Umweg machen.«

»Ach, das ist nicht schlimm, ich könnte ja über den Berg reiten«, sagte er halb ernst, halb scherzend.

»Dann würde mir Ihr armes Pferd leid tun.«

»Also dann muß ich Ihnen Lebewohl sagen und auf Wiedersehen!«

Sie reichte ihm die Hand. »Auf Wiedersehen, lieber Freund! Bitte, grüßen Sie Ihren Herrn Vater.«

»Das will ich gern tun, dann bekommt er gute Laune. Er freut sich sehr darauf, daß Sie eines Tages seine Schwiegertochter sein werden.«

Sie zuckte schelmisch die Achseln. »Alte Leute sind wunderlich. Guten Morgen, Herr von Ried!«

Damit riß sie ihr Pferd herum und sprengte davon.

Er sah ihr nach, solange er sie erblicken konnte.

Dann ritt er mit einem Gesicht nach Hause, als sei ihm etwas Köstliches geschenkt worden. Die Begegnung mit Carry füllte seinen Tag mit hellem Licht.

Als er nach Hause kam, tönten ihm aus dem großen Wohnzimmer schon scheltende Stimmen entgegen. Er lächelte. Der Vater und Frau Wohlgemut lagen abermals in Fehde. Und die Tür flog plötzlich weit auf. Die ehrsame Haushälterin schoß mit zornrotem Gesicht heraus und knallte die Tür unsanft wieder hinter sich zu.

»Hallo, teuerste Frau Wohlgemut – bitte, rennen Sie mich nicht über den Haufen«, scherzte er.

Sie sah ihn wütend an. »Der gnädige Herr hat, mit Respekt zu sagen, wieder einmal den Koller«, sagte sie erbost.

»Es ist ja nur das Zipperlein«, begütigte er.

»Ach was, Zipperlein! Der Mensch muß sich beherrschen, auch wenn er mal Schmerzen zu tragen hat.«

»Hm! Wie war es doch neulich, als Sie Zahnweh hatten, Frau Wohlgemut?«

Sie stutzte, machte aber dann eine abwehrende Bewegung. »Na, Zahnweh ist auch ganz etwas anderes.«

»Ja – Zahnweh sitzt oben im Kopfe, das Zipperlein in der großen Fußzehe. Aber sonst ist wohl nicht viel Unterschied.«

»Natürlich, Sie stehen immer auf seiten des gnädigen Herrn Vaters.«

»Nein – leider stehe ich immer zwischen zwei feindlichen Parteien. Jetzt habe ich von Ihnen einen Anhaucher weg, und nun will ich zu Vater gehen.«

»Ja, das tun Sie nur, und sehen Sie zu, daß Sie ihm Vernunft beibringen. Er will mit aller Gewalt ein Glas Rotspon trinken. Gibt es aber nicht. Bitte, geben Sie acht, daß er nichts trinkt als sein Fachinger. Sonst hält das Zipperlein ewig an.«

»Ich gebe ihm gewiß nur Fachinger, seien Sie unbesorgt.«

Damit betrat Kurt das Zimmer, in dem sich sein Vater befand.

Dieser saß mit wütendem Gesicht im Lehnstuhl, den kranken Fuß auf Polstern, in Decken eingehüllt.

»Schaff mir dieses Weibsbild aus dem Hause, Kurt, sie bringt mich noch um mit ihrem Gezeter und ihrer verflixten Wasserschlemperei. Das hält kein Mensch aus«, schrie er seinem Sohn entgegen.

»Beruhige dich doch, lieber Vater, du schadest dir«, begütigte dieser.

Der alte Herr brauste auf. »Ach, Unsinn, ich schade mir viel mehr, wenn ich meinen Groll hinunterschlucken muß. Die Wohlgemut hat der Herr im Zorn erschaffen und mir als Geißel auf den Hals geschickt.«

»Draußen auf den Feldern steht alles gut, Vater«, sagte Kurt ablenkend und berichtete noch allerlei Geschäftliches. Dabei beruhigte sich der alte Herr nach und nach. Er machten dann einen Versuch, seinen Sohn zu bewegen, ihm ein Glas Rotwein einzuschenken. Aber Kurt füllte ihm ein Glas mit Fachinger, als sei es der gewünschte Rotwein, und erzählte dabei von seiner Begegnung mit Carry. Er bestellte ihren Gruß. Widerwillig, aber ohne weiteren Protest trank der alte Herr das Wasser.

»Hm! Das ist ein Prachtmädel, die Carry. Wann wirst du dir nun endlich ihr Jawort holen? Wirst so lange warten, bis sie dir ein anderer vor der Nase wegschnappt.«

Kurt hatte dem Vater nichts davon gesagt, daß Carry von Hartenfels ihm bereits mehrere Körbe gegeben hatte. Er wollte ihn nicht gegen sie erzürnen.

»Das muß seine Zeit haben, Vater«, sagte er ruhig.

»Ach was – du hast keinen Schneid«, brummte der alte Herr verdrießlich. Ein resigniertes Lächeln flog über Kurts Gesicht.

»Nein, Vater – Schneid habe ich nicht.«

»Na zum Teufel, soll ich vielleicht für dich auf die Freite gehen?«

»Nein, nein, hab nur noch ein Weilchen Geduld. Die Carry kommt schon noch als Herrin nach Marweel.«

Seine Zuversicht besänftigte den alten Herrn. »Na schön – wenn du sicher bist. Aber ich möchte es noch erleben, daß sie als Herrin hier einzieht. Du – die Wohlgemut ärgert sich dann die Gelbsucht an den Hals, wenn sie im Haushalt nicht mehr die erste Geige spielt. Ich muß ihr das nächstens einmal versetzen.«

»Tu es nicht, Vater, sonst läuft sie dir davon.«

Erschrocken richtete sich der alte Herr auf. »Sie wird doch nicht!«

»Man kann es nicht wissen. Aber du wolltest sie ja ohnedies loswerden.«

»Unsinn! Wer sagt denn das?«

»Du, Vater. Du sagtest mir doch eben, ich soll sie dir aus dem Haus schaffen.«

»Herrgott – das nimmst du gar für Ernst. Ich bekomme ja im Leben nie wieder so eine treue, zuverlässige und grundehrliche Person ins Haus. Was sollten wir ohne sie anfangen, hm? Das gäbe ein schönes Durcheinander. Und wie sie mich pflegt – großartig.«

»Ja, sie ist tüchtig.«

»Unbedingt – aber sagen darf man ihr das nicht, sonst wird sie noch übermütiger. Wenn sie nur nicht so ein loses Maul hätte. Damit bringt sie mich in Harnisch. Ruf sie mal herbei, sie muß mir neue Kompressen machen und den Fuß massieren.«

»Kann ich das nicht tun, Vater?«

»Ausgeschlossen, dazu hat kein Mensch so viel Geschick wie sie. Wenn ich sie nicht hätte, wäre ich schon längst diesem verfluchten Zipperlein zum Opfer gefallen. Aber warte – ehe du sie rufst, gib mir einen Schluck Rotwein, nur einen Schluck.«

Kurt schüttelte den Kopf. »Nein, Vater – ich trau' mich nicht – Frau Wohlgemut hat es streng verboten. Solange der Anfall dauert, gibt es nur Fachinger.«

Der alte Herr sah seinen Sohn an, als wisse er nicht, ob er lachen oder schelten sollte. Aber er sank in seinen Lehnstuhl zurück. »Natürlich, ihr steckt unter einer Dekke, um mich zu ärgern.«

»Um dich gesund zu machen, Vater. Ich rufe also die Wohlgemut.«

Als diese nach einer Weile eintrat, trug sie eine Schüssel vor sich her, in der sich schon die neuen Kompressen befanden. Mit einer ostentativ zur Schau getragenen Milde ging sie ans Werk, und der alte Herr sah ihr halb resigniert, halb mißtrauisch zu. Er knurrte einige wohlgemeinte Worte und zeigte sich ebenfalls sanftmütig, soweit er dessen fähig war.

Kurt entfernte sich einigermaßen beruhigt. Momentan herrschte Waffenstillstand zwischen den feindlichen Parteien.

Aber als er etwa zehn Minuten später wieder durch die Halle ging, hörte er schon wieder ziemlich erregte Wortkämpfe. Der Streit war von neuem entbrannt.

X

Der Dampfer, den Hasso von Ried mit seinem Freund Platen benutzt hatte, war fahrplanmäßig in Swakopmund eingelaufen. Die Passagiere wurden mit einem, an einem Hebekran befestigten Tragsessel an Land befördert, wobei sich einige sehr lustige Szenen ergaben. Lena von Holms wurde hier von ihrem Bruder erwartet. Die Geschwister begrüßten sich mit großer Herzlichkeit. Sie hatten sich seit Jahren nicht gesehen.

Hasso und Platen sahen dieser Begrüßung zu, hielten sich aber vorläufig zurück, um das Wiedersehen nicht zu stören.

Lena machte den Bruder dann erst lächelnd auf die beiden Herren aufmerksam. Er stutzte – und dann gab es ein frohes, bewegtes Begrüßen. Die Freunde hielten sich bei den Händen und tauschten Bemerkungen über Woher und Wohin.

Auch Leo von Holms war eine sympathische, schlanke Erscheinung mit einem gebräunten Gesicht, dessen markante Züge eine zähe Willenskraft verrieten. Man sah ihm noch immer den ehemaligen Offizier an. Seine Kleidung war praktisch und anständig, den Verhältnissen angepaßt. Sie bestand aus einer Joppe, Bridges, Ledergamaschen, festen Stiefeln und einer Art Reitmütze. Er machte den Eindruck eines deutschen Landjunkers.

Er sorgte nun umsichtig für die Weiterbeförderung des Hauptgepäcks für die Reisenden, dirigierte Treumann und führte die Schwester und die Freunde zunächst in einen Gasthof.

Hier saß man einige Stunden beisammen, aber man blieb nicht lange ungestört. Herr Deckmann und seine Gattin tauchten auf. Sie ließen sich nicht abschütteln, benahmen sich, als gehörten sie ohne weiteres zu den anderen, und merkten nicht, daß sie unwillkommen waren. Manchen Menschen geht hierfür das Feingefühl ab.

Es kostete viele Mühe, ihnen dann wenigstens auf der Eisenbahnfahrt nach Windhuk zu entgehen. Das gelang auch nur durch Anwendung von List.

Nun waren die Freunde wenigstens auf dieser Fahrt ungestört und konnten in Erinnerungen an ihre gemeinsame Leutnantszeit in Berlin schwelgen. Lena hörte lächelnd zu, und Platen suchte immer wieder ihre Augen.

In Windhuk angekommen, verabschiedete man sich von Deckmanns, die hier von einem eleganten, komfortablen Auto erwartet wurden. Herr Deckmann klopfte Hasso vertraulich auf die Schulter und sagte vergnügt, er habe den Beweis erbracht, daß man auch hier in der etwas rückständigen Kolonie jeden europäischen Luxus haben könne, wenn man nur über das nötige Geld zu dessen Bestreitung verfüge.

Daß es auf der Ilonafarm an nichts fehle, weder an

elektrischer Beleuchtung noch an von Goldtressen strotzenden Livreen der teils weißen, teils schwarzen Dienerschaft, hatte er den Freunden schon unterwegs erzählt.

Frau Ilona Deckmann machte Hasso zum Abschied noch einmal ihre schönsten Augen, drückte ihm bedeutungsvoll die Hand, als er die ihre an die Lippen führte, und hauchte ein schmachtendes: »Auf Wiedersehen!«

Herr Deckmann winkte seinen »neuen Freunden« huldvoll zu, erinnerte sie nochmals an ihr Ehrenwort und fuhr mit seiner Gattin davon.

Leo von Holms sah seine Freunde lachend an. »Holmseck ist freilich keine Luxusfarm, aber ich hoffe doch, daß es euch bei mir nicht weniger gefällt als auf der Ilonafarm. Hoffentlich besucht ihr uns bald.«

»So bald wie möglich«, versicherte Platen schnell.

»Ich muß erst sehen, Leo, wie sich mein Dienst hier gestaltet. Wie lange bleibst du noch in Windhuk?« fragte Hasso.

»Bis morgen.«

»Hast du eine weite Reise bis zu deiner Farm?«

»Einige Tagereisen zu Pferde.«

Platen sah erschrocken auf Lena. »Gibt es keinen Wagen für das gnädige Fräulein?«

»Höchstens einen Ochsenkarren, der Lenas Gepäck befördern soll. Aber das ist ein weniger angenehmes Beförderungsmittel. Du bist ja zum Glück eine gute Reiterin, Lena, und wir haben gute Pferde.«

Lena machte ein tapferes Gesicht. »Es wird schon gehen, Leo.«

»Es muß gehen, Lena. Und leider müssen wir auch eine Nacht unter freiem Himmel zubringen.«

Nun wurde Lena doch blaß, und Platen sah sie besorgt an. »Hätte das gnädige Fräulein nicht mit Deckmanns im

Auto bis zur Ilonafarm fahren können? Sie liegt doch in deiner nächsten Nachbarschaft.«

»Allerdings – einige Wegstunden – zu Pferde etwa sechs – liegen immerhin zwischen unseren Behausungen. Man rechnet hier mit anderen Entfernungen als daheim. Aber ich wollte von Deckmanns keine Gefälligkeit erbitten. Gelt, Lena, du hättest das auch nicht gewollt.«

»Nein, Leo!«

Er legte den Arm um sie. »Meine liebe alte Deern, du wirst noch manche Nacht unter freiem Himmel kampieren müssen, ein leichtes Leben wartet nicht auf dich. Aber ich werde immer bei dir sein. Du kannst dich ruhig in meine Hut begeben.«

Lena nahm allen Mut zusammen. »Wenn du nur bei mir bist, Leo«, sagte sie tapfer.

Platens Gesicht zeigte die Spuren großer Erregung. »Ist denn der Weg auch sicher, Leo?«

»Absolut sicher.«

Platen wäre am liebsten gleich mit den Geschwistern nach Holmseck geritten. Er war in großer Unruhe, Lenas wegen. Und er fürchtete sich auch vor der Trennung von ihr. Jetzt erst fühlte er, wie viel sie ihm geworden war. Den Abend verlebte man noch gemeinsam im Gasthof.

Am nächsten Morgen brachen die Geschwister auf. Leo hatte umsichtig für alles gesorgt, was der Schwester den Weg erleichtern konnte. Der Abschied Lenas von Platen war für beide Teile schmerzhaft, aber sie bezwangen sich.

»Wir sehen uns bald – sehr bald wieder, mein gnädiges Fräulein. Ich komme sicher nach Holmseck«, sagte Platen.

»Dann also, auf Wiedersehen, Baron«, erwiderte sie.

Auch Hasso verabschiedete sich herzlich von den Geschwistern und versprach, Holmseck zu besuchen, sobald es sein Dienst gestatten würde.

Dann ritten die Geschwister davon.

Platen sah ihnen unverwandt nach. Hasso schob die Hand unter seinen Arm und führte ihn fort. Platen sprach so viel von Lena, folgte ihr in Gedanken mit so großer Sorge und Unruhe, daß sein Freund sehr wohl merken konnte, daß ihm die junge Dame durchaus nicht gleichgültig geblieben war.

Hasso mußte sich nun zunächst dienstlich melden und wurde ohne weiteres der Schutztruppe einverleibt.

Er trat aber seinen Dienst in einer sehr unruhigen Zeit an. Einige wild umherziehende Stämme der Bergdamara hatten in räuberischer Absicht einige abseits gelegene Farmen überfallen, geplündert und in Brand gesteckt und von den Bewohnern einige ermordet oder in Gefangenschaft fortgeführt. Man mußte den Versuch machen, die Gefangenen zu befreien.

Zu diesem Zwecke wurde ein Teil der Schutztruppe mobilisiert, und Hasso meldete sich freiwillig zur Beteiligung an dieser Expedition in das Innere des Landes.

Er war zufrieden, daß es gleich etwas für ihn zu tun gab und er nicht lange zu stumpfsinnigem Drill verurteilt war.

Er mußte sich in kurzer Zeit bereithalten.

Als er Platen die Meldung machte, daß er sich der Expedition angeschlossen habe und daß diese den Weg über die Ilonafarm und Holmseck nehmen würde, richtete sich dieser wie elektrisiert auf.

»Dann schließe ich mich bis nach Holmseck eurem Zug an. So sind wir doch wenigstens noch einige Tage zusammen.«

»Und bei der Gelegenheit können wir unser Herrn Deckmann verpfändetes Ehrenwort einlösen. Unser Zug macht auf der Ilonafarm Station. In Holmseck übrigens auch, ich habe mich informiert.«

»Das trifft sich ausgezeichnet. Wann wird aufgebrochen?

»Morgen früh.«

»Und dein Bursche Treumann?«

»Geht mit mir. Der bleibt ganz sicher nicht zurück.«

»Hoffentlich kehrt ihr beide gesund wieder.«

»Wie es das Schicksal will, Norbert.«

Die Freunde drückten sich die Hände. Platen hatte ein Gefühl, als dürfe er Hasso nicht allein lassen auf dieser Expedition. Das alte kameradschaftliche Gefühl erwachte mit Macht. Er kam sich treuloser vor als Treumann, der seinen Herrn nicht im Stiche ließ. Das sagte er Hasso auch. Dieser schüttelte lächelnd den Kopf.

»Du bist nicht mehr Soldat, Norbert, und im übrigen habe ich mich freiwillig gemeldet. Ich hätte ja ruhig hierbleiben können in Windhuk. Du hast keine Verpflichtung, mich zu begleiten.«

XI

Der zur Expedition gegen die Bergdamaras kommandierte Teil der Schutztruppe war zur festgesetzten Zeit aufgebrochen. Hasso hatte seinem Vorgesetzten gemeldet, daß sein Freund und ehemaliger Regimentskamerad Baron Platen sich anschließen wollte bis Holmseck. Er hatte Platen mit den übrigen Offizieren bekannt gemacht, und dieser war freundlich aufgenommen worden. Ein Pferd hatte sich Platen in diesen Tagen in Windhuk gekauft, und seine Koffer wurden mit dem Gepäck der Offiziere auf einem Wagen befördert. Die Herren waren in guter Stimmung, und Platen und Hasso war zumute, als gälte es einer Fahrt ins Manövergelände, wie sie solche früher oft gemeinsam erlebt hatten.

Die Truppe legte täglich weite Strecken zurück, aber den Mannschaften und den Pferden mußte auch die nötige Ruhe gegönnt werden.

Die erste Ruhepause, die sich über einen vollen Tag erstreckte, wurde auf der Ilonafarm abgehalten. Hasso und Platen konnten bei dieser Gelegenheit ihr gegebenes Ehrenwort einlösen und wurden von dem Ehepaar Deckmann sehr erfreut begrüßt. Frau Ilona warf Hasso einen flammenden Blick zu.

»So bald schon hätte ich nicht auf ein Wiedersehen gehofft, Herr von Ried«, sagte sie kokett.

Die schöne Frau löste doch wieder ein flüchtiges Wohlgefallen in ihm aus. Er verneigte sich und drückte ihre Hand ein wenig länger als nötig an seine Lippen.

»Vielleicht hat uns ein mächtiger Magnet nach der Ilonafarm gezogen, verehrte gnädige Frau.«

Sie quittierte mit einem bezaubernden Lächeln. »Jedenfalls sind Sie uns herzlichst willkommen.«

Herr Deckmann hatte inzwischen die andern Offiziere begrüßt, die selbstverständlich auch gastliche Aufnahme fanden.

Das Wohnhaus auf der Ilonafarm glich einer komfortablen europäischen Villa. Die Räume waren groß und luftig und die Ausstattung derselben sehr elegant. Schwere Möbel waren allerdings vermieden. Das ganze Haus glich einer deutschen Sommerwohnung.

Die Dienerschaft war gut gezogen. Sie bestand zum

Teil aus farbigen Dienstboten, aber es waren auch genügend weiße Diener vorhanden. Die farbigen Diener sahen in der etwas protzigen Livree sehr dekorativ aus.

Und die schöne Frau Ilona wirkte wie eine exotische Fürstin. Sie trug ein phantastisches Gewand aus weißer, indischer Seide mit reicher Stickerei und Perlenschnüre in dem schwarzen Haar und um den leicht gebräunten Hals.

»Die reine Ausstattungsoper«, sagte Platen amüsiert.

Es hatte wirklich alles einen etwas theatralischen Anstrich.

Deckmanns suchten ihren Gästen durch den ausgesuchtesten Komfort zu imponieren, und die Offiziere der Schutztruppe, die lange Zeit schon solchen Komfort entbehrt hatten, genossen ihn mit großer Begeisterung. Hasso und Platen empfanden aber sehr wohl das Zuviel mit ihren noch nicht abgestumpften Sinnen.

Frau Ilona hatte dann eine gute Idee. Um die Gesellschaft noch reichhaltiger zu gestalten, schickte sie ihr Auto nach Holmseck und ließ die Geschwister herüberholen. Es sollte eine regelrechte Abendgesellschaft stattfinden mit großer Tafel und musikalischen Vorträgen.

Platens Gesicht rötete sich vor Freude, als er vernahm, daß Lena mit ihrem Bruder erwartet würde. Immerhin vergingen vier Stunden, bis das Auto mit den Geschwistern zurückkehrte. Diese waren sogleich bereit gewesen, der Einladung zu folgen, als sie hörten, daß Herr von Ried und Baron Platen auf der Ilonafarm waren.

Die Begrüßung zwischen Lena und Platen war sehr herzlich, und Hasso, der das sehr wohl bemerkte, obwohl ihn die Hausfrau mit Beschlag belegt hatte, freute sich darüber.

Frau Ilona, Lena und Fräulein Anni Lindner, die auf

der Ilonafarm eine Stellung innehatte, die zwischen einer Gesellschafterin für die Hausfrau und einer Art »Stütze« hin und her schwankte, waren die einzigen Damen bei Tisch.

Platen führte Lena zur Tafel.

»Ich bin sehr glücklich, Sie schon heute wiederzusehen, mein gnädiges Fräulein«, sagte er warm und ließ seine Augen auf ihr ruhen.

Sie trug ein leichtes, schwarzes Seidenkleid mit einem sehr kleinen, herzförmigen Ausschnitt. Ihre schönen dunkelbraunen Flechten waren zu einem dicken Knoten im Nacken aufgesteckt, und der lockige Scheitel ließ die feine Kopfform erkennen.

»Ich hatte allerdings nicht gehofft, Sie so bald zu treffen, Baron.«

»Das wäre auch noch nicht geschehen, wenn mein Freund Ried in Windhuk geblieben wäre. Hoffentlich ist Ihnen dies frühe Wiedersehen nicht unangenehm«, scherzte er.

Ihr Antlitz rötete sich leicht, und ihre Augen sahen einen Moment unsicher in sein nicht schönes, aber sympathisch männliches Gesicht. »Darauf bleibe ich Ihnen die Antwort schuldig«, erwiderte Sie, ihrer Stimme Festigkeit gebend. »Ich denke, Sie müssen wissen, daß ich mich immer freuen werde, die lieben Freunde meines Bruders, die mich auf der weiten Reise so treulich beschützt haben, wiederzusehen.«

Die letzten Worte hörte Leo von Holms. »Lieber Norbert«, sagte er, »ich habe erst in diesen Tagen ausführlich von meiner Schwester erfahren, wie freundlich ihr, Hasso und du, auf der Reise euch ihrer angenommen habt. Hasso habe ich eben dafür meinen Dank ausgesprochen. Nun laß du ihn dir auch gefallen.«

»Aber ich bitte dich, Leo, wir haben doch zu danken. Die Gesellschaft des gnädigen Fräuleins hat uns die Reise sehr angenehm gemacht. Wir haben herrliche Tage auf dem Dampfer verlebt.«

»Das behauptet meine Schwester auch, und nun will es ihr desto weniger auf meiner einsamen Farm gefallen.«

»Das habe ich nicht gesagt, Leo«, wehrte Lena erschrocken ab.

Er nickte der Schwester lächelnd zu. »Ich weiß es trotzdem, Schwesterchen. Du wirst dich erst an Holmseck gewöhnen müssen.«

»Das wird sehr bald geschehen, gnädiges Fräulein«, sagte Fräulein Anni Lindner. »Ich weiß es von mir selbst, wie schnell man hier in Südwest heimisch wird.«

Lena sah ein wenig zweifelnd auf die hübsche junge Dame, die mit ihren blauen Augen, ihrem ährengelben Haar und ihrer großen, kräftigen Erscheinung zu einer Germania hätte Modell stehen können.

»Wie lange sind Sie schon in Südwest, Fräulein Lindner?«

»Zwei Jahre. Meine Schwester lebt schon seit sechs Jahren hier. Sie ist mit einem Farmer verheiratet.«

»Oh – deshalb sind Sie hierhergekommen?«

»Ja, ich hoffte, mir hier eher eine Existenz gründen zu können als daheim. Und es ist mir ja auch gelungen. Ich habe hier im Hause eine sehr angenehme, selbständige Stellung und fühle mich sehr wohl.«

»Sie sehen aus, als könnten Sie sich in den schwierigsten Verhältnissen behaupten – aber ich bin eine scheue, furchtsame Natur. Sind Sie nie in Angst und Sorge, wenn Herr und Frau Deckmann nicht hier sind?«

Anni Lindner lachte. »O nein, dazu komme ich nicht.

Ich habe viel zu tun. Und außerdem – mein Verlobter ist ja immer in meiner Nähe.«

Der Verlobte von Fräulein Lindner war der Verwalter der Ilonafarm. Deckmanns begünstigten das Verhältnis und waren damit einverstanden, daß das junge Paar demnächst heiraten sollte und auch dann in seinen Stellungen verblieb.

Der Verwalter war ein gebildeter Mann mit guten Umgangsformen. Er war mit zu Tisch geladen. Die Offiziere kannten ihn, er war Reserveoffizier und hatte in der Schutztruppe gedient. Seine Stellung bei Deckmanns war eine sehr gut dotierte und selbständige.

Nach Tisch führte Anni Lindner Lena von Holms davon, um ihr eine Auskunft in wirtschaftlicher Angelegenheit zu geben. Lena wollte sich ernstlich bemühen, ihrem Bruder eine gute Haushälterin zu werden, und hatte um eine Unterweisung gebeten. Da trat Platen zu Leo von Holms.

»Meinst du, Leo, daß sich deine Schwester hier eingewöhnen wird? War es nicht ein wenig gewagt, sie in diese neuen und sicher sehr schwierigen Verhältnisse zu verpflanzen?«

Leo seufzte auf. »Leichten Herzens habe ich sie nicht herkommen lassen, mein lieber Norbert, das kannst du mir glauben. Aber was sollte ich tun? Ich konnte sie doch nicht in Deutschland lassen, arm und schutzlos, wie sie ist. Da habe ich von zwei Übeln das kleinere gewählt. Es macht mir schwere Sorge, wie sie sich hier eingewöhnen wird. Sie ist mit ihrem weichen, sensitiven Gemüt so gar nicht für dieses strapaziöse Leben geschaffen. Ja – könnte ich ihr eine Umgebung bieten, wie hier auf der Deckmannschen Farm, dann wäre es leichter. Aber drüben auf Holmseck ist noch alles so primitiv. In einem guten deutschen Bauernhaus ist mehr Komfort als bei mir. Habe ich auch einen ziemlich großen Grundbesitz, der sich an Ausdehnung ganz gut mit einem deutschen Rittergut messen könnte, so bringt er mir doch vorläufig nur das Nötigste ein, und ein bißchen Komfort ist hier sündhaft teuer. Lena wird viel entbehren müssen – aber sie wird nie klagen. Es ist rührend, wie sie sich müht, tapfer zu sein. Sie ist eine jener Naturen, die nicht stark im Handeln, aber bewundernswert im Dulden sind. Und alles in allem bin ich doch froh, sie hier zu haben. Da weiß ich sie doch wenigstens relativ sicher in meinem Schutz.«

»Wie hat sie auf eurem Heimritt die erste Nacht im Freien überstanden?«

Leos Gesicht zuckte. »Natürlich hat sie kein Auge zugetan, obwohl ich ihr ein ganz bequemes Lager bereitet hatte. Sie war furchtsam und nervös, fragte mich, ob es Schlangen oder wilde Tiere in der Nähe gäbe, und hielt meine Hand fest umklammert.«

Platen atmete schwer. »Armes Kind! Sag mal, Leo, seid ihr denn auf deiner Farm vor Überfällen sicher? Hasso zieht doch mit seinen Leuten aus, um räuberische Stämme aufzuspüren, die Farmen geplündert und ihre Besitzer verschleppt haben.«

Leo zuckte die Achseln. »Diese Farmen lagen sehr abgelegen, weiter nach dem Innern des Landes. Und wenn es auch selten vorkommt – zuweilen sind diese wilden Stämme doch auf dem Kriegspfad. Bis hierher kommen sie aber nicht. Hassos Expedition wird übrigens einen schweren Stand haben. Ich habe auch mal eine solche mitgemacht. Hoffentlich kommt Hasso gesund und heil zurück.«

»Hoffentlich. Also du meinst, deine Farm ist sicher?«

»Unbedingt. Allerdings gibt es immer mal Unannehmlichkeiten mit der schwarzen Dienerschaft. Man muß mit ihr umzugehen verstehen: nicht zu locker, nicht zu straff. Und das wird Lena nie lernen. Sie ist viel zu weichmütig, und infolgedessen werden sie ihr viel zu schaffen machen. Da werde ich überall nachhelfen müssen.«

»Alles in allem habt ihr also hier ein schweres Leben.«

Leos Augen leuchteten aus dem schmalen, sehnigen Gesicht. »Leicht ist es nicht, aber ich bin zufrieden, weil ich weiß, daß ich von Tag zu Tag vorwärtskomme. Und ich bin Herr auf meiner Scholle. In Deutschland hätte ich es mit meinen paar tausend Mark nicht soweit gebracht.«

»Und gedenkst du, nun immer hierzubleiben?«

Gedankenverloren sah Leo vor sich hin. »Mein Ziel ist, meine Farm so zur Blüte zu bringen, daß ich sie in einigen Jahren gut verkaufen kann. Die Eisenbahn wird ja nach und nach weiter ins Land geführt, dann steigt der Wert meiner Besitzung. Deckmann hat zum Beispiel dem vorigen Besitzer seiner Farm das Zehnfache gezahlt, was dieser selbst dafür angelegt hatte. So hoffe ich, mein Exempel auch abzuschließen. Das wird allerdings noch viel Schweiß kosten, aber dann habe ich auch mein Ziel hier erreicht. Und dann kehre ich nach Deutschland zurück und kaufe mir eine idyllische Klitsche, auf der ich meinen Kohl bauen kann. In einer schönen, fruchtbaren Gegend muß die liegen. Das ist mein Ideal! Für immer – nein – für immer möchte ich hier nicht bleiben.«

Platen sah ihm voll Wärme in die Augen. »Du imponierst mir, Leo, bist doch ein ganzer Kerl! Und wenn du dein Ziel erreicht hast und nach Deutschland zurückkehrst, dann klopfe doch zuerst mal bei mir an. Ich habe da in Thüringen von mütterlicher Seite her ein Gütchen geerbt, das wohl gerade so recht für dich passen würde. Ich möchte es gelegentlich verkaufen, weil es von meinen anderen Besitzungen zu entfernt liegt. Das sollst du aus alter Freundschaft billig haben. Es liegt im schönsten Teil des Thüringer Waldes und in fruchtbarer Gegend. Ein tüchtiger Wirtschafter, der seine Augen selbst überall hat, kann daraus etwas machen.«

Leo sah ihn mit strahlenden Augen an. »Das will ich mir merken – verwahre es mir so lange. Aber nun mal auf das Zunächstliegende. Hasso sagte mir, du kommst mit nach Holmseck. Darf ich hoffen, daß du längere Zeit bei uns bleibst? Oder gefällt es dir hier auf der Ilonafarm zu gut, so daß du dich nicht fortsehnst?«

»Nein, mein lieber Leo, hier bin ich nur hergekommen, um ein uns fast gewaltsam erpreßtes Ehrenwort einzulösen und – um so lange wie möglich mit Hasso zusammen zu sein. Am liebsten wäre ich ja noch weiter mit ihm gezogen. Aber – ich will es doch nicht tun – ich habe meine Gründe. Hier auf der Ilonafarm bleibe ich auf keinen Fall länger als bis morgen. Die schöne Frau Deckmann kokettiert zwar momentan nur mit Hasso, dem sie schon auf dem Dampfer keine Ruhe gelassen hat. Aber wenn er fort ist, nimmt sie am Ende auch mit mir fürlieb.«

»Da dürftest du dich nicht täuschen, sie versucht, jedem Mann gefährlich zu werden.«

»Oho! Hast du dich an ihren schwarzen Augen etwa auch verbrannt?«

Leo zuckte die Achseln. »Vor zwei Jahren, als ich sie das erstemal sah, war ich kopflos in sie verschossen, du ahnst ja nicht, wie in dieser Weltabgeschiedenheit eine schöne, elegante Frau auf einen wirkt. Aber das ist nur

Sache der Sinne – Strohfeuer, das schnell verlischt. Sie muß ihre Dutzend Flirts im Jahre haben, sonst ist sie nicht zufrieden. Im übrigen ist sie Halbblut. Und dich lockt es also nicht, dich an ihren Triumphwagen spannen zu lassen?«

»Nein, Leo, ganz bestimmt nicht.«

»Also, du kommst morgen mit nach Holmseck und hoffentlich auf recht lange. Wie gesagt, viel Komfort kann ich dir nicht bieten, aber vielleicht gefällt es dir doch bei uns. Du bekommst jedenfalls ein getreueres Bild von Südwest in Holmseck als hier.«

Platen zögerte. Seine Augen flogen zu Lena hinüber, die noch plaudernd mit Fräulein Lindner zusammen stand und in demselben Moment zu ihm herübersah. Als sich ihre Augen begegneten, wandte sie sich errötend ab. Da richtete sich Platen auf.

»Also gut, Leo, ich komme mit nach Holmseck und werde auch gern deine Gastfreundschaft für längere Zeit annehmen. Aber du sollst wissen, weshalb ich es tue. Du mußt es aber als ein anvertrautes Geheimnis betrachten. Bitte, gib mir dein Wort darauf.«

»Du hast mein Wort.«

»Ich danke dir. Also – deine Schwester hat einen tiefen Eindruck auf mich gemacht. Ich kann und will noch nicht sagen, daß ich sie liebe – es liegt eben erst eine bittere Enttäuschung hinter mir. Hasso eiste mich deshalb ziemlich energisch von meinem Trübsinn los und verordnete mir diese Reise. Luftveränderung heilt ja so manche Schmerzen. Und dann lernte ich deine Schwester kennen. Ihre ganze liebe Art legte sich wie Balsam auf mein verwundetes Gemüt. Sie hat mir herrlich geholfen, mich wiederzufinden. Und ich bin nun in dem Alter, ernstlich ans Heiraten zu denken. Ich bin es meinem Namen schuldig, eine Familie zu gründen. Und ich glaube, ich könnte mit Lena eine harmonische Ehe führen. Aber unsere Bekanntschaft ist noch zu kurz, ich will deine Schwester jetzt noch nicht mit Fragen bestürmen, ob sie mir gut sein kann und mir angehören will. Daß sie ihre Hand nicht ohne ihr Herz verschenkt, weiß ich – ich habe sie sehr gut kennengelernt. Sie soll Zeit haben, sich klar zu werden über ihre Gefühle, und soll mich noch besser kennenlernen. Deshalb bitte ich dich, gib mir Gelegenheit, ihr näherkommen zu können. Vielleicht entschließt sie sich dann, mit mir nach Deutschland zurückzukehren – als meine Frau. Aber das alles bleibt unter uns – ich will nur ganz offen meine Absichten vor dir ausbreiten. Darf ich also mit nach Holmseck kommen?«

Leo faßte seine Hand. »Weshalb du auch immer zu uns kommst, du sollst uns willkommen sein, Norbert. Und wie es das Schicksal fügt, soll es recht sein. Was du mir anvertraut hast, bleibt Geheimnis zwischen uns und ist ganz unverbindlich. Ich brauche dir nicht zu versichern, daß es mich glücklich machen würde, wenn meiner Schwester Schicksal in deine Hände gelegt würde. Aber natürlich kann ich nicht in ihr Herz sehen. Das zu ergründen, ist deine Sache. Daß Lena arm ist, weißt du ja.«

»Es spielt keine Rolle bei mir, du kennst ja meine Verhältnisse.«

»Also – du gehst morgen mit uns – solange es dir gefällt.«

»Ja. Aber bitte, laß es mich selbst deiner Schwester sagen, daß ich mit euch gehe für längere Zeit. Ich will sehen, wie diese Nachricht auf sie wirkt.«

»Gut, ich spreche nicht davon.«

XII

Inzwischen hatte Hasso von Ried den schönen, flammenden Augen der Hausfrau standhalten müssen. Ihr aggressives Wesen kühlte ihn aber schnell wieder ab, obwohl die erstklassigen Weine des Hausherrn für eine sehr animierte Stimmung gesorgt hatten.

Nun sollte musiziert werden, und Hasso atmete auf, als die Hausfrau damit den Anfang machte. Sie erfreute ihre Gäste wirklich mit dem Vortrag einiger Lieder. Vor allem entzückte sie ihre Zuhörer mit dem Neger-Wiegenlied von Clutsam. Die reizende Melodie lag ihrer weichen, dunklen Stimme sehr gut, und sie sang mit Geschmack. Anni Lindner begleitete sie sehr geschickt und diskret.

Alle lauschten hingegeben.

Als zum Schluß das »Lul–la–la und lei« verklungen war, erntete die schöne Frau ehrlichen Beifall, und Hasso, der ein großer Musikfreund war, küßte ihr dankbar die Hand.

»Das war ein reizendes Lied, verehrte gnädige Frau, und Sie haben es entzückend gesungen«, sagte er.

Sie sah mit ihren Flammenaugen zu ihm auf. Aber ehe sie etwas erwidern konnte, trat ihr Gatte heran, der wie immer sehr stolz auf seine Frau war.

»Na – was sagen Sie nun, Herr von Ried? Hab' ich gelogen, als ich Ihnen sagte, auf der Ilonafarm finden Sie alles, was das Leben angenehm macht? Sogar ein erstklassiges Konzert. Singt meine Frau nicht wie eine berühmte Konzertsängerin in der Philharmonie? Na, sie hat ja auch bei den teuersten Lehrern Gesangsstunde gehabt. Nun läuft es aber auch wie Öl, das ›Lul–la–la und lei‹.«

Hasso wurde zum Glück einer Antwort enthoben, weil Fräulein Lindner eben einen Ungarischen Tanz von Brahms auf dem Flügel zum besten gab. Er verneigte sich nur stumm.

Fräulein Lindner spielte sehr gut und ließ noch ein Nokturno von Chopin folgen.

Hauptmann Schlehvogt sang dann die Einleitung zum »Bajazzo«. Er hatte einen schönen Bariton. Auch Hasso von Ried gab ein Lied von Brahms zum besten, ein Lied, durch welches eine heimliche Leidenschaft zitterte. Er sang es mit feinem Verständnis und wußte die Stimmung, die der Komponist hineingelegt hatte, vorzüglich wiederzugeben.

Frau Ilona bezog das auf sich und dankte dem Sänger mit einem vielsagenden Blick und Händedruck. Da merkte er erst, was er angerichtet hatte, und strebte aus ihrer Nähe.

Der jüngste Leutnant der Truppe trug nun mit Feuer und Schneid einige Operettenschlager vor und löste damit eine vergnügte Stimmung aus. Herr Deckmann sang die Refrains mit und schlug sich auf die Knie vor Freude über diese ihm geläufigen Melodien.

Zuletzt mußte auch Lena von Holms musizieren. Ihr Bruder hatte verraten, daß sie geläufig vom Blatt spielen könne, und Hasso von Ried erinnerte sich, daß Lena einen wunderschönen weichen Mezzosopran hatte. Er führte sie zum Flügel, und Fräulein Lindner erklärte sich gern bereit, einige Lieder zu begleiten.

Lena spielte erst die wunderbar weihevolle Mondschein-Sonate von Beethoven und versetzte damit ihre Zuhörer in eine andachtsvolle Stimmung, die nur Herr

Deckmann nicht teilte. Er fand solche Musik langweilig und machte nur ein gezwungen höfliches Gesicht.

Dann sang Lena. Und was sie sang, griff ihren Zuhörern ans Herz. Es waren schlichte, deutsche Volkslieder, die sie freilich mit ergreifender Innigkeit vortrug.

Platen war das wie ein inneres Erlebnis. Er sah gebannt auf das schlanke Mädchen im schlichten, schwarzen Kleid.

Sie lehnte in zwanglos anmutiger Haltung am Flügel, und ihre braunen, goldig schimmernden Augen sahen vor sich hin, als suchten sie die Heimat. Ihre feinen, schlanken Hände hielt sie lose ineinandergeschlungen, sie brauchte keine Noten.

Zuletzt sang sie das Lied von dem Lindenbaum.

Es war ganz still in dem hohen, weiten Raume. Jetzt war sogar Herr Deckmann ergriffen. Die Augen des jüngsten Leutnants funkelten verräterisch, sein frisches Jünglingsgesicht zuckte leise. Auch die anderen Herren waren tiefbewegt. Ein Stück Heimat stieg vor ihnen auf und grüßte sie mit lieben, zärtlichen Augen. Über Fräulein Lindners Wange rollte eine Träne, die verstohlen in ihren Schoß fiel.

»Nun bin ich manche Stunde
Entfernt von jenem Ort.
Und immer hör'ich's rauschen,
Du fändest Ruhe dort.«

So klang es auch hinaus durch die offenen Fenster. Draußen auf dem Platze vor dem Hause standen Kopf an Kopf die Soldaten der Schutztruppe, allen voran Treumann, Hassos Brusche. Sie lauschten mit großen, glänzenden Augen auf die Volkslieder. Und die Sehnsucht nach der Heimat wachte auf.

Lena merkte nicht, welchen Eindruck ihre Lieder

machten. Sie war weit fort mit ihren Gedanken. Nun sie zu Ende war, richtete sie sich auf aus ihrer träumerischen Stellung und sah wie erwachend um sich. Da erst bemerkte sie die Ergriffenheit ihrer Zuhörer. Sie erschrak, und ihre Augen trafen verwirrt die Platens.

Er merkte ihre Unsicherheit und war schnell an ihrer Seite.

»Innigen Dank«, sagte er leise und führte ihre Hand an seine Lippen. Sie strich sich über die Stirn.

»Ach – ich hätte wohl diese Lieder nicht singen sollen – ich weiß selber nicht, wie ich dazu kam. Ich habe damit die Fröhlichkeit verscheucht«, sagte sie unruhig.

Aber da kamen alle herbei und dankten ihr. Sie sagten ihr, wie lieb diese schlichten Lieder geklungen hatten, und Leo zog sie an sich und küßte sie stumm. Er verstand seine Schwester und – er teilte ihre Sehnsucht nach der fernen Heimat.

Aber er wollte nicht weich werden und rief dem noch ganz trübsinnig blickenden jüngsten Leutnant zu:

»Herr Leutnant – nun schnell eine lustige Operettenmelodie – sonst packt uns alle das Heimweh!«

Der Leutnant sprang auf und warf den Kopf zurück. Die Muskeln in seinem jungen Gesicht strafften sich. Er ließ sich am Flügel nieder, spielte einige Akkorde und sang dann:

»Liebliche kleine Dingerchen,
Wer euch ins Aug' gesehn.«

Herr Deckmann krähte den Refrain mit, und seine Stimme überschlug sich im Eifer. Da mußten alle lachen, und die besinnliche Stimmung war vorüber. Platen war neben Lena stehengeblieben. Sie sah zu ihm auf und merkte, daß er erregt war. Er beugte sich zu ihr hinab.

»Mein gnädiges Fräulein, Leo hat mich eingeladen,

längere Zeit in Holmseck zu verweilen. Ich habe zugesagt. Schon morgen schließe ich mich Ihnen an. Darf ich hoffen, daß ich Ihnen nicht ungelegen komme?«

Er sah, daß sie leise zusammenzuckte und daß eine jähe Röte in ihr Gesicht stieg. Goldene Lichter zuckten in ihren Augen auf.

»Sie dürfen nicht zweifeln, Baron Platen, daß ich mich, gleich meinem Bruder, herzlich über Ihren Besuch freuen werde«, sagte sie mit verhaltener Stimme, durch die eine leise Erregung zitterte.

»Wirklich? Tun Sie das?« fragte er, und es wurde ihm warm ums Herz.

Sie nickte, und sich fassend, sah sie ihn schelmisch lächelnd an. »Es ist viel Egoismus in meiner Freude. Wenn Sie in Holmseck sind, werde ich zwei Beschützer haben. Ich bin ein großer Furchthase. Denken Sie nur, ich bin so töricht, mich vor all den fremden Gesichtern zu fürchten, die in Holmseck um mich sind. Und ich bilde mir ein, sie sehen mich feindlich an.«

»Das ist sicher ein Irrtum. Aber ich bin stolz und froh, daß Sie mich als Beschützer akzeptieren.«

Dankbar sah sie ihn an. »Weiß ich doch, wie sicher ich mich auf der Reise unter Ihrem und Herrn von Rieds Schutz fühlte. Herr von Ried reitet nun morgen weiter. Er wird viele schlimme Strapazen überstehen müssen.«

»Das ist Soldatenlos. Es fehlte nicht viel, dann hätte ich mich der Expedition angeschlossen.«

Sie drückte erschrocken die Hand aufs Herz. »Um Gottes willen nicht«, entfuhr es ihren Lippen.

»Wäre es Ihnen leid gewesen?« fragte er leise.

»Mir ist es um all diese Männer leid. Wir Frauen können nicht die Freude der Männer am Kampf verstehen. Hoffentlich kehrt Herr von Ried gesund zurück.«

Sie wurden von Herrn Deckmann gestört. Aber Platen glaubte, hoffen zu dürfen, daß ihm Lena nicht kühl und ablehnend gegenüberstand. Und obwohl er vorhin ihrem Bruder gegenüber behauptet hatte, er liebe Lena noch nicht, fühlte er sich doch beglückt durch diese Zuversicht.

Lena wurde von einigen Herren isoliert, und Deckmann stand mit Platen allein. Er faßte den Knopf seines Rockes: »Lieber Baron, ich habe gehört, Sie wollen auf längere Zeit in Holmseck bleiben. Lassen Sie sich warnen, tun Sie das nicht. In Holmseck finden Sie keinerlei Bequemlichkeit, keine anständige Küche, keine trinkbaren Weine. Es ist dort alles sehr primitiv. Sie werden es nicht lange aushalten. Seien Sie gescheit, bleiben Sie auf der Ilonafarm. Da haben Sie alles, was Sie brauchen, und Sie können Ihren Freund Holms besuchen, so oft Sie Lust haben. Mein Auto steht Ihnen zur Verfügung.«

Platen verneigte sich dankend. »Sie sind sehr liebenswürdig, Herr Deckmann, aber das kann ich nicht annehmen.«

»Was heißt nicht annehmen? Was heißt liebenswürdig? Wir sind gastfreie Menschen und freuen uns, wenn Sie uns die Ehre geben. Es liegt ja in Ihrer Hand, wenn es Sie bedrückt, sich zu revanchieren. Laden Sie uns, wenn wir in Deutschland sein werden, auf Ihr Schloß ein. Ich habe gehört, daß Sie ein herrliches Schloß im Taunus bewohnen. Nun also – Sie sind hier mein Gast – ich bin dort der Ihre. Was kann da sein?«

Platen hätte ihm fast ins Gesicht gelacht. Jetzt verstand er erst, warum Herr Deckmann sich so sehr um ihn bemüht hatte.

»Sie verstehen wohl, Herr Deckmann, daß ich meinen Freund Holms nicht durch eine Absage kränken darf.

Ich bin nach Holmseck eingeladen, habe zugesagt und werde dorthin gehen.«

Damit mußte sich Herr Deckmann zufriedengeben.

XIII

Am nächsten Morgen zog die Truppe weiter, und obwohl der Aufbruch sehr früh erfolgte, waren Hausherr und Hausfrau auf dem Posten.

Die Geschwister Holms waren auf der Ilonafarm über Nacht geblieben. Auch sie waren schon zur Abfahrt bereit. Deckmanns hatten ihnen wieder das Auto zur Verfügung gestellt. Sie wollten vorausfahren, damit sie in Holmseck Vorbereitung zur Bewirtung der Offiziere treffen konnten, die dort mit ihren Mannschaften um die Mittagszeit eintreffen würden.

Die schöne Frau Deckmann hatte eine verführerische Morgentoilette angelegt, und auch Hasso konnte diesem Anblick gegenüber nicht ganz kalt bleiben. Er war aber froh, daß er aus dem Bereich ihrer Flammenaugen kam.

Der Aufbruch erfolgte schnell. Zuerst fuhren die Geschwister davon. Platen hatte sich ihnen angeschlossen. Sein Pferd sollte ihm Treumann nachbringen. Die Geschwister mußten Deckmanns versprechen, zuweilen mit ihrem Gast nach der Ilonafarm zu kommen. Sie sollten stets im Auto abgeholt und zurückgebracht werden. Auch versprachen Deckmanns, ihren Gegenbesuch in Holmseck zu machen.

Hasso verabschiedete sich nur flüchtig von den Freunden und Lena. Man sah sich ja in Holmseck noch einmal. Er mußte sich jetzt mit Hauptmann Schlehvogt und den anderen Offizieren an die Spitze seiner Leute setzen und davonreiten.

Frau Ilona Deckmann stand mit ihrem Gatten auf der Veranda. Da es kühl war, hatte sie einen kostbaren Pelz über ihr duftiges Morgengewand gelegt. Ihre dunklen Augen funkelten zu Hasso hinüber, der prachtvoll zu Pferde saß und sich grüßend vor ihr verneigte.

»Auf Wiedersehen, wenn Sie zurückkehren, Herr von Ried – und Glück auf den Weg. Ich hoffe, wir sind noch hier, wenn Sie zurückkommen«, hatte sie gesagt.

»Das hoffe ich auch, gnädige Frau«, hatte er erwidert.

Und nun zog er an der Spitze seiner Leute davon, der aufgehenden Sonne entgegen.

Schweigend ritten die Offiziere nebeneinander her. Der Ernst ihres Berufs warf seine Schatten voraus. Galt es doch, schwere Pflichten zu erfüllen. Und so im Morgengrauen wollte keine Freudigkeit aufkommen.

Baron Platen hatte inzwischen mit den Geschwistern schon ein gutes Stück Weg zurückgelegt. Das Auto fuhr tadellos, obwohl der Weg nicht gut war. In gut zwei Stunden würden sie ihn hinter sich haben.

Er war landschaftlich ziemlich reizlos. Steppenartige Wiesen und niedriges, verkrüppeltes Unterholz löste sich ab. Zuweilen hob sich ganz unvermittelt felsiges Gestein aus dem Boden. Und überall sah man Viehherden friedlich weiden.

In der wasserarmen Zeit braucht hier das Vieh kaum gehütet zu werden. Da kommen die Tiere immer freiwillig zur Tränke zurück – zu den großen, künstlich angelegten, teichartigen Wasserlöchern. Aber in der Regenzeit, wenn sich die sonst ausgetrockneten Flußbette mit Wasser füllen und sich überall in den Unebenheiten des Bodens Tümpel und Pfützen bilden, aus denen das Vieh seinen Durst löschen kann, muß man darauf achten, daß es nicht abirrt.

Das erklärte Leo seinem Gaste.

Nach zweistündiger Fahrt tauchte das Wohnhaus von Holmseck auf. Es war ein niedriger, langgestreckter Steinbau mit einer rohen, schmucklosen Fassade. Eine breite Holzveranda umgab das Gebäude.

Abseits davon lagen eine Anzahl kleiner Hütten, die Wohnstätten der Eingeborenen, die zu Holmseck gehörten.

Als das Auto vor dem Wohnhaus hielt, kamen die Leute neugierig aus ihren Hütten und staunten das Gefährt von weitem an.

Aus der offenstehenden Pforte des Hauses eilte ein schwarzer Diener die Treppe herab und öffnete mit freundlichem Grinsen, das all seine Zähne zeigte, den Wagenschlag.

Lena sah ganz verschüchtert in das dunkle Gesicht. Aber Platen mußte lachen.

»Rallah, du mußt die beiden Gastzimmer sogleich in Ordnung bringen, wir haben einen Gast«, sagte Leo zu dem Diener.

Dieser verneigte sich, belud sich zugleich mit dem Gepäck, das die Herrschaften mitgebracht hatten, und trug es ins Haus.

»Das ist ja ein Herkules«, sagte Platen, ihm nachsehend.

Leo nickte. »Er hat Bärenkräfte, ist aber gutmütig wie ein Kind und ungemein fleißig und betriebsam. Er ist in Holmseck Haushofmeister, Koch, Kammerdiener und Wächter – alles in einer Person. Seine Intelligenz ist auffallend, und er geht für mich durchs Feuer. Ich habe ihm einmal durch Zufall das Leben gerettet, das vergißt er nicht. Ich bin froh, daß ich diesen zuverlässigen Menschen habe.«

Platen sah lächelnd in Lenas Gesicht. »Sie scheinen sich aber mit diesem famosen Rallah noch gar nicht vertraut gemacht zu haben, gnädiges Fräulein. Eben sahen Sie ihn an wie Rotkäppchen den bösen Wolf.«

Lena lächelte und atmete tief auf, als würfe sie eine Last von sich. »Es wird lange dauern, bis ich mich an all das Neue gewöhnt habe. Aber nun treten Sie ein, Baron.«

Sie begaben sich ins Haus. Ein dielenartiger Vorraum nahm sie auf. Von hier führte rechts und links ein schmaler Gang zu den Zimmern. Lena begab sich nach der rechten Seite, während Leo seinen Gast nach links führte. Dort lagen die beiden Gastzimmer direkt neben seinen eigenen.

Die Einrichtung des schlichten Hauses war sehr einfach. Bei den Möbeln war mehr auf Zweckmäßigkeit als auf Schönheit gesehen worden. Einige waren ganz roh gezimmert und im Hause selbst hergestellt worden. Polstermöbel gab es fast gar nicht. Aber an den Fenstern hingen weiße, saubere Scheibengardinen. Einiges Behagen schafften einige kleine Teppiche, farbige Decken und Kissen, die Lena mitgebracht und placiert hatte.

Platen sah sich mit großem Interesse um. Mit jungenhafter, lachender Neugier blickte er in alle Zimmer, an denen sie vorüberschritten. Seine Augen strahlten.

»Du, Leo, das ist ja alles viel komfortabler als ich dachte – und dabei so originell. Hier läßt sich hausen, zumal mit lieben Menschen.«

Leo lachte. »Nun, auf deinem Taunusschloß wirst du es behaglicher haben. Aber ein Schelm gibt mehr, als er hat, und was wir tun können, um dir das Leben angenehm zu machen, soll mit Freuden geschehen. Hier sind deine Zimmer – ein Schlafzimmer, das zugleich als Ankleideraum dienen muß, und ein Wohnzimmerchen. Du siehst, es ist keine Luxusfarm wie bei Deckmanns.«

Platen zuckte die Achseln. »Dafür hat man bei dir auch das Gefühl, in Afrika zu sein. Das ist bodenständige Kultur. Auf der Ilonafarm ist keine Eigenart, keine Natur. Was man dort findet, kann man in Berlin auch alles haben. Ich werde mich jedenfalls hier behaglicher fühlen als auf der Ilonafarm.«

»Das soll mich freuen. Und nun überlasse ich dich deinem Schicksal, du kannst dich umkleiden. Rallah wird dir zur Hand gehen wie der geschickteste Kammerdiener. Wenn du ihn nicht mehr brauchst, dann entlasse ihn. Er soll dann für die uns folgenden Offiziere eine anständige Mahlzeit rüsten.«

»Ich brauche ihn nicht lange, Leo. Hier will ich mein eigener Diener sein.«

»Wie du willst. Wenn du fertig bist, komm hinüber in das große Wohnzimmer, gleich rechts neben der Diele. Da werden wir mit Lena zusammen frühstücken.«

»Wird gemacht, Leo. Und bitte – keine Umstände. Ich will hier mit euch leben, wie du es gewohnt bist. Und wenn ich dir irgendwelche Arbeit abnehmen kann, so verfüge über mich. Es wird mir Vergnügen machen, dir einige Kniffe der afrikanischen Landwirtschaft abzusehen, und ohne Beschäftigung möchte ich nicht sein.«

»Sollst du alles haben, Norbert. Also auf Wiedersehen nachher. Bitte, betrachte dich ganz als zu Hause. Und da ist Rallah schon.«

Der herkulisch gebaute Neger erschien mit einer Waschschüssel und frischen Handtüchern und ging Platen flink zur Hand.

XIV

Eine halbe Stunde später trat Platen in das Wohnzimmer. Lena war schon anwesend. Sie hatte ein hübsches, schlichtes Hauskleid angelegt. Der Frühstückstisch war einladend gedeckt, und Lena hatte ihn mit einem Strauß geschmückt.

Gleich nach Platen trat auch Leo ein in seinem praktischen Reitanzug, den er zu Hause immer trug. Er sah erfreut auf den Tisch.

»Siehst du, Norbert, so ein bißchen Ästhetik können doch nur Frauenhände in einen Haushalt zaubern. Mit einer Handvoll Blumen oder grüner Blätter, einigen Kissen und Decken ist Farbe und Stimmung in einen Raum gebracht. Blumen auf dem Tisch – das hat es bei mir nie gegeben, solange ich allein war. Jetzt habe ich diesen Tafelschmuck alle Tage«, sagte er.

Platen küßte Lena die Hand.

»Frauenhände, lind und weich,
Schaffen uns das Himmelreich«,

deklamierte er lächelnd.

Man setzte sich zu Tisch. Die Mahlzeit schmeckte vortrefflich, und eine angeregte Unterhaltung würzte das Mahl.

»Das ist freilich vergnüglicher, als wenn ich so allein hier sitze und freudlos meine Mahlzeit vertilge«, sagte Leo.

Lena streichelte seine Hand. »Mir tut das Herz weh, wenn ich daran denke, daß du jahrelang so einsam hier gehaust hast.«

»Man gewöhnt sich an alles, Lena. Und ich habe mir immer gedacht: Geduld! Es ist ja nur ein Übergang. Eines Tages sitzest du wieder daheim, und dann wirst du nicht mehr allein sein.«

»Währe es nur bald soweit«, sagte Lena seufzend.

Leo nickte ihr zu. »Jetzt wird mir das Warten leichter. Denke dir, Lena, Norbert will mir eines seiner Güter verkaufen, wenn ich hier am Ziel bin. Es liegt in Thüringen, Lena – erinnerst du dich unserer Thüringer Reise mit den Eltern? Wir waren so voll Entzücken über dies fruchtbare Land. Da soll ich ein Gütchen haben. Mir ist, als fasse ich es schon mit den Händen.«

Er streckte die Arme aus, als umfasse er etwas.

Lena sah Platen leuchtenden Auges an. »Ach – nicht auszudenken schön wäre das!«

Leo streichelte ihren Arm. »Arme Lena, sie quälen dich sehr, die dunklen Gesichter hier. Aber Rallah würde ich doch mit mir nehmen. Er hat mir schon gesagt, daß er mit mir gehen will. Den mußt du mit in Kauf nehmen.«

Lena lächelte. »Nun, an ihn habe ich mich schon ein klein wenig gewöhnt.«

Gleich nach dem Frühstück erhoben sich die Geschwister, um Rallah zu helfen, das Mahl für die nachfolgenden Gäste zu rüsten. Sie sollten alles fertig finden, wenn sie kamen, denn sie würden nur eine kurze Mittagsrast in Holmseck halten.

Platen wollte unbedingt helfen, man mußte ihn anstellen. Unbeirrt folgte er durch Küche, Keller und Vorratsräume. Es war ein vergnügtes Schaffen. Sie waren alle drei mit Eifer dabei, und Rallahs weiße Zähne blitzten auch sehr vergnügt.

Als die Truppe gegen Mittag eintraf, war alles bereit.

Noch einmal konnte Hasso in Gesellschaft der Freunde eine Stunde verplaudern. Dann mußte er weiterziehen.

Als er von Platen Abschied nahm, sagte er: »Du wirst vielleicht schon nach Deutschland zurückgekehrt sein, wenn ich zurückkomme – vorausgesetzt, daß ich zurückkomme.«

Platen faßte seine Hand. »Du wirst wiederkommen, Hasso, und wenn es nicht gar zu lange dauert, findest du mich wohl noch hier.«

»Gedenkst du so lange in Holmseck zu bleiben?«

»Ich will es dir offen sagen – ich bleibe hier so lange, bis sich mein Schicksal entschieden hat.«

»Dein Schicksal?«

»Ja, du sollst es wissen, Hasso, ich gedenke, mich um Lena von Holms zu bewerben.«

Hasso drückte ihm die Hand. »Glück auf, Norbert – es freut mich herzlich. Du triffst eine gute Wahl. So bist du nun über die alte Geschichte hinweg?«

»Noch nicht ganz. Zuweilen quält sie mich noch. Aber das wird vorübergehen. Jedenfalls glaube ich, daß Lena die passende Frau für mich ist, wenn sie es werden will. Es ist keine himmelstürmende Liebe, die mich zu ihr zieht. Aber es ist ein tiefes, ernstes Gefühl, das sie mir einflößt. Was mir eine Frau noch geben kann, wird sie mir geben können, falls sie mir gut sein kann.»

»Ich glaube, sie ist dir gut, und das soll mich herzlich freuen. Also hoffentlich sehe ich dich als glücklichen Bräutigam wieder.«

»Hoffentlich! Und bleib nicht zu lange aus, mein Alter.«

»Darüber habe ich leider nicht zu entscheiden. Ich hoffe, es klappt recht bald. Jedenfalls aber wünsche ich dir von Herzen Glück zu deinem Vorhaben. Nun fehlt nur noch, daß sich auch Leo eine Frau sucht. Dann bin ich der einzige Junggeselle zwischen euch.«

»Das wird auch anders werden, wenn du die zwei Jahre der Verbannung hinter dir hast.«

»Glaube ich nicht. Wahrscheinlich beschließe ich meine Jahre als Junggeselle. Du weißt ja, eine arme Frau kann ich nicht heimführen, und einer reichen Frau gegenüber würde ich meinen Gefühlen mißtrauen. Heiraten, ohne im tiefsten Innern dazu gezwungen zu sein – nein – das mag ich nicht.«

»Und doch wäre es schade um dich. Du bist doch ganz der Mann, eine Frau glücklich zu machen. Und mit sehnsüchtigen Augen schauen sie dich alle an. Der schönen Frau Deckmann hast du es auch angetan.«

Hasso zuckte die Achseln. »Du weißt, auf solche Eroberungen lege ich keinen Wert. Ich bemühe mich nicht darum.«

»Vielleicht ist gerade deine kühle Abwehr anziehend.«

»Na, Schluß mit diesem Thema, Norbert. Vorläufig will ich mein Interesse erst einmal den Bergdamaras zuwenden. Leb wohl, Norbert.«

»Auf baldiges, frohes Wiedersehen.«

»So Gott will – sonst grüße mir die Heimat.«

Norberts Gesicht zuckte. Fest preßte er die Hand des Freundes.

Dann trat Hasso zu Leo und seiner Schwester, um sich zu verabschieden.

Norbert sah Hassos Burschen Treumann stehen. Er ging zu ihm hinüber. »Treumann – geben Sie gut auf Ihren Herrn acht.«

Treumann stand stramm. »Das brauchen mir der Herr

Baron nicht erst zu sagen.«

»Sie haben recht, Treumann. Hoffentlich kommen auch Sie gesund wieder.«

»Darum habe ich keine Angst. Mit den Burschen werden wir schon fertig, Herr Baron.«

Fünf Minuten später setzte sich der Zug in Bewegung. Hasso winkte noch einmal den Freunden zu. Dann sah er fest geradeaus.

XV

Über drei Monate war Hasso mit seinen Kameraden schon unterwegs. Die räuberischen Bergdamaras hatten es lange verstanden, die Truppe auf Irrpfade zu locken. Unsagbare Strapazen hatten die Leute zu erdulden. Am meisten litten sie unter dem quälenden Durst. Entweder fehlte das Trinkwasser ganz, oder es war von den räuberischen Horden durch Verunreinigung unbrauchbar gemacht worden.

Auch die Nahrungsmittel wurden knapp. Demzufolge herrschte eine sehr ernste und düstere Stimmung bei der Truppe.

Aber die Bergdamaras hatten sich verrechnet, als sie sich endlich dem Gegner stellten. Sie glaubten, eine ermattete, willenlose Mannschaft vor sich zu haben, mit der sie ein leichtes Spiel zu haben hofften. Statt dessen sahen sie sich zielbewußten, durch den Willen gestählten Männern gegenüber. Im Handgemenge sah Hasso seinen Burschen Treumann ernstlich von zwei Kerlen bedroht. Schon lag Treumann am Boden. Da war Hasso an seiner Seite und schlug einen seiner Angreifer nieder.

Mit dem zweiten war er noch nicht fertig, als ein dritter Bandit herbeikam und Hasso von hinten niederschlagen wollte. Aber da war Treumann auch schon wieder auf den Beinen und warf sich zwischen ihn und seinen Herrn.

»Das wäre so ein Fressen für dich, du Kanaille!« schrie er den Halunken an und ging ihm zu Leibe.

Hasso hatte nun den zweiten Angreifer Treumanns in die Flucht geschlagen und wandte sich lachend um.

»Jetzt sind wir quitt, Treumann!« rief er seinem Burschen zu.

»Noch nicht ganz, Herr Oberleutnant, Sie haben mir zwei vom Leibe gehalten, ich Ihnen erst einen.«

Dabei sollte es aber bleiben. Die Räuber waren besiegt. Viele wurden gefangengenommen. Zwei Farmer, die sie mit sich geschleppt und mißhandelt hatten, wurden befreit und dankten ihren Rettern mit großer Bewegung.

Zum Glück fand man bei dem räuberischen Stamme im Lager genügend Trinkwasser und Nahrungsmittel. Die erschöpften Mannschaften konnten sich erquicken.

Und nun konnte man endlich an die Rückkehr denken. Die Aufgabe, die der Truppe gestellt worden, war glänzend gelöst.

Der Rückweg nahm längere Zeit in Anspruch, und es war Mitte Oktober, als man wieder in Holmseck anlangte.

In Südwest gibt es gewissermaßen nur zwei Jahreszeiten – Sommer und Winter, oder besser, eine trockene und eine Regenzeit. Frühling und Herbst kennt man dort nicht.

Es war so ziemlich auf der Wende zwischen Sommer und Winter, als man Holmseck erreichte.

Hasso von Ried war mit seinem Burschen und einigen Leuten vorausgeritten, um in Holmseck eine gute Verpflegung zu erbitten, denn die erbeuteten Vorräte waren wieder aufgezehrt. Hasso hatte sich, wie alle seine Kameraden, sehr verändert. Er war viel schlanker und sehniger geworden, und die Züge seines Gesichts hatten sich vertieft und verschärft. Er sah noch viel interessanter aus als zuvor. Sein Onkel hätte zufrieden sein können, er hatte den Ernst des Lebens gründlich kennengelernt.

Nun brannten seine Augen erwartungsvoll aus dem schmalen Gesicht. Wie würde er die Freunde wiederfinden? War Norbert noch in Holmseck? Hatte er sich mit Lena verlobt? Als er mit seinen Leuten am Wohnhaus hielt, kam Rallah aus der Tür und sah ihn mit seinem immer vergnügten Gesicht lachend an.

»Ist dein Herr zu Hause, Rallah?« fragte Hasso.

Rallah nickte vergnügt und sagte ihm in seinen seltsamen Gaumenlauten in einem gebrochenen Deutsch, daß die Herrschaften gerade bei Tisch säßen.

Inzwischen waren aber die Geschwister auf die ungewöhnliche Unruhe vor dem Hause aufmerksam geworden und kamen, gefolgt von Baron Platen, der noch immer in Holmseck war, vor das Haus.

Sie stutzten und sahen einen Moment zweifelnd auf den überschlanken Offizier in der ziemlich mitgenommenen Uniform. Dann erkannten sie ihn und stürzten auf ihn zu.

»Hasso!«

»Herr von Ried!«

»Bist du es wirklich, Hasso?«

So riefen sie durcheinander. Und Platen atmete auf, als löse sich ein schwerer Druck von seiner Seele. Er riß den

Freund vom Pferd herab in seine Arme. Auch Leo umarmte ihn freudig erregt, und aus Lenas Augen stürzten Tränen. Als sie endlich Hasso auch begrüßen konnte, sagte sie erregt: »Daß Sie nur wieder gesund zurückgekehrt sind, Herr von Ried. Wir waren in schrecklicher Sorge um Sie.«

Sie umringten alle drei den Zurückgekehrten und führten ihn ins Haus.

Hasso entledigte sich, der Kameraden gedenkend, seines Auftrages. Leo gab Rallah sofort Befehl zur Rüstung einer guten, kräftigen Mahlzeit.

Während Rallah davoneilte, um den Befehl auszuführen, mußte sich Hasso mit zu Tisch setzen. Lena legte ihm die besten Bissen vor, und er schmauste mit einem Behagen, wie es nur wirklich hungrige Menschen kennen, denen plötzlich eine gute Mahlzeit vorgesetzt wird. Seine Begleiter erhielten natürlich auch sogleich Speise und Trank.

Als Hasso den ersten Hunger gestillt hatte, mußte er erzählen. Die Freunde folgten seinem Bericht mit großer Aufmerksamkeit.

Daß er viele schwere Strapazen hinter sich hatte, sahen ihm die Freunde an. Platen konnte keinen Bissen mehr hinunterbringen vor Erregung. Immer wieder drückte er Hasso die Hand. Er hatte in dieser Zeit, da er in Sorge um ihn war, so recht gemerkt, wie teuer er ihm war. Von Tag zu Tag hatte er voll Ungeduld auf seine Rückkehr gewartet. Es war ihm fast wie ein Unrecht erschienen, daß er den Freund hatte allein ziehen lassen, und er war nicht imstande gewesen, an sein eigenes Glück zu denken.

Nun aber hatte er den Freund wieder, elend und abgemagert zwar, aber doch heil und unverletzt. Er würde sich bald wieder erholen. Und das nahm ihm eine Last vom Herzen.

Als die Kameraden Hassos in Holmseck eintrafen, war alles zu ihrer Bewirtung bereit.

Mannschaften und Pferde sollten Rast halten bis zum nächsten Morgen.

Gleich nach der Mahlzeit warfen sich die Leute zur Ruhe nieder, sofern sie nicht über die Gefangenen zu wachen hatten. Die Offiziere saßen mit den Geschwistern und Platen im Wohnzimmer. Nach dem Essen zog sich Lena zurück, um die Herren allein zu lassen.

Sie setzte sich draußen auf der Veranda in ein lauschiges Eckchen, das sie hier geschaffen hatte. Die Sonne schien hell und warm herab. Lena nahm ihre Handarbeit. Aber ihre Gedanken flogen wie unruhige Vögel umher. Sie war schon lange Zeit aus ihrem seelischen Gleichgewicht. Platen war ihrer Herzensruhe sehr gefährlich geworden. Sie liebte ihn mit großer Innigkeit und hätte keine Frau sein müssen, wenn sie nicht gemerkt hätte, daß er sich um sie bewarb mit jedem Wort, jedem Blick.

Aber warum sprach er das nicht aus, warum sagte er nicht offen und ehrlich, was er von ihr wollte? Daß er nur ihretwegen so lange in Holmseck blieb, konnte ihr kaum zweifelhaft sein. Was hätte ihn sonst hier halten können?

Warum schwieg er also?

Sie fand keine Antwort auf diese quälende Frage.

Und als sie nun über ihre Handarbeit gebeugt saß, öffnete sich die Tür, die auf die Veranda hinausführte, und der, an den sie soeben intensiv gedacht hatte, trat heraus. Er sah sich suchend um, und als er sie erblickte, kam er schnell herbei.

»Störe ich, Fräulein Lena?« fragte er, und sie sah, daß er erregt war.

Sie schüttelte errötend den Kopf. »Nein, Sie stören nicht, Baron.«

»Darf ich Ihnen ein Weilchen Gesellschaft leisten?«

»Wenn Sie es nicht vorziehen, bei Ihren Freunden zu bleiben.«

»Nein«, sagte er unruhig und setzte sich zu ihr. »Es drängt mich, Ihnen etwas zu sagen, was ich Ihnen gern schon lange gesagt hätte. Ich habe es nur noch nicht getan – weil ich nicht an mein eigenes Glück denken wollte, solange ich meinen Freund Hasso in Gefahr wußte. Und – noch etwas hat mich so lange zögern lassen – ich wollte Gewißheit haben, daß meine Empfindungen tief und stark genug waren, um für ein ganzes Leben auszureichen. Darf ich ganz offen sprechen?«

Unsicher und fragend sah sie ihn an. »Sprechen Sie«, bat sie leise.

Da nahm er ihre Arbeit sanft aus ihren Händen und faßte ihre Rechte zwischen den seinen.

»Sie müssen mich dabei ansehen, Lena. Als ich nach Südwest ging, geschah es, um den Erinnerungen an ein schmerzliches Herzenserlebnis zu entfliehen – ich war von einem Mädchen aufgegeben worden, das ich liebte und an dessen Liebe ich glaubte. Dann lernte ich Sie kennen, und Ihre liebe, feine, stille Art heilte meine Schmerzen wie durch ein Wunder. Schon auf der Reise wurden Sie mir teuer, aber ich mißtraute meinem Gefühl und wollte ihm nicht vorzeitig Worte geben. Außerdem wollte ich Ihnen Zeit lassen, sich klar darüber zu werden, ob Sie mich lieben könnten. Ich vertraute mich Leo an – und blieb hier. Nun weiß ich längst, Lena, daß Sie das Andenken an die andere völlig verwischt haben, weiß, daß ich Sie von ganzem Herzen liebe. Wir haben uns hier in der Einsamkeit in dieser Zeit genau kennengelernt und wissen, wie wir zueinander stehen. Hasso, der meine Gefühle für Sie schon kannte, als er aufbrach, fragte mich vorhin: ›Wie stehst du mit Lena von Holms?‹ So komme ich nun zu Ihnen mit meinem vollen Herzen und frage Sie: Wollen Sie meine Frau werden, wollen Sie mit mir nach Deutschland zurückkehren? Nicht wahr, Lena, ich habe mich nicht getäuscht – Sie haben mich lieb?«

Ihre Hand ruhte leise bebend in der seinen. Nun war die Frage gelöst, die sie sich vorhin gestellt hatte. Sie sah mit großen Augen ernst und innig in die seinen, obwohl ihr die Glut ins Gesicht stieg.

»Sie haben sich nicht getäuscht – ich habe Sie von Herzen lieb – lange schon – ich glaube vom ersten Tage an, da ich Sie kennenlernte.«

Er sprang auf und zog sie zu sich empor in seine Arme. »Lena – meine Lena! Ich bin so glücklich in deiner Liebe, weiß ich doch, daß du dem Ideal gleichst, das ich mir von der Frau gemacht habe.«

Sie lächelte halb verwirrt, halb schelmisch. »Ach Norbert – lieber Norbert – überschätze mich nur nicht. Ich weiß nur eins – daß ich dich liebe.«

Er preßte glückselig seine Lippen auf die ihren. So standen sie lange Zeit beieinander und sahen sich an und küßten sich – bis plötzlich Rallah vor ihnen stand, als sei er aus dem Boden gewachsen. Er grinste die beiden jungen Menschen vergnügt an.

Lena hatte sich an Rallahs Gesicht gewöhnt, aber nun schrak sie doch zusammen. Sie wollte im ersten Schrekken einfach davonlaufen. Norbert hielt sie aber lachend fest.

»Hiergeblieben, Herzensschatz, jetzt mußt du dich vor aller Welt zu mir bekennen. Ich will dich da drinnen als meine Braut vorstellen. Unsere Verlobung soll gebührend gefeiert werden.«

Lena zögerte und strich verwirrt das Haar aus der Stirn. »Liebster – geh du allein zu ihnen hinein. Ich fürchte mich vor den fragenden Augen der fremden Herren. Du weißt ja, was ich für ein Hasenfuß bin.«

Er küßte sie noch einmal, und sie lief schnell davon auf ihr Zimmer, um ein Weilchen mit sich und ihrem Glück allein zu sein.

Norbert trat ins Wohnzimmer zu den andern, die noch bei Wein und Zigarren saßen. Still setzte er sich zu ihnen.

Nach einer Weile erhob sich Hauptmann Schlehvogt. »Verzeihung, Herrschaften, aber ich muß jetzt ein paar Stunden schlafen, ich bin todmüde.«

Die anderen, außer Hasso, erhoben sich ebenfalls, um zu ruhen.

Hasso blieb noch bei den Freunden zurück. Er mußte sich in den bequemen Sessel setzen, und die Freunde machten es ihm behaglich.

»Es ist doch gemütlicher bei dir, Leo, als ich es in den letzten Monaten gewöhnt war. Nun erzählt mir, was ihr inzwischen getrieben habt«, sagte er.

Norbert erhob sich. »Laßt mich euch erst eine Eröffnung machen. Ich wollte vor den anderen nicht damit herauskommen. Ich habe mich vorhin mit deiner Schwester Lena verlobt, Leo. Deiner Zustimmung war ich ja sicher.«

Die Freunde faßten erfreut seine Hände. Ihre Glückwünsche kamen aus ehrlichen Herzen.

»Und wo ist Lena?« fragte der Bruder.

Norbert erzählte lächelnd von ihrer mädchenhaften Scheu, sich den Fremden als neuverlobte Braut zu zeigen.

Lebhaft plauderten die drei Herren über das frohe Ereignis. Und währenddem trat Lena schüchtern ein. Sie hatte vernommen, daß die anderen Herren sich zurückgezogen hatten.

Die Herren sprangen auf. Leo umarmte seine Schwester. »Meine liebe, alte Deern, nun wirst du mich bald wieder verlassen. Für dich freut es mich – aber für mich tut es mir leid.«

Sie streichelte seine Hand. »Lieber Bruder, wenn du doch gleich mit uns zurückkommen könntest.«

»Lena hat recht«, bemerkte Norbert, Lenas Hand durch seinen Arm ziehend und festhaltend, »komm doch mit uns zurück in die Heimat. Du kannst mein Thüringer Gut schon jetzt übernehmen und zahlst es mir ab, wie es dir paßt. Deine Farm kannst du doch durch einen Agenten verkaufen.«

Leo schüttelte den Kopf. »Nein, so geht das nicht. Es würde mir hier alles drunter und drüber gehen, und in kurzer Zeit wäre die Farm verloddert und meine jahrelange Arbeit zunichte gemacht. Ich bleibe, bis ich mein Ziel erreicht und Holmseck für den von mir erstrebten Preis verkauft habe. Wollte ich meine Sache so aufgeben, würde mir das wie Fahnenflucht vorkommen.«

Nun trat Hasso an Lena heran und faßte ihre Hand, um sie an die Lippen zu ziehen. »Mein gnädiges Fräulein, ich hatte schon auf unserer gemeinsamen Reise eine leise Ahnung, daß Sie vom Schicksal bestimmt seien, Baronin Platen zu werden. Es freut mich herzlich, daß sich meine Ahnung erfüllt hat. Gestatten Sie mir, Ihnen von ganzem Herzen Glück zu wünschen.«

»Ich danke Ihnen, Herr von Ried. Im Grunde sind Sie der Gründer unseres Glückes.«

Fragend sah er sie an. »Ich?«

Sie nickte lächelnd. »Ja, Sie. Wären Sie nicht auf dem Dampfer gewesen, dann wäre auch Norbert nicht damit gereist. Also sind Sie der Gründer unseres Glückes.«

»Gut, ich akzeptiere diesen Ehrentitel und hoffe und wünsche, daß ich ein recht dauerhaftes Glück gegründet habe. Genauer genommen ist aber eigentlich mein Onkel, der mich in die Verbannung schickte, der Gründer Ihres Glückes.«

»Oh, Ihr Onkel ist mir unbekannt – und unsympathisch, weil er so unfreundlich zu Ihnen war. Ich halte mich doch lieber mit meiner Dankbarkeit an Sie.«

»Ich halte still, mein gnädiges Fräulein, und werde schon gelegentlich meinen Dank einfordern«, scherzte Hasso.

Sie nahmen nun wieder Platz und besprachen, was nun weiter geschehen sollte.

Platen wünschte, daß seine Hochzeit mit Lena nicht lange hinausgeschoben werden sollte. Und es wurde beschlossen, daß das junge Paar sich in Windhuk vermählen sollte. Dann konnte Lena als Platens Frau mit diesem die Rückkehr nach Deutschland antreten, und Leo konnte bei der Hochzeit gegenwärtig sein.

Platen wollte gleich morgen mit Hasso und seinen Kameraden nach Windhuk zurückkehren. Er wollte telegraphisch Inserate an verschiedene deutsche Zeitungen aufgeben, die seine Verlobung ankündigten. Und in Windhuk wollte er sofort die nötigen Schritte tun, um das Aufgebot zu bestellen und alles zur Hochzeit vorzubereiten.

Lena sollte dann mit dem Bruder nachkommen, wenn

es an der Zeit war, und Platen wollte dafür sorgen, daß den Geschwistern für diese Fahrt das Deckmannsche Auto zur Verfügung gestellt würde, damit Lena nicht noch einmal eine Nacht unter freiem Himmel zubringen mußte.

Lena war ein wenig verzagt all diesen Plänen gefolgt. »Aber das geht doch nicht so. Wie soll ich mir eine Aussteuer schaffen?« fragte sie ängstlich besorgt.

Die Herren lachten, und Norbert streichelte ihre Hand. »Liebe Lena, solche Fragen werden in Südwest ganz nebensächlich behandelt.«

»Außerdem ist hier alles sehr teuer, und du müßtest alles mit dir schleppen. Ich schlage vor, du kaufst in Windhuk nur das Nötigste für die Reise und schaffst dir das übrige in Deutschland an«, sagte ihr Bruder.

»Leo hat recht, Lena. Im übrigen handelt es sich nur um deine ganz persönliche Ausstattung, denn in meinem Haushalt in Neuhalden gibt es Riesenschränke voll Hauswäsche, und alles andere ist ebenfalls vorhanden. Gib also deine schrecklichen Sorgen auf«, nickte Norbert.

Lena atmete tief auf. »Und wie werden es deine Bekannten und Verwandten aufnehmen, daß du dich in Südwest vermählst?«

»Ach weißt du, Liebling, fernstehenden Bekannten räume ich kein Recht ein, sich darüber auszulassen. Nahe Verwandte besitze ich nicht. Einigen Tanten, Onkels und Vettern entfernten Grades sende ich meine Verlobungsanzeige mit der Nachricht, daß ich mich in Südwest verheirate, weil meine Braut hier bei ihrem Bruder lebt. Wir werden sie eines Tages alle zusammen in Neuhalden empfangen, und dann stelle ich dich ihnen vor, damit sie sich überzeugen können, daß ich keine Hottentottin, sondern ein Freifräulein mit einer langen Ahnenzahl heimgeführt habe. Meine Freunde aber habe ich hier – außer Rudi von Kronau. Und der wird wohl als junger Ehemann vorläufig ohnedies nicht mitzurechnen sein. Hoffentlich haben wir hier nicht unnötig viele Formalitäten zu erfüllen, ehe wir in den Stand der Ehe treten können.«

Leo lachte. »Stell dir das nicht gar zu leicht vor, mein lieber Norbert. Ich glaube, das Aufgebot muß erst bei der Heimatbehörde bestellt werden.«

Norbert hob abwehrend die Hände. »Erbarme dich! Wie lange soll denn das dauern?«

»Nun, die Angelegenheit wird sich unter besonderen Umständen schon beschleunigen lassen. Du wirst einige sündhaft teure Depeschen loslassen müssen. Jedenfalls wird aber eure Hochzeit für Windhuk einige Zeit das Tagesgespräch sein. In dieser Beziehung ähnelt es dem biederen deutschen Krähwinkel. Schade, daß Deckmanns schon abgereist sind. Frau Ilona hätte es sich nicht nehmen lassen, eine glänzende Feier anläßlich dieses Ereignisses zu veranstalten, und Herr Deckmann hätte uns dabei alle möglichen Überraschungen bereitet.«

Sie lachten alle. »Also Deckmanns sind nicht mehr in Südwest?« fragte Hasso.

»Heute schiffen sie sich in Swakopmund ein«, erwiderte Leo.

Norbert sah Hasso humorvoll an. »Gelt, jetzt tut es dir leid, daß du die schöne Frau Ilona so kaltblütig behandelt hast. Sie hat jedesmal, wenn wir zusammentrafen, voll Interesse von dir gesprochen und ganz offen zugegeben, daß du der einzige Mann gewesen wärst, der ihr ernstlich hätte gefährlich werden können. Herr Deckmann hat das für einen pikanten Scherz seiner schönen Frau angesehen, aber ich hielt es für ein sehr ernsthaftes Bekenntnis. Jedenfalls hat sie voll Unruhe auf deine Rückkehr gewartet. Aber schließlich ist ihr die Geduld ausgegangen, und sie ist dieser Tage mit ihrem Gatten abgereist – ich glaube zunächst nach Brasilien, auf ihre dortigen Güter.«

»Und die schöne Farm steht nun leer?«

»So ziemlich. Vorigen Monat hat Frau Ilona für ihre Gesellschafterin und den Verwalter das Hochzeitsfest gerüstet. Das junge Paar sitzt nun vergnügt auf der Ilonafarm und verwaltet sie, bis es dem Ehepaar Deckmann wieder einmal einfällt, hierher zu kommen. Im übrigen hat mir Herr Deckmann ruhig und bestimmt angekündigt, daß er mich mit seiner Frau auf Schloß Neuhalden besuchen wird. Dafür hat er mir großmütig sein Auto zur Verfügung gestellt, und in Erwartung seines angedrohten Besuches will ich nun wenigstens für Lena aus diesem Angebot Nutzen ziehen.«

»Die Herrschaften führen ein etwas unruhiges Leben, wie mir scheint. Das wäre nichts für mich«, erwiderte Hasso. »Es ist ja nicht beneidenswert, wenn man, wie ich, kein festes Heim und keine eigene Scholle hat. Aber noch weniger beneidenswert stelle ich es mir vor, wenn man so viele Besitzungen hat, daß man nicht weiß, auf welcher man sich aufhalten soll.«

»Ich glaube, das ist alles Geschäft bei Herrn Deckmann. Er spekuliert eben in überseeischen Besitzungen. Irgendwie muß er doch das Geld anlegen, das sein Vater verdient.«

»Nun, jedenfalls danke ich für solch ein Nomadenleben. Wenn ich meine zwei Jahre Strafversetzung nach Südwest glücklich hinter mir habe, freue ich mich schon wieder auf eine gemütliche Berliner Junggesellenwohnung.«

»Wer weiß, ob es dazu kommt, Herr von Ried«, neckte Lena.

»Wie meinen Sie das, mein gnädiges Fräulein?«

»Ich meine, daß das Schicksal Sie ebenso gut ereilen kann, wie Norbert und Herrn von Kronau.«

Hasso schüttelte den Kopf. Seine tiefliegenden, stahlblauen Augen sahen wie in weite Fernen.

»Solch ein Glück wird mir nicht blühen. Norbert und Rudi haben das Große Los gewonnen, und Leo wird sicher auch eines Tages ein glücklicher Ehemann werden. Er hat einer Frau immerhin eine sichere, wenn auch bescheidene Existenz zu bieten. Aber ich? Wenn ich aufs Pferd steige, kann ich zur Not mein ganzes Besitztum mit hinaufnehmen. Ich bin ein armer Schlucker und werde es bleiben. Da darf man nicht ans Heiraten denken.«

»Herr von Kronau war doch auch arm«, beharrte Lena.

»Ja, ja – er hatte das Glück, sich in eine reiche Frau zu verlieben. Reiche Frauen sind aber nicht mein Geschmack und für mich selten liebenswert. Nein, nein, ich habe schon resigniert und bewerbe mich hiermit um ein stilles Plätzchen an Ihrem künftigen häuslichen Herd, damit ich wenigstens als Zaungast ein wenig idyllische Häuslichkeit genieße.«

»Ich hoffe, Sie kommen recht oft zu uns. Nicht wahr, Norbert, wir werden uns immer freuen «

»Das weiß Hasso.«

Dieser richtete sich auf. »Habt ihr übrigens inzwischen Nachricht von Rudi Kronau gehabt?«

»Nein. Aber ich hoffe, wenn du nach Windhuk zurückkommst, daß du Post aus Deutschland vorfindest und darunter auch welche von Rudi. Er weiß ja nicht, daß du so lange fern von jeder Zivilisation warst, und wird seine Briefe an dich adressiert haben in der Voraussetzung, daß auch wir dann von ihm hören.«

»Das kann möglich sein. Aber nun, Herrschaften, bin auch ich rechtschaffen müde und bitte, mich ein Stündchen zurückziehen zu dürfen. Ich habe seit zwei Tagen kein Auge zugetan. Und die Strapazen wirken nach.«

Die Erlaubnis wurde ihm gern erteilt. Leo brachte Hasso auf sein eigenes Zimmer, und kehrte dann zu dem glücklichen Brautpaar zurück.

Man hatte noch allerlei wichtige Angelegenheiten zu besprechen bezüglich der bevorstehenden Vermählung des jungen Paares.

XVI

Am andern Morgen ritt Platen neben den Offizieren nach Windhuk zurück. Er hielt sich an Hassos Seite. Die Freunde hatten sich viel zu erzählen.

In einiger Entfernung von Windhuk wurde nochmals eine längere Rast gehalten. Die Mannschaften sollten in möglichst frischem Zustand dort einrücken.

In den Straßen von Windhuk war es besonders lebendig, als die Truppe mit den gefangenen Bergdamaras eintraf. Die Offiziere wurden von dem Kommandanten empfangen, belobt und beglückwünscht. Eine besondere Auszeichnung wurde ihnen in Aussicht gestellt. Nachdem die offiziellen Förmlichkeiten erledigt und die Offiziere bis auf weiteres beurlaubt waren, damit sie sich gründlich restaurieren konnten, trafen sich Platen und Hasso im Gasthof. Sie saßen gleich darauf behaglich bei einer Flasche Wein.

Hasso hatte einen ganzen Stoß Briefschaften und Zeitungen aus Deutschland erhalten, die schon längere Zeit für ihn lagerten, und auch einen in Windhuk aufgegebenen Brief von Frau Ilona Deckmann.

Sie verabschiedete sich, zugleich im Namen ihres Mannes, von ihm und sprach ihr Bedauern aus, daß er vor ihrer Abreise nicht zurückgekehrt sei.

»Ich gebe aber die Hoffnung nicht auf, Sie wiederzusehen, mein lieber Herr von Ried. So kann und darf unsere Bekanntschaft nicht ausgeklungen sein. Wir hoffen, Sie nächstes Jahr in Windhuk zu finden, falls wir dann wieder nach Südwest kommen. Andernfalls hoffen wir, Sie in Berlin begrüßen zu können. Sie werden uns doch besuchen? Den Winter verbringen wir immer in Berlin und unsere dortige Adresse kennen Sie. Ich sage: Auf frohes Wiedersehen, hier oder dort, denn mein Herz sagt mir, daß Sie noch am Leben sind.«

So schrieb die schöne Frau, und aus dem Briefe stieg der leise Duft ihres Lieblingsparfüms zu Hasso empor. Es machte aber keinen Eindruck auf ihn, obwohl er so lange Frauenhuld hatte entbehren müssen.

Schweigend reichte er Norbert den Brief und öffnete dann ein anderes Schreiben. Es war von Rudolf von Kronau und war schon vor Monaten geschrieben. Hasso las:

»Mein lieber Hasso!

Aus Deinem letzten Schreiben habe ich entnommen, daß unser Freund Norbert Dich nach Südwest begleitet hat. Es freut mich für Dich. So bist Du auf Deiner Fahrt in die Verbannung doch nicht allein. Ihr werdet natürlich in Südwest auch mit Leo zusammensein und, wenn Ihr dann vergnügt beisammensitzt, denkt auch an den vierten in Eurem Bunde, der nicht bei Euch ist. Ich habe mich am 6. Juni verheiratet und bin so glücklich, wie ich es gar nicht verdiene und nie für möglich gehalten habe.

Auch mit meiner Schwiegermama, die mir einst grollte, bin ich völlig ausgesöhnt, und Lotte behauptet, ich hätte sie beinahe aus dem Herzen ihrer Mutter verdrängt. Wirklich – manchmal wird mir ganz bange vor der Größe meines Glückes.

Eine Hochzeitsreise haben wir nicht gemacht, Lotte meinte vernünftigerweise, Hochzeitsreisen seien ein Unfug und eine Qual. Aber nach dem Manöver, wenn wir schon ganz alte Eheleute sind und uns nicht jeder gleich auf zehn Schritt die Hochzeitsreisenden ansieht, wollen wir beide eine lange und große Reise machen. Ich soll mich dann auf ein ganzes Jahr beurlauben lassen und meiner Frau die Welt zeigen. Wir machen schon jetzt unser Reiseprogramm und freuen uns, gemeinsam alles Schöne zu genießen. Am liebsten machte ich auch einen Abstecher nach Südwest, um Dich wiederzusehen, mein Alter. Aber meine Lotte will nicht mit über den Äquator.

Im Oktober wollen wir nach Tirol, dann einige Wochen nach St. Moritz. Wo wir Weihnachten verleben, steht noch nicht fest, aber gleich danach gehen wir nach der Riviera, um dort den Karneval und die Blumenfeste zu erleben. Daran soll sich eine Mittelmeerreise und ein längerer Aufenthalt in Ägypten schließen. Dort werden wir bleiben, bis uns der Frühsommer nach dem Norden treibt. Dann soll es nach Schweden und Norwegen, nach England und Frankreich gehen und schließlich zur Erholung wieder nach Hause in unser wundervolles Heim. Programmänderungen sind vorbehalten. Ich freue mich wie ein Kind auf diese Reise – weil ich dann ganz allein mit meiner Lotte sein werde. Denke Dir doch, Hasso, ein volles Jahr im reizvollsten tête à tête mit der entzückendsten Frau, die Du Dir denken kannst – ich bin unmenschlich glücklich und muß irgendwelche Opfer bringen, um den Neid der Götter zu beschwichtigen. Aber es ist unrecht von mir, Dir armem Kerl den Mund wässerig zu machen. Also Schluß von mir. Wie geht es Dir? Ist es sehr schlimm da unten in Südwest? Hoffentlich hast Du nicht ernste Gefahren zu bestehen. Ich wollte, Du wärest erst wieder glücklich in Berlin. Lotte freut sich herzlich darauf, Dich bei uns zu begrüßen. Du sollst es gut haben bei uns. Wir bewohnen eine reizende Villa im Grunewald. Ein Auto steht mir täglich zur Verfügung, und wenn ich von meiner enormen Leutnantsgage die Trinkgelder bezahlt und von meiner kleinen Zuschußrente meine Garderobe bestritten habe, dann frage ich mich: ›Mensch, wie kommst du in dies elegante Auto?‹ Manchmal bekomme ich alle Zustände, wenn ich von Lotte gezwungen werde, ihre Einnahmen und Ausgaben zu kontrollieren. Ich habe gar nicht gewußt, wie gräßlich reich sie ist. Dann sehe ich meine Lotte ganz verzagt an und seufze tief auf. Aber sie nimmt mich lachend beim Kopf und sagt in ihrer lieben, lieben Art:

›Laß doch das dumme Geld, Rudi, wir zwei geben uns doch täglich tausendmal mehr, als wir mit allem Geld der Welt bezahlen können. Du mußt nicht ängstlich Mein und Dein berechnen. Alles ist Unser – kraft unserer Liebe. Du machst mich viel reicher als ich dich.‹

Ist sie nicht ein goldener Mensch?

Hoffentlich blüht Dir auch irgendwo in der Welt solch ein Glück. Bitte schreib mir bald ausführlich, meine ständige Adresse findest Du am Kopfe dieses Briefes. Auch wenn wir auf Reisen sind, wird mir alle Post nachgesandt.

Wie geht es Norbert? Und wie habt Ihr Leo gefunden? Schreib mir über alles, denn mein Herz ist in alter Treue und Freundschaft bei Euch. Wenn mir an meinem Glück noch etwas fehlt, dann ist es die Gegenwart meiner Freunde.

Aber nun Schluß – meine Schreibmaschine fängt an zu rauchen, und Lotte steckte eben den Kopf zur Tür herein und fragte, ob ich noch nicht fertig sei. Da kann ich nicht widerstehen.

Auf frohes Wiedersehen, mein Alter, laß es Dir gutgehen und grüße Norbert und Leo herzlich. In alter Treue

Dein Freund Rudi.«

Hassos Gesicht hatte sich aufgehellt. Lächelnd reichte er Platen auch diesen Brief.

»Das mußt du selbst lesen, Norbert. Du als glücklicher Bräutigam und baldiger Ehemann wirst noch mehr Verständnis für Rudis Seelenzustand haben als ich. Seine Frau scheint aber wirklich ein famoses Menschenkind zu sein.«

Während Platen Rudis Brief las, sah Hasso weiter seine Post durch. Da fand er zunächst Quittungen über all seine Schulden. Sein Onkel hatte Wort gehalten und alles bezahlt. Dann befand sich auch ein Brief seines Vetters Kurt unter den Postsendungen. Er schrieb:

»Mein lieber Vetter Hasso!

Es ist mir ein Herzensbedürfnis, mich nach Deinem Befinden zu erkundigen. Du würdest mich sehr erfreuen, wolltest Du ausführlicher von Dir hören lassen. Die kurze Meldung von Deiner glücklichen Ankunft in Windhuk habe ich erhalten. Vater hat alle Deine Angelegenheiten geregelt, und ich hoffe, ihn noch völlig zu überzeugen, daß Du nicht so leichtsinnig gewesen bist, wie er angenommen hat.

Noch immer ist er der Ansicht, daß Dir der Aufenthalt in Südwest von Nutzen sei. Aber als ich ihn gestern fragte: ›Und wenn Hasso da unten, was Gott verhüten möge, etwas zustößt? Dann hast du zeitlebens ein schweres Herz.‹ Da wurde er ein wenig blaß. Aber er faßte sich schnell und antwortete in seiner schroffen Art: ›Ein Ziegelstein hätte ihm auch in Berlin auf den Kopf fallen können.‹ Aber ich merke doch, es geht ihm nah.

Im übrigen gefällt mir Vater seit einigen Wochen gar nicht mehr – er zankt nicht einmal mehr mit unserer Haushälterin. Frau Wohlgemut ist über diese Tatsache ganz fassunglos. Sie behauptet, Vater müsse schwer krank sein, weil er jetzt so sanftmütig ist. Gestern kam sie mit Tränen in den Augen aus seinem Zimmer und schluchzte: ›Ach, junger Herr, der gnädige Herr hat eben meine liebe Frau Wohlgemut zu mir gesagt. Das hat er noch nie getan. Ich bin sehr unglücklich.‹

Die beiden Menschen haben sich in ihren fortwährenden Fehden immer frisch erhalten. Und, wie gesagt, Vaters Zustand macht mir Sorge. Ich habe gegen seinen Willen heute den Arzt herausbitten lassen. Wenn deshalb auch ein Mordsdonnerwetter auf mich herabprasseln sollte, es wird mich doch beruhigen. Das geht so nicht weiter.

Ich kann natürlich nicht von Dir verlangen, daß Du meine Sorge teilst. Vater hat dafür gesorgt, daß Du ihm nicht viel Sympathie entgegenbringen kannst. Hat er mir doch selbst duch seine etwas despotische Art oft genug das Herz schwergemacht, aber ich habe ihn trotzdem lieb und wünsche sehr, er wäre wieder der Alte. Da er schon über siebzig Jahre alt ist, muß man seinen Zustand immerhin ernst nehmen.

Doch nun genug davon. Vergiß nicht, was ich Dir vor Deiner Abreise gesagt habe. Falls Du etwas brauchst, mach mir nur ein kleines Kreuz hinter das Datum Deines Briefes, dann schicke ich Dir, was ich entbehren kann. Und laß es Dir recht gut gehen, mein lieber Hasso. Ich grüße Dich herzlichst als

Dein getreuer Vetter Kurt.«

Hasso legte den Brief zusammen.

Guter Kerl, er ist wirklich eine ehrliche Haut. Ich werde ihm sogleich schreiben, dachte er.

Aber ehe er am nächsten Tage dazu kam, seinen Vorsatz auszuführen, bekam er mit der an diesem Tage einlaufenden Post aus Deutschland abermals ein Schreiben seines Vetters. Es trug einen Trauerrand und lautete:

»Mein lieber Vetter Hasso!

Hierdurch teile ich Dir mit, daß mein Vater gestern nacht sanft und ruhig entschlafen ist. Ein Telegramm wollte ich Dir nicht schicken, es hat ja doch keinen Zweck. Du hast dem Verstorbenen nicht so nahe gestanden, daß Dir sein Ende großen Schmerz bereiten müßte. Ich aber bin sehr traurig – trotz allem hatte ich ihn ja herzlich lieb, und er wird mir sehr fehlen. Er hat mich so stark in der Abhängigkeit von sich erzogen, daß ich nun erst lernen muß, allein zu stehen.

Du sollst nun sogleich wissen, daß Dich mein Vater vor seinem Ende des Versprechens entbunden hat, zwei Jahre in Südwest zu bleiben. Es steht Dir also frei, sofort zurückzukehren. Ich soll Dich ein letztes Mal von ihm grüßen und Dir sagen, er habe es gut mit Dir gemeint, wenn es auch nicht so ausgesehen habe.

Zugleich will ich Dir mitteilen, daß meine erste selbständige Handlung als Majoratsherr von Marwedel Deinem Wohl gelten soll. Ich verdopple hiermit Deinen Zuschuß, der Dir aus den Majoratseinkünften zufloß, damit Du in Zukunft nicht nötig hast, Schulden zu machen. Solltest Du auch damit nicht auskommen – ich kann das nicht beurteilen –, dann sage mir offen, was Du brauchst, und ich werde es bewilligen. Denn ich kenne Dich als anständigen Menschen und weiß, daß Du mit solch einem Anerbieten nicht Mißbrauch treibst. Ich will nicht, daß Du darbst, während ich mein Vermögen immer größer anwachsen lasse.

Leider habe ich noch immer keine Nachricht von Dir und bin in Sorge um Dich. Hoffentlich ist sie unbegründet. Bitte depeschiere mir einige Worte, ob Du wohlauf bist. Wenn Du diesen Brief erhälst, ist Vater schon längst beigesetzt.

In der Hoffnung, bald Gutes von Dir zu hören, grüße ich Dich herzlichst Dein Vetter Kurt.«

Hasso hatte wirklich nie viel für seinen Onkel übrig gehabt, aber Kurts wegen tat es ihm doch leid.

Er gab sofort eine kurze Depesche auf und schrieb dann seinem Vetter, daß er soeben erst von einer Expedition zurückgekehrt sei, die Monate gedauert habe. Er kondolierte ihm wegen seines Verlustes und dankte ihm herzlich für die Verdoppelung seines Zuschusses, der ihm die Möglichkeit biete, in seinem alten Regiment weiterzudienen, ohne Schulden machen zu müssen. Er komme glänzend damit aus. Dann erzählte er Kurt von seinen letzten Erlebnissen. Und zum Schluß teilte er ihm mit, daß er seine zwei Jahre in Südwest aushalten wolle, falls ihn nicht ein außergewöhnliches und dringendes Ereignis dazu zwinge, früher heimzukehren. Immerhin sei das Leben hier unten für ihn etwas Neues und Interessantes, und er hoffe, mancherlei zu lernen, was er später verwerten könne.

Als Hasso diesen Brief beendet hatte, schrieb er auch gleich noch an Rudolf von Kronau und teilte ihm alles Wissenswerte aus seinem und der Freunde Leben in Südwest mit. Er bat ihn, seiner Gemahlin die ergebensten Grüße zu Füßen zu legen, und übermittelte ihm Grüße von Norbert und Leo.

Natürlich berichtete er auch von der demnächst in Windhuk bevorstehenden Vermählung Norberts mit Leos Schwester. Die Hochzeit finde Anfang Dezember statt, und das junge Paar kehre gleich nach dieser nach Deutschland zurück.

Norbert von Platen fügte diesem Schreiben einige Worte hinzu:

»Es würde mich riesig freuen, mein lieber Rudi, wenn Du mit Deiner jungen Frau einen Teil Deines einjährigen Urlaubs in Neuhalden zubringen würdest. Unsere jungen Frauen könnten sich dann näherkommen. Sie kennen sich ja schon. Vielleicht treffen wir uns aber auch schon im Januar oder Februar in Nizza, wo ich mit meiner zukünftigen Frau einige Wochen Station machen will, ehe ich mit ihr in Neuhalden meinen Einzug halte. Ihr plant ja, in derselben Zeit dort zu sein, und das wäre sehr hübsch. Wir würden uns herzlich freuen. Also hoffentlich auf baldiges Wiedersehen! Mit ergebenster Empfehlung an Deine Frau

Dein getreuer Norbert.«

Hasso war froh, daß er nun seine dringendsten Briefschulden los war, und noch froher war er über die Erhöhung seines Zuschusses aus den Einkünften des Majorats. Er hatte auch das Gefühl der Freiheit wieder, da er nicht mehr gezwungen war, in Südwest zu bleiben. Von seinen Strapazen erholte er sich bald.

XVII

In den ersten Tagen des Dezember fand die Hochzeit Platens und Lenas in Windhuk statt. Und es war wirklich ein großes Ereignis für diese Stadt. Es interessierte alle Deutschen in Windhuk, und wer es ermöglichen konnte, wohnte der Trauung bei.

Platen war durch Hasso mit allen Offizieren der Schutztruppe bekannt geworden. Leo von Holms war mit den meisten befreundet. So wurden alle Offiziere zur Hochzeit eingeladen. Es war in diesen Tagen schon ziemlich heiß, der afrikanische Sommer meldete sich an. Aber das tat der Feststimmung keinen Abbruch.

Hasso hatte alles, was möglich war, getan, um das Hochzeitsfest des Freundes zu einem würdigen zu gestalten. Lena war schon einige Wochen vorher mit ihrem Bruder nach Windhuk gekommen, und die Geschwister hatten im Gasthof Wohnung genommen. Die Damen der Offiziere ließen es sich nicht nehmen, der jungen Braut in allen Dingen mit Rat und Tat zur Seite zu stehen. Es gab doch immerhin allerlei vorzubereiten. Das Hochzeitsgewand mußte angefertigt werden, und es mußte mit einigen jungen Damen – viel Auswahl gab es nicht – Rücksprache genommen werden, bezüglich der Funktionen der Brautjungfern.

Es ging nicht immer alles ganz glatt. Lena fühlte sich gar nicht wohl in dem Bewußtsein, der Mittelpunkt des Interesses der ganzen Garnison zu sein.

Norbert neckte sie zärtlich wegen ihrer Scheu und fand sie doch so süß und rührend, daß er sich kaum beherrschen konnte. Von Tag zu Tag wurde ihm Lena lieber und teurer. Die letzten Wochen, die er getrennt von ihr verlebt, hatten ihm so recht gezeigt, was sie ihm geworden war.

Die Hochzeitsfeier verlief sehr stimmungsvoll, aber Lena war doch froh, als sie vorüber war und sie nicht mehr der Mittelpunkt sein mußte. Am Tage nach der Hochzeitsfeier ging der Dampfer, der sie nach Deutschland bringen sollte, von Swakopmund ab. Dem jungen Paar blieb nur noch Zeit, von Windhuk nach Swakopmund zu reisen.

Leo begleitete Schwester und Schwager nach dem Hafen.

Das junge Paar wollte zunächst mit dem Dampfer bis nach Bordeaux und von dort an die Riviera fahren. Lena hatte einmal im Gespräch fallen lassen, daß sie immer eine stille Sehnsucht gehabt habe, das Leben und Treiben dort kennenzulernen. Norbert hatte diesen Wunsch in seinem Gedächtnis gebucht und bestimmte nun einfach einen mehrwöchentlichen Aufenthalt in Nizza.

»Wir kommen gerade zur rechten Zeit dorthin, Lena. Du wirst Nizza von der glänzendsten Seite kennenlernen«, hatte er gesagt.

Sie wollte erschrocken protestieren, aber er hatte ihren Mund mit einem Kusse geschlossen. »Laß es dir nur gefallen, Liebling. Wenn ich erst einmal mit dir in Neuhalden sitze, bekommst du mich so leicht nicht mehr fort. Dann gibt es höchstens einen Ausflug nach Frankfurt und Wiesbaden und im Winter nach Berlin. Also nimm die Gelegenheit beim Schopf, sonst wirst du am Ende nie deine Sehnsucht nach Nizza los. Außerdem hoffe ich, Kronaus dort zu treffen.«

Da hatte sich Lena nicht länger gesträubt. – Von Hasso von Ried hatte das junge Paar bewegten, herzlichen Abschied genommen. Er war ihnen im Ernst der Gründer ihres Glückes. Er mußte versprechen, sofort nach Neuhalden zu kommen, wenn seine zweijährige Verbannung zu Ende war.

Der Abschied der Geschwister voneinander war schwer. Lena hätte den Bruder gern mit sich genommen. Er mußte ihr versprechen, alle Hebel in Bewegung zu setzen, um seine Farm so bald wie möglich zu dem von ihm festgesetzten Preis an den Mann zu bringen.

»Sei unbesorgt Lena, ich tue, was ich kann. Das Gütchen in Thüringen zieht mich magnetisch nach der Heimat. Laß dir dein Glück nicht trüben durch den Gedanken an mich. Die Hoffnung auf die Zukunft hilft mir über die Einsamkeit weg. Und dann habe ich doch auch Hasso noch hier und kann ihn zuweilen sehen. Vielleicht treten wir nach Ablauf seiner Verbannungszeit, die er einhalten will, gemeinsam die Heimreise an.«

So schieden die Geschwister. Norbert und Leo drückten sich schweigend die Hände. Als Leo, nachdem das junge Paar abgereist war, nach Windhuk zurückkehrte, erwartete ihn Hasso von Ried am Bahnhof. Die beiden Freunde blieben bis zum Abend zusammen. Am nächsten Morgen wollte Leo im Deckmannschen Auto heimfahren. Hasso wußte nicht, ob ihm der Dienst erlaubte, am Morgen noch mit Leo zusammen zu sein.

Leo sprach davon, wie schwer ihm der Abschied von Schwester und Schwager geworden sei und wie sehr er sich nun, nach den mit ihnen gemeinsam verlebten Monaten, vor der Einsamkeit fürchte. Er sagte Hasso, daß er nun darauf brenne, einen zahlungskräftigen Käufer für Holmseck zu finden.

Da richtete sich Hasso jäh auf. »Lieber Leo, ich rate dir, einmal in dieser Angelegenheit Fühlung mit Herrn Deckmann zu nehmen. Ich bin überzeugt, er wird Holmseck kaufen.«

Überrascht sah ihn Leo an. »Deckmann? Der hat doch schon seine große Ilonafarm.«

»Ja, aber er sagte mir einmal, Holmseck schiebe sich wie ein Keil in seine Besitzung, und er wünsche sie abzurunden. Auch sprach er in anerkennender Weise davon, wie vorzüglich du Holmseck instand gehalten hättest. Das war mir aus dem Gedächtnis gekommen, aber jetzt fällt es mir wieder ein. Er schien sehr erpicht auf diese Abrundung seiner Besitzung. Vielleicht wagt er es nur nicht, dir ein Angebot zu machen, weil er nicht annimmt, daß du Holmseck verkaufen willst. Versuch es einmal, Fühlung mit ihm zu nehmen. Er ist ja immer darauf aus, seines Vaters Geld in Grundbesitz anzulegen, und vielleicht ist das nicht die schlechteste Spekulation. Grund und Boden muß ja auch hier mit den Jahren im Wert steigen, je weiter die Eisenbahn geführt wird. Und du kannst vielleicht schon jetzt von Deckmann den

Kaufpreis erlangen, den du als Ziel gesetzt hast.«

Leo fuhr sich aufgeregt durchs Haar. »Für die Ilonafarm hat er einen ziemlich hohen Kaufpreis bezahlt. Ich habe, offen gestanden, nie daran gedacht, daß Deckmann als Käufer in Frage kommen könnte. Aber du hast recht, Holmseck schneidet wie ein Keil in seine Besitzung ein. Du hast mich da auf eine famose Idee gebracht. Ich danke dir herzlich, Hasso.«

»Da gibt es doch nichts zu danken.«

»Doch, du hast mir da vielleicht einen großen Dienst erwiesen. Ich will die Sache im Auge behalten, denn unter uns – ich sehne mich nach Deutschland zurück.«

»Das kann ich mir denken. Also Glück auf. Schieb die Sache nicht auf die lange Bank.«

»Nein, nein – ich schreibe Deckmann sogleich. Es wird immerhin lange dauern, bis ihn mein Schreiben erreicht und ich Antwort von ihm haben kann. Von seinem hiesigen Bankier will ich mir morgen früh seine jetzige Adresse geben lassen.«

Es war spät, als sich die Freunde trennten.

»Wir sehen uns auf alle Fälle morgen früh noch vor deiner Abfahrt, Leo, wenn auch nur einige Minuten. Gute Nacht.«

»Gute Nacht, Hasso!«

XVIII

Carry von Hartenfels hatte, wie gewöhnlich, den ganzen Sommer mit ihrer Mutter in beschaulicher Ruhe in Hartenfels verbracht. Es waren natürlich hie und da Gäste gekommen, und Kurt von Ried ließ kaum einen Tag vergehen, an dem er nicht bei den Damen vorsprach, aber im ganzen war es doch eine ruhige, beschauliche Zeit.

Seit Kurt von Rieds Vater gestorben war, hatte sich das Verhältnis zwischen ihm und Carry bedeutend gebessert. Sie war nicht mehr so schroff zu ihm. Er tat ihr leid in seiner Trauer um den Vater. Oft klagte er ihr, daß er sich in Marwedel sehr einsam fühle. Sie riet ihm, auf Reisen zu gehen, und zwar den Winter über, wo er gut abkommen konnte. Aber er sah sie seltsam an und schüttelte das Haupt. Solange Carry in Hartenfels war, fiel es ihm nicht ein, fortzugehen.

Er bat die Damen, ihm zu gestatten, recht oft in Hartenfels vorzusprechen. Dazu wurde ihm bereitwillig die Erlaubnis gegeben. Frau von Hartenfels hoffte jetzt mehr denn je, daß Carry sich noch entschließen würde, Kurts Bewerbung anzunehmen, und Carry glaubte, Kurt habe sich nun darein ergeben, daß er ihr nie mehr als ein Freund sein könne.

So waren die beiden scheinbar im besten Einvernehmen miteinander.

Anfang Dezember fiel der erste Schnee in diesem Jahre, und Carry freute sich der weißen Pracht, die sie ins Freie lockte. Sie zog eine kurze Pelzjacke über und drückte eine kleine Pelzmütze auf das goldig flimmernde Haar.

Dann lief sie zu ihrer Mutter. »Ich muß mir die Schneeflocken ein wenig um die Nase tanzen lassen, Mamascha. In einer halben Stunde bin ich zurück«, sagte sie.

Ihre Mutter sah lächelnd zu ihr auf. »Konnte ich mir doch denken, daß dich der Schnee hinauslockt. Viel Vergnügen, Kind! Aber denke daran, daß Herr von Ried spätestens in einer halben Stunde hier sein wird, um mit uns zu Mittag zu essen.«

»Ich vergesse es nicht, Mamascha. Im übrigen speisen wir erst in einer Stunde, und wenn mein Freund Kurt wie gewöhnlich um eine halbe Stunde zu früh kommt, muß er eben warten. Vielleicht treffe ich ihn auch unterwegs. Ich gehe bis nach den Steinbrüchen hinüber und kehre dann wieder um. Da muß er ja an mir vorüberfahren.«

»Gut, Carry. Also viel Vergnügen im Schneegestöber.«

»Danke, Mamascha! Auf Wiedersehen!« Dann eilte Carry hinaus. Ihre Mutter sah ihr vom Fenster aus nach und freute sich an der schlanken, jugendkräftigen Gestalt ihrer Tochter, die so zielsicher und elastisch ausschritt.

Sie wird ja vernünftig sein und nicht blind an ihrem Glück vorüberlaufen. Kurt von Ried ist ein Mensch, der ihr die Sterne vom Himmel herabholen und sie auf Händen tragen würde, dachte sie.

Carry ging froh und munter durch das Schneetreiben, und nach und nach verlangsamte sich ihr Schritt. Sie kam wieder einmal ins Träumen, wie es ihr seit der Abreise von Berlin jetzt häufig geschah. Ihre Gedanken beschäftigten sich mit dem jungen Offizier, der ihr Armband von dem Autoknopf gelöst hatte. Ihre Mädchenträume beschäftigten sich viel mit seinem Bild. Sie hätte es malen können, so klar und deutlich stand es vor ihren geistigen Augen.

Wenn ich mich einmal verheiraten sollte, dann dürfte mich nur ein Mann heimführen, der ihm gleicht, hatte sie oft gedacht.

Sie schalt sich gewöhnlich in ihrer frischen, energischen Art über solche Träume aus und zwang sich meist, an etwas anderes zu denken. Aber immer wieder tauchte das gebräunte, charakteristische Männergesicht vor ihr auf. Nie hatte ein Mensch einen so tiefen Eindruck auf sie gemacht, obwohl die Begegnung nur eine flüchtige gewesen war.

Und heute dachte sie, während sich ihre Blicke an der jungfräulich weißen Pracht labten: Was würde ich wohl tun, wenn er plötzlich jetzt hier auf diesem Wege auf mich zukäme, er und ich allein in diesem verschneiten Wald?

Sie träumte zuweilen nachts von ihm, und seltsamerweise begegnete sie ihm dann immer in ihren heimischen Wäldern. Immer sah sie ihn in dieser Umgebung, und deshalb dachte sie jetzt daran, was sie tun würde, wenn er ihr hier begegnete.

So sehr war sie in ihre Träume eingesponnen, daß sie erschrocken zusammenzuckte, als durch die lautlose Stille plötzlich ein lauter Ruf, ein Hilferuf, an ihr Ohr drang. Sie blieb mit einem Ruck stehen und sah sich um, als sei sie aus einem Traum erwacht. Niemand war zu sehen.

Sie stand atemlos und lauschte. Und da drang wieder durch das stille Schneetreiben der seltsame, jammernde Ruf einer Männerstimme zu ihr herüber.

Es kommt vom Steinbruch her, dachte sie erschrocken.

Sollte dort jemand verunglückt sein? Aber es wurde doch schon seit Wochen nicht mehr im Steinbruch gearbeitet. Und die Fahrstraße führte dicht an dem Steinbruch vorüber. Da war abermals der jammernde Hilferuf zu hören. Jetzt warf Carry entschlossen alles Zagen beiseite. Da war ein Mensch in Not, und sie war nicht die Person, in solch einem Falle an sich selbst zu denken. Beherzt und tapfer richtete sie sich aus ihrer lauschenden Stellung auf, drückte den Pelzmuff, in dem sie ihre Hände barg, fest an sich und lief so schnell sie konnte mitten durch den Wald auf die Fahrstraße nach dem Steinbruch zu. Als sie aus dem verschneiten Wald auf die freie Straße kam, zuckte sie erschrocken zusammen. Da lag dicht an dem Abgrund, der nach dem Steinbruch abfiel, ein Mensch in dem weißen Schnee. Sie wurde leichenblaß, aber sie besann sich nicht lange. Mit einem Satz sprang sie über den schmalen Graben, der sie von dem Fahrweg trennte, und eilte auf den Verunglückten zu, der um Hilfe gerufen hatte. Sie erkannte sofort den Chauffeur Kurt von Rieds an seinem schwarzen Lederanzug und dem großen Pelzkragen.

Als sie schnell zu ihm lief, wäre sie fast selbst gestürzt. Dies Stück Weg war von dem Grabenwasser überschwemmt, das durch ein Rinnsal über den Weg nach dem Steinbruch lief. Dadurch war die oberste Schneeschicht weggespült, und der vereiste Grund bildete eine kurze Strecke schlüpfriges Glatteis. Sie sprang zur Seite in den noch trockenen Schnee und war gleich darauf neben dem Verunglückten. Sie kniete neben ihm nieder und sah in sein blasses, schmerzverzogenes Gesicht. Er schlug die Augen zu ihr auf.

»Um Gottes willen, Haßler, was ist Ihnen geschehen? Kann ich helfen?« fragte sie hastig.

Er biß die Zähne zusammen, um seinen Schmerz zu unterdrücken.

»Ich habe wohl das linke Bein gebrochen, gnädiges Fräulein. Aber das ist nicht das schlimmste. Mein armer Herr!«

Carry sah ihn erschrocken an.

»Ihr Herr? Was ist mit Herrn von Ried?« forschte sie besorgt.

Haßler stöhnte auf. »Unten im Steinbruch – da liegt das Auto – mit meinem armen Herrn. Ich bin abgesprungen – im letzten Moment. Das Steuer versagte. Ehe ich es hindern konnte, rutschte das Hinterrad über den Rand des Abgrundes, und noch während ich absprang, weil ich es nicht halten konnte, überschlug es sich und stürzte in den Steinbruch. Unten ist alles totenstill. Bitte, rufen Sie Hilfe für meinen armen Herrn.«

Carry hatte entsetzt diesen Worten gelauscht. Nun sprang sie empor und starrte in den Steinbruch. Da sah sie das Auto zwischen dem Steingeröll auf der Seite liegen, mit zerbrochenen Fenstern.

Einige Augenblicke stand sie wie erstarrt. Was sollte sie tun, wie zuerst Hilfe bringen und wem? Sollte sie erst in den Steinbruch hinunterklettern und versuchen, Kurt von Ried zu helfen, oder schnell andere Hilfe herbeiholen?

Aber es widerstrebte ihr, davonzulaufen. Sie beugte sich wieder zu Haßler herab und schob ihm barmherzig ihren Muff unter den Kopf. Der Lederanzug schützte ihn zum Glück gegen Nässe und Kälte.

»Was kann ich nur tun? Ich kann Sie und Herrn von Ried doch jetzt nicht verlassen«, sagte sie ratlos.

»Wenn Sie über die schmale Treppe an der Seite, wo die Arbeiter hinunterzugehen pflegen, hinabgehen und nur einmal nach meinem armen Herrn sehen würden, gnädiges Fräulein. Ich bin in so großer Angst um ihn. Um mich brauchen Sie sich vorläufig nicht zu sorgen.«

Carry faßte sich mühsam. »Ja, ich gehe hinunter – und dabei will ich laut um Hilfe rufen, vielleicht hört mich jemand. Haben Sie nur ein Weilchen Geduld, Haßler. Sind Ihre Schmerzen arg?«

»Wenn ich still liege, sind sie zu ertragen.«

Carry erhob sich. Die Hände wie ein Schallrohr an den Mund legend, stieß sie nach allen Seiten einen lauten, gellenden Schrei aus. Dann kletterte sie flink und behende die steile Treppe in den Steinbruch hinab, immer wieder den lauten Hilfeschrei ausstoßend, bis sie unten angelangt war und das Auto erreicht hatte.

Rund um dasselbe war alles mit Glassplittern bedeckt und mit kleinen, abgesprengten Teilen des Wagens. Es sah sehr schlimm aus. Die Räder starrten seitwärts in die Luft.

Angstvoll rief Carry Kurts Namen. Es kam keine Antwort. Da kletterte sie an den Rädern empor und sah durch das obenaufliegende Fenster in den Wagen.

Mit bleichem, entsetztem Gesicht fuhr sie zurück.

»Herr von Ried – lieber Freund – ach, lieber Freund!« jammerte sie.

Sie sah Kurt reglos im Wagen auf der Seite liegen, zwischen den Sitzen zusammengekrümmt. Sein Gesicht konnte sie nicht sehen. Er gab kein Lebenszeichen von sich.

Große Tränen liefen ihr über die Wange. Sie streichelte leise über seinen blonden Haarschopf, von dem der Hut geglitten war.

»Mein armer, armer, lieber Freund«, schluchzte sie vor sich hin.

Von einer Verletzung sah sie nichts an ihm, aber er machte den Eindruck eines Toten.

Blaß und erschüttert sprang sie vom Wagen herab. Hier Hilfe zu bringen, wenn solche noch möglich war, reichten ihre Kräfte nicht aus. Sie stieg die Treppe wieder empor mit zitternden Knien und rief, so laut sie konnte, um Hilfe.

Als sie fast wieder oben angelangt war, vernahm sie

endlich eine Antwort. Mehrere Männerstimmen riefen zurück. Sie atmete tief auf und stieß einen gellenden Schrei aus.

»Hierher, hierher, Steinbruch!« rief sie laut.

Auch der Chauffeur rief mit, so laut er konnte.

Und endlich brachen drei Männer aus dem verschneiten Unterholz, der Förster von Marwedel und zwei Waldhüter.

Carry lief ihnen entgegen und berichtete mit fliegendem Atem, von Schluchzen unterbrochen, was geschehen war. Die drei Männer erschraken.

»Gnädiges Fräulein, Hartenfels liegt am nächsten, bitte, eilen Sie nach Hause und senden Sie uns schnellstens einen Wagen und Tragbahren. Wir müssen sehen, wie wir die Verunglückten nach Hartenfels bringen. Senden Sie uns auch noch einige handfeste Leute, und rufen Sie telefonisch den Arzt nach Hartenfels. Wir wollen inzwischen sehen, was wir tun können«, sagte der Förster, schnell die Situation überblickend.

Carry nickte. Sie besann sich nicht lange und flog wie ein Pfeil davon.

Zehn Minuten später langte sie atemlos in Hartenfels an und fiel ihrer Mutter, die ihr in der Halle entgegenkam, schluchzend um den Hals. Mühsam brachte sie ihre Meldung vor, weil sie noch außer Atem war.

Frau von Hartenfels erschrak sehr, aber sie faßte sich schnell und rief ihre Leute zusammen. Sie gab ihre Befehle und schickte eine Anzahl Männer mit Handwerkszeugen, zwei Tragbahren und Decken und Kissen nach der Unfallstelle. Sie selbst warf einen Mantel über und bestieg den vorfahrenden Wagen. Carry wollte mit ihr fahren, aber die Mutter hielt sie zurück.

»Du bleibst hier, Carry, telefonierst dem Arzt und

schickst ihm unser Auto, damit er schnell zur Stelle ist. Und dann sorgst du dafür, daß zwei Zimmer hier unten im Parterre zur Aufnahme der Verunglückten bereitgemacht werden. Hoffentlich ist auch für Herrn von Ried noch Hilfe möglich.«

Carry nickte. Frau von Hartenfels hatte sich noch eine Flasche Wein zur Stärkung der Verunglückten an den Wagen bringen lassen und fuhr davon.

Carry fühlte sich wie zerschlagen an allen Gliedern. Aber sich bezwingend, legte sie Jacke und Mütze ab und folgte den Anweisungen ihrer Mutter. Frau von Hartenfels langte in banger Sorge am Steinbruch an, fast zu gleicher Zeit mit ihren vorausgegangenen Leuten.

Der Förster und die Waldhüter hatten inzwischen mit viel Mühe Herrn von Ried aus dem Auto herausgehoben. Die Schweißtropfen rannen den Männern über die geröteten Gesichter, denn sie mußten den Verunglückten vorsichtig heben, damit sie ihm nicht noch Schaden zufügten. Kurt von Ried lag nun völlig bewegungslos und ohne Besinnung im Schnee.

Frau von Hartenfels kniete neben ihm nieder und strich ihm das starre blonde Haar aus der Stirn.

»Lebt er noch, Herr Förster?« fragte sie leise.

»Ja, gnädige Frau, ich höre das Herz klopfen, und als wir ihn aus dem Wagen hoben, habe ich einen leisen Seufzer von ihm gehört. Von äußeren Verletzungen merkt man nichts. Vielleicht ist es nur eine tiefe Ohnmacht. Hoffentlich ist der Arzt bald zur Stelle.«

Frau von Hartenfels richtete sich empor. »Wir wollen ihn auf eine Tragbahre legen und so den kurzen Weg nach Hartenfels tragen. Im Wagen könnte er Schaden erleiden«, sagte sie. »Und bis wir in Hartenfels eintreffen mit den beiden Verunglückten, wird auch der Arzt zur Stelle sein und die Behandlung beginnen können.«

Der Förster nickte zustimmend. Die Leute setzten die Bahre dicht neben Herrn von Ried nieder. Sorgsam hoben ihn die Männer herauf, während Frau von Hartenfels ihm Kissen unterlegte und ihn dann mit einer warmen Decke zudeckte.

Ein schweres Stück Arbeit war es, die Bahre aus dem Steinbruch herauszubringen. Aber da genug Leute vorhanden waren, ging es doch besser, als man gefürchtet hatte.

Oben auf der Straße hatte man inzwischen auch den Chauffeur auf die andere Bahre gehoben, und Frau von Hartenfels flößte ihm ein Glas Wein ein. Haßler jammerte immer nur um seinen Herrn.

Der traurige Zug bewegte sich nun durch den Wald auf das Herrenhaus von Hartenfels zu.

Carry stand unter dem offenen Portal, als der Zug sich näherte. Sie lief ihm entgegen und sah die Mutter angstvoll an.

»Er lebt, Carry, und wo Leben ist, da ist auch Hoffnung«, sagte diese.

»Gott sei dank – ach, Gott sei dank, Mamascha.«

»Ist alles bereit, Carry?«

»Ja, und der Arzt muß gleich hier sein. Er war zu Hause, als ich ihn anrief.«

Die beiden Tragbahren wurden nun in die Zimmer zu ebener Erde getragen, die für die Verunglückten bereitgemacht waren. Und kaum hatte man sie hier niedergesetzt, da fuhr draußen das Auto mit dem Arzt vor. Dieser beugte sich über den Chauffeur, aber der wehrte trotz seiner Schmerzen ab.

»Erst mein gnädiger Herr – der braucht Sie nötiger, Herr Doktor.«

Frau von Hartenfels kam herbei und führte den Arzt zu Herrn von Ried.

Der Arzt ließ alle hinausgehen. Nur der Förster und Frau von Hartenfels durften bleiben.

Die erste flüchtige Untersuchung ergab nicht viel Gutes. Das Gesicht des Arztes wurde noch ernster als zuvor. Der Verunglückte mußte entkleidet werden.

Rücksichtslos schnitt der Arzt die Sachen auf, um den Verletzten zu schonen. Er bat nun auch Frau von Hartenfels, das Zimmer zu verlassen und ihm noch einen zuverlässigen Diener hereinzuschicken.

Danach nahm der Arzt eine gründliche Untersuchung vor.

Kurt von Ried war noch immer bewußtlos, und das Gesicht des Arztes wurde immer ernster.

Carry und ihre Mutter warteten in der Halle mit Herzklopfen auf das Ergebnis der Untersuchung.

Als der Arzt endlich erschien, sprangen sie auf und gingen ihm entgegen mit blassen, erwartungsvollen Gesichtern.

Seine Miene weissagte nichts Gutes.

»Lieber Herr Doktor – beschwichtigen Sie unsere Sorge um unseren nachbarlichen Freund«, bat Frau von Hartenfels.

Der Arzt strich sich über die Stirn.

»Das kann ich leider nicht, meine verehrten Damen. Es ist keine Hoffnung, daß Herr von Ried am Leben bleibt – und – wir wollen es ihm auch gar nicht wünschen. Ein elendes Siechtum wäre ihm für alle Zeit sicher. Das Rückgrat ist schwer verletzt. Wir können ihm nur wünschen, daß ihm das Sterben leicht wird – woran ich nicht zweifle. Schmerzen wird er nicht mehr haben – das ist vorbei.«

Die beiden Damen umfaßten sich erschüttert.

»Der Ärmste – achs der Ärmste!« stieß Carry heiser hervor.

Frau von Hartenfels drückte ihre Tochter fest an sich.

»Wird er das Bewußtsein zurückerlangen, Herr Doktor?« fragte sie.

»Vielleicht – ich glaube es bestimmt, doch kann man es nicht genau voraussagen. Zum Glück hat Herr von Ried nicht für Familie zu sorgen und infolgedessen nicht sehr wichtige letzwillige Verfügungen zu treffen. Marwedel ist ja Majorat. Sollte er daher das Bewußtsein zurückerlangen, so möchte ich befürworten, daß man ihn nicht wissen läßt, daß er sterben muß. Sein Zustand wird ihm selbst, da er schmerzlos ist, nicht bedenklich erscheinen. Ich meine, es wäre eine nutzlose Grausamkeit, ihn wissen zu lassen, wie nahe ihm sein Ende ist. Er wird ganz ruhig und sanft hinüberschlummern. Wie denken Sie darüber, verehrte gnädige Frau?«

Frau von Hartenfels faßte sich. »Ich bin ganz Ihrer Meinung, Herr Doktor. Zufällig weiß ich, daß Herr von Ried gleich bei seinem Majoratsantritt ein vorläufiges Testament gemacht hat, weil sein Vater das gewünscht hatte. Dieser hatte nämlich versäumt, ein Testament zu machen, und es bedrückte ihn, daß er seiner Haushälterin nicht für ihren Lebensabend etwas Bestimmtes ausgesetzt hatte. Sein Sohn versprach ihm, für sie sorgen, und der alte Herr sagte ihm, er möge es nicht machen wie er und es immer weiter hinausschieben, ein Testament zu machen. Das richtige sei, immer in Bereitschaft zu sein. Und deshalb hat Kurt von Marwedel gleich nach seines Vaters Tod testiert, obwohl er, wie er lächelnd sagte, nur für Frau Wohlgemut zu sorgen habe, bis er einmal eine Familie gründen werde. Ich stimme Ihnen also unbedingt bei – er braucht nicht zu wissen, daß er sterben muß.«

»Sehr richtig, gnädige Frau.«

»Können wir etwas für ihn tun, meine Tochter und ich?«

»Nichts, als ihm die letzten Stunden so leicht wie möglich zu machen, ihm ein ruhiges Gesicht zeigen, ihm jeden Wunsch zu erfüllen suchen und ihn nicht aufregen. Er muß ganz ruhig liegenbleiben. Bitte, begeben Sie sich jetzt zu ihm; falls er zur Besinnung kommt, wird er Ihre Nähe als Wohltat empfinden, da Sie doch befreundet sind. Ich will nun nach dem verwundeten Chauffeur sehen – hier ist leider meine ärztliche Kunst zu Ende.«

Während der Arzt nun Haßlers gebrochenes Bein bandagierte, gingen Mutter und Tochter zu Kurt Ried.

Der Diener hatte hier alles aufgeräumt und ging nun mit dem Förster, der ein sehr betrübtes Gesicht machte, hinaus. Die Damen nahmen zu beiden Seiten des Lagers Platz. Ab und zu ging die Mutter leise hinaus, um auch nach dem verletzten Chauffeur zu sehen. Der lag nun, sorgsam verbunden und gebettet, fast ohne Schmerzen und klagte nur immer um seinen Herrn. Er beteuerte, daß er ganz schuldlos an dem Unfall sei. Das Auto sei ganz plötzlich auf dem Glatteis seitwärts abgerutscht, und er habe mit aller Kraft versucht, es zur Mitte zu steuern. Das Steuer habe jedoch versagt. So sei der Wagen abgestürzt, und es sei alles so schnell gegangen, daß er sich selbst nur mit Mühe und Not durch den Absprung habe retten können.

Frau von Hartenfels beruhigte ihn. Wenn er alles getan habe, was in seinen Kräften stand und seine Pflicht war, dann brauche er sich keinen Vorwurf zu machen. Es sei ein Unglücksfall, an dem nur das Glatteis schuld gewesen sei. Er möge sich nicht weiter aufregen, denn er habe Frau und Kinder und müsse sich für diese gesund erhalten. Und seine Frau, nach der man schon geschickt habe, werde kommen und ihn pflegen, soweit die Kinder sie nicht brauchten.

Auch der Arzt und der Förster beruhigten Haßler, und als dessen Frau eintraf, war er ziemlich gefaßt.

Frau von Hartenfels ging zu ihrer Tochter zurück, die noch nicht von des Freundes Lager gewichen war. Und als sie eine Weile an der anderen Seite des Bettes Platz genommen hatte, sahen die Damen, daß der Verwundete langsam das Haupt bewegte und dann mühsam, wie aus tiefem Schlaf erwachend, mit einem Seufzer die Augen aufschlug. Verwundert sah er um sich. Als er Carry erblickte, flog ein glückliches Leuchten über sein Gesicht.

»Ich träume wohl?« sagte er lächelnd.

Carry schnitt dies Lächeln ins Herz. Sie beugte sich, mühsam ihre Fassung wahrend, über ihn.

»Lieber, lieber Freund – wie befinden Sie sich?«

Lächelnd und sinnend sah er zu ihr auf.

»Gut – sehr gut – nur müde – müde. Was ist denn geschehen? Weshalb liege ich hier in einem fremden Zimmer? Und Sie sind bei mir, liebe Carry – auch Sie, liebe gnädige Frau. Was ist denn nur geschehen?«

Er sprach das in einer eigentümlichen, schleppenden und tonlosen Art.

Carry konnte nicht antworten. Es preßte ihr die Kehle zusammen.

Ihre Mutter antwortete: »Sie hatten einen kleinen Unfall, lieber Herr von Ried, als Sie wahrscheinlich auf dem Wege zu uns waren mit dem Auto. Und nun müssen Sie einige Tage ganz still liegen.«

Ein matter Schein des Verständnisses leuchtete in seinen Augen auf. »Ach ja – das Auto – es rutschte ab – es stürzte – und ich hatte einen wahnsinnigen Schmerz im Rücken. Dann weiß ich nichts mehr.«

»Jetzt haben Sie aber keine Schmerzen, mein lieber Freund?« fragte Carry, seine Hand fassend und streichelnd.

Er lächelte, seine Augen strahlten auf. »Nein, keine Schmerzen. Mir ist so wohl – so wohl, Carry, Sie halten meine Hand – und sehen mich so lieb an – wie ich Sie oft im Traume gesehen habe.«

Mühsam zwang sie die Tränen nieder. Und sie hatte nur ein Empfinden – daß sie ihm Gutes und Liebes tun mußte, soviel sich in seinen kurzen Lebensrest hineindrängen ließ.

»Ich habe Sie auch lieb, Kurt, herzlich lieb. Weshalb soll ich Sie denn nicht lieb ansehen. So gern möchte ich Ihnen etwas zuliebe tun, damit Sie vergessen, daß ich zuweilen abweisend gegen Sie war. Es tut mir heute bitter leid. Haben Sie irgendeinen Wunsch, den ich Ihnen erfüllen kann?« sagte sie bewegt.

Er sah sie unverwandt an, sah, daß sich wider Willen Tränen aus ihren Augen lösten.

»Sie weinen, Carry – um mich?« fragte er atemlos.

Sie nickte. »Ja, ich weine, weil Sie leiden müssen und weil mir das weh tut, denn ich habe Sie doch von Herzen lieb, mein Freund.«

Seine Augen strahlten. »Ich habe es ja gewußt, Carry, einmal mußte sich Ihr Herz mir doch zuwenden. Ich habe gewartet, Tag um Tag. Nun ist mein Sehnen erfüllt. Nicht wahr, Carry – wenn ich wieder wohlauf bin – dann kommst du zu mir – du weißt – über den Berg in das Schloß mit den sieben Türmen!«

Ihre Augen trübten sich. Sie mußte an die Prophezeiung der Zigeunerin denken. Was sie ihr prophezeit hatte, daß ihr Schicksalsweg sie über den Berg in das Schloß mit den sieben Türmen führen werde, würde sich nicht erfüllen. Aber – was die Zigeunerin Kurt gewahrsagt hatte – sollte das jetzt in Erfüllung gehen?

»Bis zu ihrer Todesstunde wird die Frau bei Ihnen sein, die Sie lieben, und sie wird Sie küssen und Ihre Hände halten und wird über Ihren Tod weinen.«

So hatte die Zigeunerin Kurt prophezeit. Und sie fühlte, das würde jetzt alles eintreffen. Aber gottlob, daß Kurt nicht wußte, wie das vom Schicksal gemeint war.

Sie sank völlig erschüttert neben seinem Lager in die Knie und barg das zuckende Gesicht in seiner Hand. Es hätte jetzt nichts gegeben, was sie ihm nicht versprochen hätte.

»Ja, Kurt, lieber Kurt, alles soll geschehen, wie Sie es wünschen.«

Matt, aber mit überirdisch leuchtenden Augen, drückte er ihre Hand und wandte sich Carrys Mutter zu. »Werden Sie mir Ihren Segen, Ihre Einwilligung geben, liebe gnädige Frau?«

Frau von Hartenfels war gleichfalls erschüttert. Sie wußte nicht, ob Carry wirklich in dieser Stunde ihr Herz entdeckte, oder ob sie nur dem Sterbenden keinen Wunsch versagen wollte. Sanft strich sie dem jungen Mann das Haar aus der Stirn. »Ja, lieber Kurt, ich gebe Ihnen meinen Segen«, sagte sie leise und feierlich.

Carry erschauerte. Aber sie bezwang sich. Kurt sah sie mit glücklichem Ausdruck an. »Wie glücklich bin ich nun. Dafür will ich gern ein paar Tage still liegen. Ich glaube, heute und morgen kann ich noch nicht aufstehen, ich bin so müde und matt. Aber meinen Körper fühle ich gar nicht, der ist ganz leicht.«

»Sie müssen auch ganz still liegen, lieber Kurt, damit Sie schnell wieder gesund werden«, sagte Frau von Hartenfels.

Er lächelte. »Das will ich tun. Aber bitte, bitte, liebe Mutter, lassen Sie mich nur fünf Minuten mit Carry allein.«

Frau von Hartenfels sah ihre Tochter fragend an. Diese neigte leise das Haupt.

»Geh nur, Mamascha, ich gebe schon acht, daß Kurt sich ganz ruhig verhält.« Da ging die Mutter hinaus.

Nun sah Kurt die Geliebte seines Herzens flehend an. »Liebling, willst du mir einen großen, heißen Wunsch erfüllen?«

Carry schlug das Herz bis zum Halse hinauf. »Gern, wenn es in meiner Macht liegt.«

Er lächelte. »Es liegt in deiner Macht. Du sollst mich küssen, Carry, nur ein einziges Mal, damit ich weiß, daß es kein Traum ist. Ich bin zu schwach, um dich in meine Arme zu ziehen. Küsse mich, meine angebetete Carry!«

Da neigte sie sich erbarmend über ihn und preßte ihre reinen Lippen, die noch kein Mann in Liebe berührt hatte, fest und warm auf seinen Mund.

Er lag ganz still und rührte sich nicht. Erst nach einer Weile schlug er langsam die Augen auf. Sie strahlten in einem seltsamen Glanze.

»Jetzt war ich im Himmel, Carry – in solch einem Augenblick muß das Sterben eine Wonne sein. Daß ich so matt bin und mein Glück nicht an mich pressen kann! Rufe den Arzt, Carry, er muß mir etwas verschreiben, daß ich schnell wieder zu Kräften komme. Jetzt will ich doch meine schöne, holde Frau nach Marwedel holen«, sagte er erregt.

Sie strich sanft über seine Augen. »Du darfst dich nicht erregen, Kurt, du mußt ganz ruhig sein. Der Arzt wird nachher kommen. Jetzt ist er bei Haßler.«

Kurt sah sie betroffen an. »Bei Haßler? Ach ja – er war ja auch dabei. Ich hatte ihn über meinem Glück ganz vergessen. Wie geht es ihm? Hat er auch Schaden genommen?«

»Er hat beim Abspringen ein Bein gebrochen. Sonst fehlt ihm nichts.«

»Der arme Kerl! Ihn hat es also schlimmer getroffen als mich. Ich sah, wie er mit aller Kraft am Steuer riß, um den Wagen vor dem Absturz zu bewahren. Aber er konnte ihn nicht verhindern. Ich wollte auch herausspringen, aber es war zu spät. Nun gottlob, es hätte schlimmer ablaufen können.«

Carry barg das zuckende Gesicht in einem Kissen. Seine Ahnungslosigkeit schnitt ihr ins Herz. Und doch war sie froh, daß er nicht wußte, wie schlimm es um ihn stand.

Kurze Zeit darauf trat Frau von Hartenfels mit dem Arzt wieder ein. Dieser zwang sich zu einem heiteren Lächeln.

»Was machen Sie für Sachen, Herr von Ried? Sie haben uns alle sehr erschreckt durch Ihren Unfall.«

Kurt lächelte. »Lieber Herr Doktor, wie lange muß ich wohl im Bett liegen?«

»Nun, einige Tage müssen Sie schon Geduld haben. Aber Sie liegen ja in guter Hut.«

»O ja – in sehr guter Hut. Aber was fehlt mir eigentlich? Ich habe nirgends Schmerzen, fühle mich nur müde und matt.«

»Ja, ja – es ist – so eine Art Nervenschock, wissen Sie, da muß man ein Weilchen Ruhe halten, dann ist alles wieder gut. In Marwedel braucht man Sie doch nicht so nötig, zumal jetzt im Winter. Da läuft doch alles am Schnürchen, nicht wahr?«

»O ja, dafür sorgen der Verwalter und Frau Wohlgemut.«

»Ganz recht. Und für alle Fälle habe ich Ihren Verwalter hierher beordert, falls Sie ihm Aufträge zu geben haben.«

»Das ist sehr liebenswürdig, aber es wäre nicht nötig gewesen.«

»Nun, um so besser. Also ruhen Sie sich recht behaglich aus. Ich sehe dann noch einmal nach Ihnen. Schmerzen haben Sie also nicht?«

»Nein.«

Der Arzt faßte seinen Puls, sah ihm in die Augen und nickte ihm lächelnd zu. Dann ging er hinaus. Frau von Hartenfels begleitete ihn. Draußen sagte sie zu ihm mit bebender Stimme:

»Lieber Herr Doktor, ist wirklich gar keine Hoffnung? Er macht gar nicht den Eindruck eines Sterbenden.«

Der Arzt zuckte die Schultern. »Gnädige Frau, dieser Fall ist leider gänzlich hoffnungslos. Meines Erachtens ist es unbedingt notwendig, an den nächsten und wohl auch einzigen Verwandten des Herrn von Ried, der sein Majoratsnachfolger sein wird, zu depeschieren. Dieser Herr ist, wie mir der Förster sagte, in Südwest. Er wird freilich seinen Vetter nicht mehr lebend antreffen, aber er muß doch wissen, daß dieser verunglückt ist und hoffnungslos daniederliegt. Wollen Sie bitte den Verwalter damit beauftragen, wenn er kommt?«

Sie seufzte tief auf. »Das will ich tun. Wie lange glauben Sie wohl, wird der Unglückliche noch zu leben haben?«

»Genau kann ich es nicht sagen. Er ist eine ungemein kräftige Natur, sonst wäre schon alles vorüber. Ganz sicher zählt sein Leben aber nur noch nach Stunden. Ich will jetzt schnell einige notwendige Krankenbesuche machen und komme dann nochmals nach Hartenfels.«

»Ich bitte darum, Herr Doktor. Bitte, benutzen Sie unser Auto, damit Sie schneller vorwärtskommen.«

»Das nehme ich mit Dank an.«

»An der Unfallstelle habe ich eine dicke Sandschicht aufschütten lassen, damit nicht noch ein Unglück geschieht.«

»Das ist gut, gnädige Frau. Es ist überhaupt eine gefährliche Stelle. Es müßte an der Seite des Steinbruchs eine Mauer oder eine Einzäunung angebracht werden.«

»Das wird wohl nun auch geschehen. Aber der Brunnen wird immer erst zugedeckt, wenn das Kind hineingefallen ist.«

Der Arzt verabschiedete sich und fuhr davon. Carry hatte sich wieder an Kurts Lager gesetzt und hatte seine Hand gefaßt. Er lächelte matt zu ihr auf.

»Wenn ich doch nicht so müde wäre, meine Carry. Es ist so schön, dich anzuschauen, zu wissen, daß du mir angehören willst. Ich fühle deinen Kuß noch auf meinen Lippen und bin so glücklich. Nur habe ich keine Kraft, dich zu fassen und zu halten. Ich bin müde – müde.«

Sie legte sanft die Hand auf seine Augen. »Schlafe ruhig und sanft, mein lieber Kurt«, sagte sie weich und herzlich.

Er konnte die Lider nicht mehr heben. »Ich bin so glücklich – durch dich – und will träumen – von deinem Kuß«, flüsterte er.

Die Worte klangen wie ein Hauch. Er entschlief fast in demselben Augenblick und lag blaß und reglos in den

Kissen. Carry hätte laut aufweinen mögen. Da lag der starke kräftige Mann, gefällt wie ein Baum, in der Blüte seiner Jahre. Das Herz lag ihr wie ein Stein in der Brust. Aber obwohl sie sich sagte, daß sie mit einer Lüge an seinem Sterbelager saß, hätte sie ihm um keinen Preis der Welt die grausame Wahrheit sagen mögen.

Mochte er sanft hinüberschlummern im Bewußtsein seines Glücks. So würde ihm das Sterben leicht sein. Leise erhob sich Carry und trat an das Fenster. Draußen rieselte der Schnee unaufhörlich herab und deckte ein weißes Leichentuch über die Natur. Carry fröstelte zusammen. So jung sterben zu müssen, erschien ihr bitter und schmerzlich.

Leise trat jetzt ihre Mutter ins Zimmer. Carry warf sich in ihre Arme.

»Ach, Mamascha – wie trübe ist heute das Leben«, flüsterte sie.

Die Mutter streichelte sie. »Nun hast du wohl doch erkannt, daß du ihn liebst, meine Carry, nun es zu spät ist?«

Carry sah schmerzlich zu ihr auf. »Es ist ja nur eine fromme Lüge, meine liebe Mutter. Ich will meinem armen, lieben Freund nur Liebes und Gutes tun, so viel ich kann, weil ich weiß, daß er sterben muß.«

Frau von Hartenfels atmete auf wie von einer Last befreit. Sie drückte Carry fest an sich. »Nun muß ich sagen: Gott sei Dank, daß du ihn nicht liebst, obwohl ich es oft gewünscht habe.«

»Ich fühle doch einen bitteren Schmerz, Mamascha – ich verliere an ihm meinen besten, treuesten Freund, das weiß ich.«

Hand in Hand traten sie an Kurts Lager und ließen sich zu treuer Wacht bei ihm nieder.

Nach einiger Zeit wurde Frau von Hartenfels abgerufen. Der Verwalter aus Marwedel war eingetroffen. Die Kunde von dem Unfall seines Herrn hatte ihn auf dem Wege nach der nahen Stadt erreicht. Deshalb kam er so spät.

Als Frau von Hartenfels zu ihm heraustrat, fragte er erregt:

»Wie geht es unserm gnädigen Herrn, gnädige Frau?«

Sie berichtete ihm alles, was sie wußte. Der Verwalter war tief erschüttert, er war schon seit zwanzig Jahren in Marwedel.

»Guter Gott im Himmel – so jung und stark – und doch sterben«, stieß er hervor.

»Ja, Herr Verwalter, der Tod geht oft an den Alten und Gebrechlichen vorbei, die ihn rufen, und faßt nach den Jungen, Starken, die das Leben lieben. Wir alle sind tief erschüttert. Herr von Ried weiß nicht, daß er sterben muß. Wir wollen es ihm verschweigen. Nicht wahr, Sie halten es auch nicht für nötig, daß wir es ihm grausam eröffnen?«

Der Verwalter schüttelte heftig den Kopf. »Ganz gewiß nicht. Es wird sich nach seinem Tode alles von selbst regeln, er braucht keine Bestimmungen zu treffen. Wäre er gleich bei dem Sturze tot am Platze geblieben, hätte es ja auch so gehen müssen.«

»Das ist auch meine Meinung. Aber Sie müssen an seinen Vetter, Herrn Hasso von Ried depeschieren. Er muß wissen, was hier geschehen ist.«

Der Verwalter strich sich über die Stirn. »Ja – das muß wohl geschehen. Aber würden Sie es nicht lieber an meiner Stelle tun, gnädige Frau. Sie kennen doch Herrn Hasso von Ried persönlich?«

Sie neigte das Haupt und dachte daran, daß Hasso von

Rieds Vater ihr einmal teuer gewesen war. »Wenn Sie es wünschen, will ich es tun. Sie können das Telegramm dann gleich aufgeben, wenn Sie wieder nach Marwedel zurückfahren.«

Und Frau von Hartenfels bat den Verwalter, in der Halle Platz zu nehmen, weil Herr von Ried jetzt gerade schlafe. Sie ging in ihr Zimmer und setzte ein Telegramm auf.

Als sie mit diesem wieder in die Halle zurückkehrte, kam plötzlich Carry aus dem Krankenzimmer. Sie flog mit blassem Gesicht auf die Mutter zu.

»Mamascha – ach Mamascha – komm schnell, ich bin so bange – er liegt so leblos still – man spürt keinen Atemzug, und seine Hand ist starr und schwer.«

Frau von Hartenfels folgte ihr eilig. Und als sie an das Lager trat, sah sie die Majestät des Todes auf dem stillen, blassen Antlitz ruhen. Kurt von Ried war sanft hinübergeschlummert nach der Versicherung seines Glückes, in der Erinnerung an den heißersehnten Kuß, der ihn so namenlos beglückt hatte.

»Er hat ausgelitten«, sagte sie leise und legte sanft die Hand auf seine Augen. Carry sank weinend in die Knie und sah in sein stilles Gesicht.

»Du Guter! Du mein bester, uneigennützigster Freund«, flüsterte sie.

Und ein Dichterwort kam ihr in den Sinn:

»Ach, keinen, keinen find' ich je,
Der so mich liebt wie du.«

Sie wußte, ein starkes, treues Herz hatte aufgehört, für sie zu schlagen. Und es war ihr ein süßer Trost, daß sie ihm durch ihre fromme Lüge das Sterben leicht gemacht, ihm ein letztes Glück geschenkt hatte.

Frau von Hartenfels ging still zur Tür und winkte dem

Verwalter herbei. Sie zeigte auf den Verblichenen.

»Er ist tot«, sagte sie ergriffen.

Der Verwalter trat entblößten Hauptes an das Fußende des Bettes und sah feuchten Auges auf den Toten. »So ein guter Mensch«, sagte er leise.

Und diese Nachrede wurde Kurt von Ried von allen Seiten zuteil.

XIX

Es war am Morgen nach dem Abend, da sich Leo von Holms von Hasso verabschiedet hatte. Die Freunde hofften, sich noch einmal zu sehen, ehe Leo im Deckmannschen Auto nach Hause zurückfahren wollte.

Hasso hatte sich eben angekleidet, und Treumann brachte ihm das Frühstück. Gleich nach demselben wollte Hasso zum Dienst gehen und vorher noch auf einige Minuten bei Leo im Hotel vorsprechen. Gerade, als er sich vom Frühstück erhob, trat Treumann wieder ein.

»Herr Oberleutnant, da ist eine Depesche angekommen.«

»Für mich?« fragte Hasso erstaunt.

»Zu Befehl«, erwiderte Treumann und reichte ihm die Depesche.

Hasso sah verwundert darauf nieder. Wer konnte ihm so Wichtiges und Eiliges zu sagen haben?

Mit einem etwas unbehaglichen Gefühl öffnete er das Telegramm und las:

»Kurt von Ried bei Autounfall verunglückt. Soeben verschieden. Verwalter bittet um Instruktionen.

Frau von Hartenfels.«

Hasso ließ entgeistert das Papier sinken und fiel in einen Sessel. Er wischte sich fassungslos über die Stirn. Sein erstes Empfinden war ehrliches, herzliches Bedauern.

So ein guter Mensch, dachte auch er erschüttert.

Und er sah den Vetter vor sich in seiner bärenhaften Kraft mit seinen guten, ehrlichen Augen. Daß er so jung hatte sterben müssen, tat ihm herzlich leid.

Daß er durch den Tod des Vetters Majoratsherr von Marwedel geworden war, kam ihm dann erst zum Bewußtsein. Er sprang auf, faßte nach der Depesche und las sie noch einmal durch. Und dann atmete er auf, als sei ihm die Brust zu eng.

Freuen konnte er sich nicht darüber, daß er nun plötzlich ein reicher Mann mit einem herrlichen Besitz geworden war. Es befiel ihn eher ein lähmendes Gefühl. Er konnte es noch nicht recht fassen, und außerdem war er ein durchaus vornehmer Charakter, der nicht an einem offenen Grab Freude über ein Glück empfinden konnte, das das Schicksal soeben einem anderen entrissen hatte.

Eine ganze Weile sah er starr vor sich hin. Dann richtete er sich entschlossen auf. »Treumann!« rief er laut.

Sein Bursche erschien. »Zu Befehl, Herr Oberleutnant.«

»Gehen Sie sofort zum Gasthof und sagen Sie Herrn von Holms, er möge, sobald er seine Geschäfte erledigt habe, zu mir kommen. Keinesfalls soll er fortfahren, ohne mit mir gesprochen zu haben. Ich muß etwas Wichtiges mit ihm besprechen. Einstweilen gehe ich, um mich vom Dienst dispensieren zu lassen, und komme dann hierher zurück.«

»Zu Befehl, Herr Oberleutnant.«

Hasso ging zu seinem Vorgesetzten, zeigte ihm das

Telegramm und bat, vom Dienst beurlaubt zu werden, da er Wichtiges zu erledigen habe.

Sein Gesuch wurde ohne weiteres bewilligt. »Da werden Sie wohl nun so schnell wie möglich nach Deutschland zurück wollen, Herr Oberleutnant?« fragte der Vorgesetzte.

»Soweit habe ich noch gar nicht gedacht. Aber ich glaube wohl, daß es nötig sein wird für mich, meinen Abschied zu nehmen. Vor allen Dingen muß ich wohl um einen sofortigen, längeren Urlaub einkommen, damit ich möglichst mit dem nächsten Dampfer heimkehren kann. Ich bitte, diesen Urlaub zu befürworten.«

»Das soll natürlich geschehen. Sie haben jetzt neue Pflichten, als Herr eines großen Majorats. Das wird berücksichtigt werden. Ich kondoliere, Herr Oberleutnant von Ried, und – ich gratuliere.«

Hasso verneigte sich. Er war noch ganz benommen, und während er nach seiner Wohnung zurückging, suchte er Klarheit in seine Gedanken zu bringen.

Gleich nach ihm traf Leo von Holms ein. »Da bin ich, Hasso! Was hast du mir Wichtiges zu sagen?«

Stumm reichte ihm dieser die Depesche.

Leo las und sah dann überrascht auf. »Donnerwetter! Das ist ein bedeutsamer Wendepunkt in deinem Leben, mein lieber Hasso!«

»Allerdings! Du siehst mich noch ganz fassungslos. Nie habe ich daran gedacht, daß ich je dazu kommen würde, das Majorat anzutreten. Mein Onkel starb mir schon überraschend, er war ein Hüne und erschien mir noch so rüstig und unverwüstlich. Und Kurt! Du glaubst nicht, was er für ein Kraftmensch war. Ein Autounfall!«

»Ja – dagegen schützt auch eine Bärennatur nicht.«

»Herrgott, Leo – ich bin nie in meinem Leben so

kopflos gewesen wie jetzt. Ich habe dir doch erzählt, was Kurt für ein Prachtmensch war, wie vornehm er sich mir gezeigt hat. Und nun – nein, das ist ein schlimmes, niederdrückendes Gefühl. Stände ich ihm noch so gegenüber wie früher, da ich ihn für einen unangenehmen Musterknaben hielt, wäre es mir leichter. Aber so – er ist mir unversehens liebgeworden in seiner treuherzigen Güte. Ich könnte, weiß Gott, losheulen wie ein Schuljunge.«

Leo klopfte ihm auf die Schuler. »Ich kann dir das nachfühlen. Du wirst lange Zeit brauchen, bis du dich an deinem Besitz freuen kannst. Es ist immer ein quälendes Gefühl, wenn einem andern der Becher des Lebens von den Lippen gerissen wird, damit man sich selbst daran laben kann. Aber – Unabänderliches muß man hinnehmen wie es kommt, gleichviel, ob es gut oder böse ist. Was willst du nun zunächst tun?«

»Ich bin noch nicht ganz im klaren und sehr froh, daß du noch hier bist, damit ich mich doch mit einem Menschen aussprechen kann. Was meinst du, was jetzt zu geschehen hat?«

»Nun, zuerst mußt du wohl dies Telegramm erwidern, damit man weiß, daß du es erhalten hast. Wer ist diese Frau von Hartenfels? Eine Verwandte von dir?«

»Nein. Hartenfels ist das Nachbargut von Marwedel und Frau von Hartenfels seit dem Tode ihres Gatten dessen Herrin. Ich bin einige Male mit ihr in Marwedel zusammengetroffen und habe es, offen gestanden, nie begreifen können, daß sie so leidlich mit meinem bärbeißigen Onkel auskam. Wahrscheinlich geschah das nur aus nachbarlichen Gründen. Anscheinend hat sie bei diesem Unglücksfall helfend und ordnend eingegriffen und es für nötig gehalten, mich zu benachrichtigen.«

»So wirst du ihr am besten telegraphisch antworten und zugleich an den Verwalter depeschieren.«

Hasso richtete sich auf. »Ja, das will ich tun. Jetzt klären sich meine Gedanken schon wieder. Hab Dank, Leo. Macht es dir viel aus, wenn du deine Heimfahrt noch um eine Weile verschiebst?«

»Wenn ich dir nützen kann, nicht. Ich bleibe, solange du meiner bedarfst.«

»Es wäre mir lieb, wenn du bleiben könntest, bis ich genau weiß, wann ich reisen kann. Falls es sehr bald geschieht, wie ich hoffe, dann bleibt mir keine Zeit, noch mal nach Holmseck zu kommen, und dann will ich mich jetzt gleich von dir verabschieden. Hast du schon an Deckmann geschrieben?«

»Ja, heute in aller Frühe. Es ließ mir keine Ruhe. Die Adresse habe ich auch. Er ist in Brasilien. Ich habe den Brief eben aufgegeben.«

»Hoffentlich erledigt sich deine Angelegenheit nun schnell und nach Wunsch, damit du nicht zu lange mehr allein hier unten bleibst.«

Leo seufzte. »Hoffentlich. Ich werde mir jetzt doppelt einsam vorkommen, wenn du nun auch noch fortgehst.«

Hasso setzte nun ein Telegramm auf an Frau von Hartenfels.

»Ergebensten Dank. Tief erschüttert. In Verehrung.
Hasso von Ried.«

An den Verwalter Heilbronn depeschierte er:

»Alles nach eigenem Ermessen ordnen bis auf weiteres.
Ried.«

Dann rief er Treumann. Als dieser erschien, sagte er:

»Treumann – ich gehe schon in allernächster Zeit nach Deutschland zurück.«

Der Bursche sah ihn betroffen an. »Zu Befehl! Werden

der Herr Oberleutnant mich mitnehmen?«

»Na sicher, Treumann, ich weiß doch, daß Sie nur meinetwegen mit nach Südwest gegangen sind. Aber bis Sie ihre Zeit abgedient haben, müssen wir uns trennen, wenn ich meinen Abschied habe. Dann kommen Sie aber für immer zu mir – nach Marwedel.«

Treumann atmete auf. »Zu Befehl – wenn ich nur beim Herrn Oberleutnant bleiben kann. Ich habe doch noch etwas gutzumachen.«

»Was denn, Treumann?«

»Herr Oberleutnant wissen doch – wegen der beiden Banditen.«

»Aber Treumann, da sind wir doch quitt. Sie haben mir doch auch einen vom Leibe gehalten.«

»Zu Befehl! Aber Herr Oberleutnant haben mir zwei vom Leibe gehalten. Also bin ich noch in Herrn Oberleutnants Schuld.«

Hasso lächelte. »Nehmen wir das nicht so genau, Treumann. Sie gehen mit mir, und jetzt bringen Sie erst mal diese beiden Depeschen fort.«

»Zu Befehl, Herr Oberleutnant.«

Hasso gab ihm eine Banknote und die beiden Telegramme.

»Wundern Sie sich nicht, Treumann, wenn das Geld draufgeht für die Depeschen«, sagte Leo lachend.

Treumann sah die Banknote an. »Bei uns zu Hause ist das billiger«, meinte er.

Als Treumann gegangen war, besprachen die Freunde eingehend alles Weitere. Leo blieb noch bis zum nächsten Tage. Inzwischen hatte sich alles so weit geklärt, daß Hasso wußte, welchen Dampfer er benutzen konnte. Ausnahmsweise ging ein solcher schon Mitte Dezember nach Deutschland, und mit diesem wollte Hasso reisen.

Sein Urlaub war, wegen dringender Erbschaftsangelegenheiten, sogleich bewilligt worden, und er reichte sofort sein Abschiedsgesuch ein mit der Begründung, daß er das Majorat antreten müsse.

Hasso verabschiedete sich schon am nächsten Tage von Leo. Dieser hätte am liebsten gleichfalls sein Bündel geschnürt. Aber vorläufig mußte er noch aushalten. Er wünschte aber sehnlichst, daß Deckmann auf sein Anerbieten eingehen möge, damit er bald nach Deutschland zurückgehen konnte.

Es kamen nun noch einige unruhige Tage für Hasso. Er mußte schnell seine Zelte abbrechen, Treumann losmachen und sich von den Kameraden verabschieden, die ihn ungern ziehen ließen. Ziemlich sieben Monate war Hasso in Südwest gewesen, aber ihm schien es, als lägen so viele Jahre zwischen dem Tag seiner Ankunft und seiner Abreise.

XX

In Hartenfels war das Weihnachtsfest auch in diesem Jahre, wie stets, sehr feierlich begangen worden. Die Leute wollten ihr Recht haben. Aber Mutter und Tochter konnten in keine festliche Stimmung kommen. Der Tod des jungen Majoratsherrn von Marwedel lag noch immer bedrückend auf ihrem Gemüt.

Nach dem Fest machte Frau von Hartenfels ihrer Tochter den Vorschlag, auch diesen Winter einige Zeit nach Berlin zu gehen. Aber Carry umfaßte die Mutter und sagte bittend: »Laß uns hierbleiben, Mamascha, ich habe gar keine Lust, Festlichkeiten zu besuchen.«

»Aber du solltest dich ablenken Carry.« Die junge Dame schüttelte den Kopf.

»Ich brauche keine Ablenkung, Mamascha, meine Gedanken sind gern bei meinem verstorbenen Freund. Und ich sehne mich nicht nach lautem, festlichem Treiben.«

»Aber du wirst mir so still und ernst, Kind.«

»Nein, nein, hab keine Angst, ich komme schon darüber hinweg. Ich werde schneller wieder fröhlich, wenn ich mit dir und mit unseren lieben, verschneiten Wäldern allein bin. Vielleicht fahren wir im März noch einige Tage nach Berlin, um unsere Einkäufe zu machen. Aber jetzt laß uns hier bleiben. Ich weiß, daß auch dir nichts an einem Berliner Aufenthalt liegt. Ich freue mich, den Winter einmal wieder gründlich zu genießen. In Berlin gibt es keinen Winter. Ich will fleißig rodeln, Schlittschuh laufen und im Schlitten fahren.«

»Nun – ich will nicht in dich dringen, Carry. Mir ist es natürlich lieb, wenn wir zu Hause bleiben. Aber es wird sehr still für uns werden, da Marwedel jetzt ganz vereinsamt ist. Vielleicht kommen wir aber auch mit dem neuen Majoratsherrn in Verkehr. Er muß jeden Tag hier eintreffen, da er dem Verwalter Heilbronn schon Mitte Dezember gemeldet hat, daß er sich in Swakopmund eingeschifft hat.«

Carry brachte dieser Angelegenheit kein großes Interesse entgegen. Der Tod Kurt von Rieds hatte ihre junge Seele tief erschüttert, und die Stunden an seinem Sterbelager hatten einen nachhaltigen Eindruck auf sie gemacht. Immerhin war sie allzuviel mit sich selbst beschäftigt, als daß sie Kurts Nachfolger interessieren konnte. Er war ihr eben nichts als ein ganz fremder Mensch. So ein guter, treuer Freund wie Kurt konnte ihr niemals wieder jemand werden.

Aber dann dachte sie eines Tages daran, daß sie von dem neuen Majoratsherrn vielleicht erfahren konnte, wer der junge Offizier aus seinem früheren Regiment gewesen war, mit dem sie damals am Kurfürstendamm zusammengetroffen war. Sie glaubte ihn so genau beschreiben zu können, und er war ihr so ganz eigenartig erschienen, daß Herr von Ried ihn sofort aus ihrer Beschreibung erkennen mußte.

Nicht die leiseste Ahnung sagte ihr, daß Hasso von Ried mit ihrem Unbekannten identisch sein könnte.

Es war ein schöner, klarer Januartag. Die Sonne schien hell über die weiße Winterlandschaft.

Carry war unten im Tal auf dem stillen Waldsee, der zu Hartenfels gehörte, Schlittschuh gelaufen.

Langsam trat sie nun den Heimweg an. Als sie an dem Berg emporsah, der Hartenfels von Marwedel trennte, blieb sie nachdenklich stehen. Der breite Weg, der zwischen den Waldungen den Berg hinaufführte, war die herrlichste natürliche Rodelbahn. Sie war dicht mit hohem, festgefrorenem Schnee bedeckt und hatte hier unten einen famosen Auslauf.

Carry hatte diese Bahn schon oft benutzt und bekam auch jetzt Lust dazu.

Sie sah auf ihre Uhr. Eine gute Stunde hatte sie noch Zeit, bis sie zum Tee zu Hause von ihrer Mutter erwartet wurde. Und es war bei dem klaren Wetter noch heller Tag.

Ich werde noch ein halbes Stündchen rodeln, dachte sie.

Dicht neben der Rodelbahn hatte sie sich eine kleine Hütte bauen lassen, in der sie ihren Rodelschlitten und ihre Schneeschuhe aufbewahrte. Den Schlüssel dazu hatte sie immer bei sich, so auch heute.

Sie schloß, kurz entschlossen, die Hütte auf, warf ihre Schlittschuhe auf den Boden und zog den Schlitten heraus. Als sie das getan hatte, drückte sie die weiße Wollmütze fest auf den Kopf und barg das ganze Haar darunter. Dann zog sie den dicken weißen Sweater glatt herunter, den sie auch beim Eislauf zu tragen pflegte. Die dicken, weißen Flauschhandschuhe mit den hohen Stulpen streifte sie darüber, und nun ging es schnell und mit kraftvoll anmutigen Bewegungen den Berg hinan. Den Schlitten zog sie hinter sich her.

Ihre Wangen röteten sich, die Augen leuchteten, und die Brust hob sich in tiefen, vollen Atemzügen. Dabei verlor sich der leise Druck, der ihr seit Kurt von Rieds Tode noch immer auf dem Herzen lag.

Oben angelangt, richtete sie ihren Schlitten, ließ sich darauf nieder und stemmte die Füße in die Kufen ein.

Ein heller Jauchzer klang durch den klaren Wintertag.

Hui! Der Schlitten glitt in schneller Fahrt abwärts.

Wieder und wieder lachte Carry in froher Lust. Sie hatte nicht bemerkt, daß unten am Fuße des Berges ein schlanker, hochgewachsener Herr stehenblieb und überrascht dem herabsausenden Etwas entgegensah. Er mußte zur Seite springen, um die Bahn für den Auslauf frei zu machen.

Lächelnd sah er die junge Dame an sich vorüberfliegen. Sie machte einen so jungen, lebensfrischen Eindruck, daß er stehenblieb und ihr nachsah.

Zu schnell war sie an ihm vorüber, als daß er ihre Züge genau hätte erkennen können.

Der Schlitten hielt ein Stück von ihm entfernt. Die junge Dame sprang auf.

»Noch einmal!« sagte sie vergnügt zu sich selbst und

zog den Schlitten hinter sich her.

Im Begriff, den Berg wieder hinaufzusteigen, sah sie plötzlich den Fremden stehen und zuckte erschrocken zusammen. Ihr Gesicht erblaßte, und sie stand, wie zu Stein erstarrt, und sah ihn ungläubig an.

Mein Gott – das ist doch – das ist – ja – er ist es, dachte sie.

Wie ein Schwindel erfaßte es sie. Sie erkannte sogleich in ihm den Unbekannten, der so lange schon in ihren Träumen eine Rolle spielte – den Mann, an den sie so oft hatte denken müssen. Es erschien ihr wie ein Wunder, daß er so plötzlich vor ihr stand wie ein lebendig gewordener Traum. Ihr Herzschlag stockte. Es war wirklich Hasso von Ried. Heute mittag war er in Schloß Marwedel eingetroffen, und es hatte ihn hinausgelockt in den verschneiten Wald.

Carrys Erschrecken bei seinem Anblick bemerkend, zog er artig den Hut – er trug Zivilkleider – und trat einige Schritte auf sie zu. Er erkannte in der jungen Dame in dem weißen Sportkostüm, mit der fest über das Haar gezogenen Mütze keineswegs die junge Dame, die ihm damals in so ganz anderer Kostümierung am Kurfürstendamm begegnet war und von der er angenommen, daß sie die goldene Handtasche mit dem kompromittierenden Brief verloren hatte. Sie erschien ihm ganz fremd. Nur die seltsam strahlenden Augen, die von dunklen Brauen und Wimpern umgeben waren, weckten ein leises, unklares Erinnern, als sähe er sie nicht zum erstenmal.

»Verzeihung, meine Gnädigste – ich fürchte, ich habe Sie erschreckt durch mein Erscheinen. Ich sah Sie den Berg herabsausen und mußte zur Seite springen, um Ihnen auszuweichen. Sie haben mich wohl nicht bemerkt. Bitte, verzeihen Sie mir.«

Carry atmete auf. Das Blut kam langsam wieder in ihre Wangen. Sie merkte sehr wohl, daß er sie nicht wiedererkannte, während sie ihn, trotz des Zivils, sofort erkannt hatte.

»Ich habe Ihnen nichts zu verzeihen, mein Herr«, erwiderte Sie und wollte an ihm vorübergehen.

Er hatte mit warmem Wohlgefallen auf das reizende, winterfrische Geschöpf gesehen. »Ehe Sie sich entfernen, meine Gnädigste, bitte ich Sie, mir zu gestatten, mich Ihnen vorzustellen: Freiherr von Ried.«

Sie zuckte zusammen und stand wie gebannt. Fassungslos blickte sie in seine Augen, die sie vom neuen in ihren Bann zogen.

»Freiherr von Ried – Hasso von Ried, der neue Majoratsherr von Marwedel?« entfuhr es staunend ihren Lippen.

Er verneigte sich lächelnd. »So ist es, meine Gnädigste. Und ich glaube, Sie befinden sich auf meinem Grund und Boden. Wenn Sie nun nicht eine gütige Waldfee oder sonst ein märchenhaftes Fabelwesen sind, das sich im modernen Rodelsport übt, dann würden Sie mich verbinden, wenn auch Sie mir Ihren Namen nennen wollten.«

Sie sah ihn noch immer ziemlich fassungslos an. Und sie wußte nicht, wie es kam, daß sie plötzlich an die Prophezeiung der Zigeunerin denken mußte. Was sie Kurt geweissagt hatte, war eingetroffen, und was sie ihr gesagt hatte, schmeichelte sich plötzlich wie eine beglückende Verheißung in ihr Herz. Wie ganz anders wirkte diese Prophezeiung jetzt auf sie. Jetzt war ja ein anderer Herr im Schlosse mit den sieben Türmen, wohin sie ihr Weg nach der Wahrsagung führen sollte, wo sie als Herrin glücklich bis ans ferne Ende ihrer Tage leben sollte.

Es stieg heiß in ihr empor. Sie erglühte schamhaft vor ihren eigenen Gedanken. Hastig riß sie die weiße Mütze von ihrem Kopf. Hasso staunte in heimlichem Entzükken über die goldflimmernde Pracht, die das reizende, erglühte Gesicht wie ein Heiligenschein umgab. Und zugleich erschien ihm das junge Gesicht jetzt bekannter, wenn er auch nicht wußte, wo er es schon gesehen haben konnte.

Endlich hatte sich Carry gefaßt.

»Sie irren, Herr von Ried, wenn Sie glauben, daß Sie sich auf eigenem Grund und Boden befinden. Diese Hälfte des Berges und was diesseits liegt, gehört zu Hartenfels. Auch bin ich kein Fabelwesen, sondern Carry von Hartenfels.«

Erfreut trat er noch einen Schritt näher. »Ah – also die Tochter von Frau von Hartenfels, meiner liebenswürdigen Nachbarin. Ich hatte mir vorgenommen, gnädiges Fräulein, morgen mittag zu schicklicher Zeit Ihrer Frau Mutter meinen Besuch zu machen und ihr für die Nachrichten zu danken, die sie mir nach Südwest sandte.«

Carry neigte das Haupt, auf dem jetzt wieder locker und anmutig die weiße Mütze saß, ohne das ganze Haar zu verhüllen. »Mama wird sich sehr freuen. Wir wußten nicht, daß Sie schon in Marwedel eingetroffen sind.«

»Ich bin erst seit wenigen Stunden hier. Die herrliche weiße Winterlandschaft lockte mich ins Freie.«

Carry sah aufatmend um sich. »Ja – schön ist's in unseren Wäldern jetzt – fast schöner als im Sommer.«

»Wunderschön. Ich war nie hier, wenn der Wald verschneit war.«

»Sie haben jetzt eine weite Reise hinter sich?«

»Allerdings. Aber – ich darf Sie nicht länger von der Ausübung Ihres Sports abhalten. Die Rodelbahn ist übrigens ganz famos. Ich werde Ihre Frau Mutter bitten, mir zu gestatten, daß ich sie auch zuweilen benutzen darf.«

Carry war plötzlich alle Lust am Rodeln vergangen für heute. Sie sah nach ihrer Uhr. »Ich habe ohnedies keine Zeit mehr und muß nach Hause. Mama erwartet mich zum Tee. Ich will nur meinen Schlitten noch einschließen.«

»Darf ich Ihnen behilflich sein?«

»Ich will Sie nicht bemühen.«

»Es wird mir ein Vergnügen sein, Ihnen dienen zu dürfen«, sagte er und nahm ihr mit einer Verbeugung den Schlitten ab. Sie mußte es geschehen lassen, daß er ihn aufhob und in die Hütte trug. Dabei sah er die Schlittschuhe mit den nassen Eisspuren auf dem Boden liegen.

»Sie haben auch schon dem Eislaufsport gehuldigt, mein gnädiges Fräulein«, sagte er lächelnd.

»Ja, man muß die Feste feiern, wie sie fallen, es ist ja nicht immer solch gutes Eis- und Schlittenwetter.«

»Ist es Ihnen nicht langweilig, den Sport so allein zu betreiben?«

Lächelnd schüttelte sie den Kopf. »O nein, der Begriff Langeweile ist mir fremd. Ich langweile mich nie in meiner eigenen Gesellschaft.«

»Jedenfalls die beste, die Sie haben können«, sagte er galant, immer wieder voll Entzücken in ihr lebensfrisches, lächelndes Gesicht sehend.

Sie hatte ihre Fassung völlig wiedererlangt und lachte leise. – »Ich bin jedenfalls meist mit dieser Gesellschaft zufrieden. Deshalb brauchen Sie mich aber nicht für arrogant oder zu ichbezogen zu halten.«

»Das tue ich bestimmt nicht, mein gnädiges Fräulein. Wollen Sie Ihre Schlittschuhe hier liegen lassen?«

»Nein, ich nehme sie mit nach Hause, sie müssen trockengerieben werden.«

Er hob die Schlittschuhe auf und sah von den zierlichen Dingern einen Moment vergleichend auf ihre Füße, die noch zierlicher waren und sehr reizvoll unter dem kurzen Sportrock hervorsahen. Er schloß dann die Hütte ab, reichte ihr mit einer Verbeugung den Schlüssel und sagte:

»Darf ich Ihnen die Schlittschuhe nach Hause tragen? Ich will nicht aufdringlich erscheinen, aber als künftiger getreuer Nachbar hoffe ich, mir diese Frage erlauben zu dürfen.«

Es blitzte schelmisch in ihren Augen auf. »Wenn der getreue Nachbar nichts Wichtigeres vorhat, gestatte ich es gern. Aber Sie müssen dann nicht vor der Tür von Hartenfels umkehren, sondern sich für diesen Dienst mit einer Tasse Tee stärken lassen.«

»Darf ich denn so ganz ohne Umstände Ihrer Frau Mutter ins Haus fallen?« fragte er, während ihm das Verlangen, es tun zu dürfen, aus den Augen leuchtete.

»Sie dürfen es ganz ohne Umstände«, sagte sie lachend. »Mama hat ein sehr gutes Gedächtnis – und erinnert sich Ihrer sehr gut.«

»Das freut mich. Leider habe ich aber nie das Vergnügen und die Ehre gehabt, Sie kennenzulernen, mein gnädiges Fräulein.«

Es blitzte in ihren Augen auf. Fast hätte sie gesagt: »Doch, wir sind uns einmal in Berlin begegnet.« Aber sie sprach es nicht aus. Warum sollte sie ihm zeigen, daß ihr seine Person interessanter gewesen war.

»Zufällig war ich nie in Marwedel, wenn Sie dort waren«, erwiderte sie ausweichend.

»Aber sonst sind Sie sicher oft drüben gewesen.«

»Nicht eben viel. Ihr verstorbener Herr Onkel war für meine Begriffe ein wenig liebenswürdiger Herr. Ohne zwingenden Grund wagte ich mich nicht in seine Nähe.«

Hasso lächelte. »Dann ist es Ihnen ähnlich wie mir ergangen.« Und ernst werdend, fuhr er fort: »Mein Vetter Kurt war dafür um so liebenswerter.«

Ihre Augen trübten sich, sie sah traurig vor sich hin. »Der Arme! Er war so ein wahrhaft guter Mensch, und er war mein bester, liebster Freund.«

»Dann hat Sie sein Tod sicher auch schmerzlich berührt?«

Sie nickte, und ihre Augen wurden feucht. »O wie sehr! Ich kann noch immer nicht ruhig an sein jähes Ende denken. Ich – ich selbst habe ihn damals zuerst mit seinem abgestürzten Auto im Steinbruch gefunden – und in unserm Hause ist er dann gestorben. Sehen Sie – da drüben liegt der Steinbruch – Sie können gerade das Stück Straße durch die Bäume sehen, wo der Wagen auf dem Glatteis abgerutscht und dann in den Steinbruch gestürzt ist.«

Sie zeigte hinüber. Er folgte mit den Blicken ihrer Hand. Seine Augen blickten ernst.

»Ich weiß noch sehr wenig über das Unglück, dem er zum Opfer fiel.«

Sie erzählte ihm mit bewegter Stimme, wie sie Kurt gefunden, wie er mit Haßler, der nun völlig wiederhergestellt war, nach Hartenfels gebracht worden und wie er nach wenigen Stunden gestorben war, ohne zu ahnen, was ihm bevorstand. Nur davon sprach sie nicht, wie sie

Kurt durch ihre fromme Lüge das Sterben leicht gemacht hatte. Sie wollte nichts von Kurts innerstem Empfinden preisgeben.

»Da drüben ist nun eine Mauer am Rande des Steinbruchs gebaut worden, damit sich solch ein Unglück nicht wiederholen kann«, schloß sie ihren Bericht.

Hasso hatte aufmerksam zugehört. »Ich war durch die Kunde von meines Vetters plötzlichem Tod tief erschüttert«, sagte er ernst. »Früher habe ich ihm nicht nahegestanden, habe ihn erst später besser kennengelernt und weiß, daß er ein guter, wertvoller Mensch war.«

»Der Besten einer«, erwiderte sie warm. »Seine Güte kam aus dem edelsten Herzen. Mir ist es ähnlich ergangen wie Ihnen, ich habe ihn auch erst nicht in seinem vollen Wert erkannt. Ich habe mich sogar zuweilen ein wenig lustig über ihn gemacht, weil er sich von seinem Vater alle Tyrannei gefallen ließ. Das hielt ich für unmännliche Schwäche und manches andere an ihm auch. Aber es war nichts als lautere Herzensgüte, seine scheinbare Schwäche war die Kraft eines edlen, guten Herzens.«

Sie sah voll und groß zu ihm auf.

»Es ist schön, wie Sie von ihm sprachen, gnädiges Fräulein, und ich glaube, daß er es verdient. Auch ich betrauere seinen frühen Tod von Herzen, und es ist mir ein Trost, daß er nicht wußte, daß er sterben mußte.«

»Ja, das macht auch mich in aller Trauer froh. So friedlich ist er entschlummert. Er war zu gut für diese Welt. Aber in unseren Gedanken wird er fortleben.«

»Ja, ich werde ihm immer ein dankbares Gedenken weihen, denn er war sehr gut zu mir, obwohl ich ihm offen gesagt, wie falsch ich ihn eingeschätzt hatte.«

»Das sieht ihm ähnlich. Ich glaube, er hat Sie sehr lieb

gehabt, Herr von Ried. So oft hat er mir von seinem Vetter Hasso erzählt, und er hatte eine sehr hohe und gute Meinung von Ihnen. Er lobte Sie in jeder Beziehung und meinte neidlos, Sie würden viel besser zum Majoratsherrn passen als er.«

»Das wird sich nun erst zeigen müssen«, sagte Hasso mit leisem Lächeln.

Carry lächelte auch. »Kurt von Ried wird es schon gewußt haben.«

»Und doch war ich von seinem Vater zwangsweise in die Verbannung geschickt worden.«

Sie sah zu ihm auf. Und ein reizendes Lächeln huschte über ihr Gesicht. »Das will nicht viel heißen. Der alte Herr von Ried war sehr rigoros. Kurt hat es jedenfalls sehr leid getan, daß sein Vater so über Ihre Freiheit verfügte. Er hat uns, Mama und mir, alles erzählt und uns ganz klipp und klar vorgerechnet, daß Sie Schulden machen mußten.«

»Also danke ich Kurt auch, daß Sie in mir nicht einen leichtsinnigen Verschwender sehen?« fragte er lächelnd.

»Ja, wenn wir von Ihnen eine sehr gute Meinung haben, danken Sie es ihm.«

Er sah sie groß und ernst an. »Ich will mir diese gute Meinung zu verdienen suchen.«

Sie errötete leicht unter seinem Blick und sagte, schnell ablenkend:

»Hoffentlich haben Sie es gut getroffen in Südwest. Oder hatten Sie schlimme Zeiten?«

Er berichtete flüchtig von seinen Erlebnissen, und ihr Herz zuckte unruhig, als sie vernahm, daß sein Leben in Gefahr gewesen war.

So waren sie im regen Gespräch bis an das Hartenfelser Herrenhaus gekommen.

»Also – Sie trinken eine Tasse Tee mit uns, Herr von Ried?« fragte Carry lächelnd.

Verlangend, aber unschlüssig sah er sie an. »Ich möchte sehr gern. Aber was wird Ihre Frau Mutter zu meinem Überfall sagen?«

»Ich übernehme die Verantwortung und garantiere Ihnen einen sehr freundlichen Empfang.«

Er verneigte sich. »Dann mit tausend Freuden, gnädiges Fräulein. Es lockt mich natürlich sehr, den Tee in so liebenswürdiger Gesellschaft zu trinken. Frau Wohlgemut, die redliche Hüterin von Schloß Marwedel, erscheint mir zwar im Vergleich zu früher von einer schier beängstigend sanften Freundlichkeit, aber eine erfreuliche Gesellschaft ist sie doch nicht für mich.«

Carry lachte. »Oh, seit dem Tode des alten Herrn von Ried ist sie wirklich die Sanftmut selbst. Es ist mir auch schon aufgefallen, und ich habe das bängliche Gefühl, als müsse sie an dieser Sanftmut wie an einer Krankheit langsam zugrunde gehen.«

Wenige Augenblicke später stand Hasso vor Frau von Hartenfels. Sie kam ihm freudig überrascht entgegen und reichte ihm die Hand.

»Also endlich eingetroffen, mein lieber Herr von Ried. Ich freue mich sehr, Sie wiederzusehen, wenn auch die Veranlassung zu Ihrer Rückkehr eine sehr traurige war.«

Hasso küßte ihr die Hand, und als er in ihr Antlitz, in ihre Augen sah, dachte er: Jetzt weiß ich, an wen mich Fräulein von Hartenfels erinnerte – an ihre Mutter. Sie hat dieselben Augen wie sie – dieselben hellen Augen und dunklen Wimpern und Brauen.

Und nun grübelte er nicht mehr darüber nach, weshalb ihm Carry so bekannt vorgekommen war.

»Gnädige Frau, verzeihen Sie gütigst mein etwas

formloses Eindringen in Ihr friedliches Heim. Ihr Fräulein Tochter hat mich sozusagen im Wald aufgelesen und mir für mein Eindringen völlige Straffreiheit zugesichert.«

»Ja, Mamascha, ich hätte Herrn von Ried beinahe überrodelt und bin ihm dafür eine Entschädigung schuldig. Da er vor Frau Wohlgemuts unheimlicher Sanftmut ebenso große Angst hat wie sein Vetter, habe ich ihm eine Tasse Tee versprochen. Ich hoffe, du machst mich nicht wortbrüchig«, scherzte Carry.

Frau von Hartenfels sah erfreut in ihr munteres Gesicht. »Nein, das werde ich selbstverständlich nicht tun. Ich freue mich aufrichtig, daß Sie so ohne alle Umstände nachbarlich zu uns kommen. Wir haben es jetzt so einsam in Hartenfels, daß wir für jeden Gast sehr dankbar sind – und nun gar einen so lieben Gast.«

»Nun kann ich Sie also beruhigt in Mamaschas Gesellschaft lassen, Herr von Ried. Sie wird Sie keinem hochnotpeinlichen Verfahren unterziehen. Mich verlangt danach, mein Sportkostüm gegen ein Hauskleid zu vertauschen. Auf Wiedersehen in fünf Minuten.«

Damit nickte Carry Hasso zu und sprang im Hintergrund der Halle mit anmutig elastischen Bewegungen die Treppe hinauf.

Hasso sah ihr selbstvergessen nach und wandte sich dann hastig Frau von Hartenfels wieder zu, als diese ihn aufforderte, in ihren Salon einzutreten.

Hier war der Teetisch bereits für zwei Personen mit einladender Zierlichkeit gedeckt. Feines Porzellan und Silbergeschirr standen darauf. Auf ein Klingelzeichen der Hausfrau rollte ein Diener den Teewagen herein, an dem übereinander in verschiedenen Abständen Tabletts zum Herausziehen angebracht waren. Auf diesen befand sich alles, was zu einem eleganten Fünfuhrtee gehört, in appetitlichster Weise geordnet. Mit einem leisen Wink auf ihren Gast veranlaßte die Hausfrau, daß der Diener für diesen noch ein Gedeck auflegte.

Hasso empfand ein inniges Behagen, als er diese Vorbereitungen sah. Er hatte doch monatelang solch behaglichen Komfort nicht mehr kennengelernt. Und als dann nach wenigen Minuten Carry erschien, in einem reizenden, eleganten Kleide aus weinroter, weicher Seide, mit einem breiten Spitzenkragen, der den schönen, schlanken Hals frei ließ, da wurde ihm noch viel behaglicher zumute. Seine Augen weideten sich an den beiden eleganten Damen, an der vornehm geschmackvollen Zimmereinrichtung, an dem angenehm abgetönten Licht der elektrischen, hohen Stehlampe mit dem seidenen, geblümten Schirm und an dem reizend arrangierten Tee-Eckchen in dem molligen Erker.

Hasso von Ried verlebte eine entzückende Stunde am Teetisch der Frau von Hartenfels.

Als er sich nach einer Stunde erhob, um sich zu verabschieden, tat er es mit einem Gefühl des Bedauerns. Er wäre gern länger geblieben, fürchtete aber, lästig zu fallen.

Frau von Hartenfels bot ihm einen Wagen an, damit er sich in der Dunkelheit nicht verirrte, und er nahm ihn dankbar an.

Als er davongefahren war, stand Carry, in tiefe Gedanken versunken, am Fenster und sah ihm nach. Da trat ihre Mutter zu ihr heran und legte den Arm um ihre Schultern. »Nun, Carry, wie gefällt dir der neue Majoratsherr von Marwedel?«

Carry fuhr aus ihren Gedanken auf und sah zu ihrer Mutter empor. Sie zögerte mit der Antwort, aber dann umfaßte sie plötzlich die Mutter mit beiden Armen und sagte erregt:

»Ich sah ihn heute nicht zum ersten Mal, Mamascha.«

Frau von Hartenfels hatte ihrer Tochter schon beim Tee angemerkt, daß sie nicht so ruhig war, als sie scheinen wollte.

»Nicht zum ersten Mal? So bist du ihm also doch schon in Marwedel begegnet?«

Carry schüttelte den Kopf. »Nein, nicht in Marwedel, sondern in Berlin!«

»In Berlin?«

»Ja, Mamascha, am Tage unsrer Abreise. Erinnerst du dich, daß ich dir von einem interessanten Gardeleutnant erzählte, der dasselbe Auto bestieg, welches ich bis zu Hamann benutzt hatte, und der mir mein Armband löste, mit dem ich hängengeblieben war? Ich verglich ihn mit dem Drachentöter St. Georg.«

»Ach richtig, ich scherzte noch darüber.«

»Ganz recht. Nun wirst du mir aber zugeben müssen, daß er auch im modernen Zivil einem St. Georg gleicht, denn es war Herr von Ried, was ich natürlich damals nicht wußte.«

Frau von Hartenfels sah ihre Tochter forschend an.

»Und du erkanntest ihn sogleich?«

»Natürlich, auf den ersten Blick. So eine interessante Erscheinung vergißt man doch nicht.«

»Und er hat dich wiedererkannt?«

»Nein.«

»Du hast ihm aber auch nicht gesagt, daß du ihn wiedererkannt hast?«

Carry schüttelte heftig den Kopf.

»Das soll er nicht wissen.«

Frau von Hartenfels fragte nun nichts mehr, aber Carrys heiße Wangen und ihre erregt glänzenden Augen verrieten ihr manches.

XXI

Viel Arbeit hatte Hasso in Marwedel erwartet, es war einiges liegengeblieben, worüber er seine Entscheidung selbst treffen mußte. Und auch der Antritt seines Erbes ergab allerlei Notwendigkeiten.

Aber in all seinen Geschäften mußte er wieder und wieder an Carry denken. Zwischen Zahlenreihen und Dokumenten tauchte der blonde Mädchenkopf auf und sah ihm mit den großen leuchtenden Grauaugen bis tief in das Herz hinein.

So oft er Zeit hatte und meinte, es schicklicherweise tun zu können, fuhr er nach Hartenfels hinüber. Er sagte sich selbst, daß es zu oft geschah. Aber es zog ihn wie mit Zauberbanden hinüber, und er war erfinderisch in allerlei Vorwänden für seine Besuche. Immer hatte er scheinbar etwas Geschäftliches mit Frau von Hartenfels zu besprechen, sie um Rat zu fragen oder ihr irgendwelche Vorschläge zu machen.

Schließlich, als er etwas mehr Zeit hatte, erreichte er es, daß ihm Carry gestattete, sie beim Eislauf zu begleiten und mit ihr zu rodeln.

Da sie beide mit ganzem Herzen diesem Sport huldigten, kamen sie einander schnell näher. Hasso fühlte sich im Verkehr mit der lebensfrischen jungen Dame ungemein jung und froh. Ihm schien, als sei ihm jetzt erst der volle Wert des Lebens aufgegangen. Und um Carrys Willen lernte er sich an seinem stolzen Besitz freuen, was er bisher noch nicht hatte tun können.

Zum ersten Mal öffnete sich sein Herz einer ernsten, tiefen Liebe. Und sie nahm ausschließlich von ihm Besitz, so ausschließlich, daß er kaum noch an etwas anderes denken konnte.

Frau von Hartenfels sah mit ihren klugen Augen sehr bald, wie es um die beiden jungen Leute stand, und sie wurde dabei selbst wieder jung im Herzen und freute sich an dem Aufblühen der beiderseitigen Neigung.

Ihre große Feinfühligkeit und ihr Herzenstakt befähigten sie, trotz ihrer Anwesenheit niemals störend zwischen den beiden Menschen zu stehen. Hasso brachte ihr eine herzliche Verehrung entgegen. Er hatte das Empfinden, daß diese feinsinnige Frau ihm ein warmes, mütterliches Gefühl entgegenbrachte. Und das machte ihn heimisch in Hartenfels. Er suchte bald nicht mehr nach Vorwänden für seine Besuche, denn er fühlte, daß er gern empfangen wurde.

Das sprach er einmal aus, als er wieder mit Mutter und Tochter am Teetisch saß.

»Es ist vielleicht unerhört von mir, gnädige Frau, aber ich fühle mich bei Ihnen mehr zu Hause als in Marwedel. Drüben bei mir herrscht eine kalte, nüchterne Atmosphäre. Ich bin ein großer Schönheitsphantast in bezug auf meine Umgebung. Selbst als Junggeselle sorgte ich dafür, daß meine Wohnung eine harmonische Stimmung hatte. Und in Südwest, wo ich mir das nicht leisten konnte, war ich sehr unzufrieden mit meiner Behausung und wollte eben anfangen, sie etwas behaglicher zu gestalten, als ich die Nachricht von meines Vetters Tod erhielt. Aber in Marwedel herrscht ein seltsames Gemisch von kalter Pracht und nüchterner Geschmacklosigkeit. Nun malen Sie sich bitte aus, meine

Damen, wie Ihr wunderschönes Heim auf mich wirken muß, wenn ich mich aus Frau Wohlgemuts Bereich zu Ihnen flüchte. Sie können mir kaum nachfühlen, mit welcher Sehnsucht ich immer zu Ihnen eile.«

Daß diese Sehnsucht noch einen anderen Grund hatte, verschwieg er wohlweislich.

»Das freut uns natürlich sehr, denn wir genießen dabei Ihre anregende Gesellschaft«, erwiderte Frau von Hartenfels.

Er lachte. »Das ist wenig genug im Vergleich zu den Werten, die ich bei Ihnen eintausche. Diese Stunden an Ihrem Teetisch zum Beispiel sind köstliche Erlebnisse voll Duft und Harmonie.«

»Ei, Herr von Ried, Sie werden ja ganz poetisch«, scherzte Carry.

Er verneigte sich, und seine Augen sahen brennend in die ihren. »Nimmt Sie das wunder in Ihrer Gegenwart? Sie erscheinen mir wie die verkörperte Poesie, ob ich Sie draußen im verschneiten Winterwald als Schneekönigin sehe oder hier im Schimmer der rosig leuchtenden Lampe als goldschimmerndes Heimchen am Herd.«

Er hatte scherzhaft galant gesprochen, aber es klang ein ernster, warmer Unterton durch seine Worte.

Sie errötete leicht und zwang sich zu einem schelmischen Lächeln. »Sie haben in Südwest die Galanterien nicht vergessen.«

»Ich hoffe sie nie zu vergessen, wo sie am Platze sind. Aber um nochmals auf Schloß Marwedel zu sprechen zu kommen – ich habe die Absicht, die Räume abzuschließen, in denen mein Onkel und mein Vetter gewohnt haben. Es sind nur sehr wenige im Vergleich zu der enormen Ausdehnung des Schlosses. Den andern Teil desselben will ich aber nicht, wie das unter meinen

Vorgängern geschah, abgeschlossen halten. Diese Räume müssen das Ungewohnte, die kalte Pracht, verlieren und wohnlich gemacht werden. Wäre es sehr vermessen, meine Damen, wenn ich Sie bitten würde, mir dabei etwas behilflich zu sein? Ich bin so kühn, davon zu träumen, daß es in Schloß Marwedel mit Ihrer gütigen Hilfe ebenso behaglich und harmonisch werden könnte, wie es in Hartenfels ist.«

Die Damen sahen sich lächelnd an. »Mamascha, wir müssen doch wohl dafür sorgen, daß Herrn von Rieds kühne Träume sich verwirklichen«, sagte Carry. Aber sie konnte Hasso dabei nicht ansehen, und ihre Wangen glühten unter seinem Blick.

Frau von Hartenfels neigte lächelnd das Haupt. »Wir helfen Ihnen um so lieber, als wir es schon oft herzlich bedauert haben, daß das Marwedeler Schloß in seinem Innern so vernachlässigt wurde. Ihr verstorbener Onkel hatte keinen Sinn für eine harmonische Häuslichkeit. Er hauste mit seinen Hunden fast nur in dem einen Zimmer mit den derben Ledermöbeln. Und Ihr Vetter Kurt konnte sich von dem Einfluß seines Vaters nicht so schnell freimachen. Frau Wohlgemut in allen Ehren, aber von ihr kann der Dichter unmöglich behaupten, daß sie himmlische Rosen ins irdische Leben flicht.«

Hasso und Carry lachten fröhlich auf. »Nein, gnädige Frau. Aber von Ihnen kann man das sagen. Und so breite ich meinen Lebensteppich vor Ihnen aus und bitte Sie, mir einige himmlische Rosen hineinzuflechten.«

»Soll geschehen. Wir kommen morgen nach Marwedel und besichtigen die Räume. Und dann beordern Sie einige Dekorateure und bestellen, was wir für nötig halten – als Material für die himmlischen Rosen – und in vierzehn Tagen können Sie es bei sich so behaglich haben, wie es Ihnen in Hartenfels erscheint«, sagte Frau von Hartenfels.

Am nächsten Tage fuhren die Damen also nach Marwedel und gingen mit Hasso, gefolgt von Frau Wohlgemut, durch die Räume des Schlosses. Frau Wohlgemut wirbelte ein wenig der Kopf, als sie hörte, welche Veränderungen hier vorgenommen werden sollten. Sie wurde noch viel sanftmütiger und seufzte heimlich den Zeiten nach, wo sie sich mit ihrem Herrn in herzerfrischender Fehde befunden hatte. Damals war alles recht gewesen, wie sie es gemacht hatte. Das redete sie sich wenigstens ein. Die geharnischten Kritiken, die ihr der hochselige gnädige Herr an den Kopf geworfen hatte, waren ihr eben keine Kritiken gewesen.

Als aber nach ungefähr vierzehn Tagen das ganze Schloß ein anderes Aussehen erhalten hatte, als sie verwundert von einem Zimmer in das andere ging, da mußte sie sich eingestehen, daß jetzt alles viel schöner und vornehmer aussah.

Am nächsten Tage holte Hasso Carry zum Rodeln ab, und auf dem Wege zur Rodelbahn sagte er ihr, wie wohl und heimisch er sich jetzt in Marwedel fühlte.

»Ich habe gar nicht mehr das Gefühl des Fremdseins und der quälenden Einsamkeit. In jedem der Räume ist etwas von Ihrem Geist, Ihrer Persönlichkeit geblieben. Ihre Hände haben auf den Möbeln geruht, Ihre Augen haben die Bilder angesehen, Sie haben die Kissen gerückt und Blumen in den Vasen geordnet, die nun der Gärtner nach Ihren Angaben immer erneuert – überall ist ein leiser Hauch von Ihnen geblieben, und mir ist, als schritten Sie neben mir durch die Räume. Deshalb sind sie mir jetzt vertraut«, sagte er, sie mit seinem bannenden Blick ansehend.

Sie errötete leicht. »Hoffentlich fühlen Sie sich aber nun nicht so wohl zu Hause, daß Sie gar kein Verlangen mehr haben, nach Hartenfels zu kommen«, scherzte sie.

»Würde Ihnen das ein wenig leid tun, mein gnädiges Fräulein?«

Sie zwang ihre Verwirrung nieder. »Sehr leid natürlich. Wir freuen uns immer auf die Plauderstunden mit Ihnen, Mamascha und ich.«

»Wirklich?«

»Ganz gewiß. Sie wissen doch, wie still und einsam wir im Winter hier leben. Im Sommer haben wir ja öfters Besuch. Aber jetzt kommt kein Mensch, außer Ihnen, zu uns.«

»Aber wenn Sie so viel Gesellschaft hätten, wie Sie sich wünschen könnten, würden Sie sich dann auch noch über meine Besuche freuen?«

Sie atmete tief auf. Und dann zwang sie sich, ihn schelmisch anzusehen. »Ein ganz klein wenig«, sagte sie und lief dann schnell voraus, um die Hütte aufzuschließen.

Wenige Minuten später stiegen sie froh und lachend den Berg hinauf. Und als sie oben angelangt waren, nahmen sie auf dem Schlitten Platz.

Sausend glitt er zu Tal, und jauchzend flog Carrys Stimme ihm voraus.

Wie frohe Kinder gaben sie sich dem vergnüglichen Sport hin, bis die Sonne sank. Ehe sie die letzte Fahrt nach unten antraten, standen sie eine Weile oben auf dem Berg und sahen den glutroten Sonnenball hinter Schloß Marwedel versinken. Sie schwiegen beide und atmeten tief und schwer.

Das Schloß mit den sieben Türmen, mußte Carry denken.

Die sieben Türme hoben sich wie schwarze Silhouetten von dem Sonnenball ab.

»Sehen Sie nur, mein gnädiges Fräulein, liegt Schloß Marwedel nicht wie ein Märchenschloß in der verschneiten Pracht, von loderndem Sonnenlicht umflossen? Wie eine Zauberburg liegt es da, in der eine verzauberte Prinzessin gefangen sitzt.«

»Oder ein verzauberter Prinz«, sagte sie leise und verträumt.

XXII

So ging der Winter vorüber, und Hasso und Carry kamen sich innerlich immer näher.

Carry hatte ihrer Mutter das Versprechen abgenommen, Herrn von Ried nicht zu verraten, daß sie ihm schon in Berlin begegnet war.

Als die ersten lauen Frühlingswinde, die sich in diesem Jahre sehr zeitig einstellten, Schnee und Eis schmolzen, mußte es mit Eislauf- und Rodelsport zu Ende sein. Aber dafür konnten die jungen Herrschaften nun zu Pferde den Wald durchstreifen.

Der herbe, würzige Erdhauch stieg aus der Scholle empor, an den Bäumen setzten dicke Blattknospen an, mit Pelzchen und ledernen Häuten bekleidet, und bereit, beim ersten warmen Sonnenstrahl ihre Hüllen zu sprengen.

Eines Tages brachte Hasso Carry einen Strauß selbstgesuchter Schneeglöckchen mit.

»Die ersten sicheren Frühlingsboten – sie grüßen ihre holde Schwester«, sagte er mit dem warmen, verhaltenen

Tone, den er immer für sie hatte.

Sie steckte die Blumen an den kleinen, herzförmigen Ausschnitt ihres Kleides, und seine Augen sahen ihr zu, entzückt die ganze, frühlingsfrische Gestalt umfassend.

»Ganz zufällig«, begegneten sich Hasso und Carry immer wieder, wenn sie durch den Wald oder über die Felder ritten. Noch öfter trafen sie oben auf dem Berg zusammen, wo sie merkwürdig oft die gute Aussicht bewunderten. Wenn Hasso hinaufkam, sah er nach der Seite hinab, wo das Hartenfelser Herrenhaus stand, und wenn Carry hinaufkam, blickte sie verträumt auf das Schloß mit den sieben Türmen und dachte an den verzauberten Prinzen, den die Waldfee erlösen sollte.

Aber meist stand sie nicht lange allein da oben. Vielleicht hatte ihre Sehnsucht Zaubergewalt, denn Hasso kam fast immer nach kurzer Zeit, atemlos von schnellem Lauf, oben an.

Dann begrüßten sie sich scheinbar unbefangen und sprachen gleichgültige Worte, während ihre Augen ineinanderhingen und eine ganz andere Sprache redeten. Ein heimlich süßes Bangen erfüllte dann Carrys Herz, und das seine klopfte in harten, wilden Schlägen, als wollte es die Brust zersprengen.

Inzwischen war Hasso mit den Freunden in brieflicher Verbindung geblieben. Ende März erhielt er ein Schreiben von Baron Platen. Es lautete:

Mein lieber Hasso!

Endlich komme ich zu einem längeren, ausführlichen Schreiben an Dich. Wie groß meine Freude war, Dich wieder in Deutschland zu wissen, als Herrn von Marwedel, habe ich Dir schon aus Nizza geschrieben. Wie Du weißt, waren wir mit Rudi Kronau und seiner jungen Gattin zusammen und haben herrliche Wochen verlebt, wie sie eben nur Menschen in den Flitterwochen verleben können.

Meine Frau hat sich mit Rudis Frau herzlich befreundet, und es hat nicht den leisesten Mißton zwischen uns allen gegeben. Wir waren aber auch alle vier in Flitterwochenstimmung. Liebster Hasso – ich sage Dir, gehe hin und tue desgleichen. Suche Dir baldmöglichst eine süße kleine Majoratsherrin, denn Du kannst mir glauben, es ist ganz wundervoll, verheiratet zu sein.

Wenn man nämlich eine Frau hat, wie meine Lena eine ist. Sie läßt Dich herzlichst grüßen und sieht nach wie vor in Dir den Gründer unseres Glücks – und mit Recht.

An Wiesbaden kann ich jetzt ganz ruhig denken. Ich war gestern mit Lena drüben und bin sogar Herrn und Frau Dr. Alvensleben begegnet, ohne daß mein Herz nur gezuckt hat. Es fiel mir nur auf, daß sie Anlage zur Fülle hat, ihre Schlankheit ist schon ernstlich bedroht. Sie wurde ein wenig rot, heuchelte aber Gleichmut.

Ich drückte den Arm meiner Lena fest an mich und dachte: ›Gott sei Dank‹. Wir haben uns jetzt in unserm Taunusschloß gemütlich und behaglich eingerichtet. Im Sommer wollen uns Kronaus auf einige Wochen besuchen, wenn sie ihre Reisepläne ausgeführt haben, und ich hoffe sehr, daß wir auch Dich bald wiedersehen und bei uns begrüßen können. Dann wirst du schnell Lust bekommen, es mir nachzutun. Rudi und seine Frau sind von Nizza aus weitergereist. Wahrscheinlich gehen sie nach Italien und dann nach Konstantinopel. Von dort aus wollen sie an den Nil. Rudis Frau ist ungemein frisch und unternehmungslustig, aber ich habe das Gefühl, daß sie sich nur den Anschein gibt, als müsse sie alles sehen und alle Länder bereisen, weil sie damit ihrem Mann eine Freude machen will. Rudi würde seine Wünsche niemals geltend machen in dieser Hinsicht, weil er nicht das Geld seiner Frau verreisen will. Du weißt ja, was für ein anständiger Charakter er ist. Aber seine Frau errät mit einem Feingefühl, das wie ein sechster Sinn wirkt, alle seine Wünsche und macht sie einfach zu den ihren. Ich konnte das mehrfach beobachten. Und man muß sie dafür bewundern, sie ist wirklich ein wertvoller Mensch mit einem natürlichen, liebenswürdigen Wesen. Rudi ist an ihrer Seite wunschlos glücklich – wie sie an der seinen. Ich weiß, das wird Dich freuen.

Wir fanden hier einen Brief von Leo. Er teilt uns mit, daß er auf Deinen Rat mit Deckmann in Unterhandlung getreten ist, und er hofft, seine Farm an ihn zu verkaufen. Deckmanns wollen im Mai wieder nach Südwest kommen – Frau Ilona hofft ganz sicher, Dich noch dort zu finden – und dann soll der Kauf perfekt werden. Es handelt sich wohl nur noch um die Preisfrage. Deckmann wird natürlich als guter Kaufmann versuchen, billig zu kaufen, Leo aber wird, wie ich ihn kenne, nicht von seinem Preis abgehen. Da Deckmann aber seine Ilonafarm abrunden will, wird er schließlich doch zahlen. Und dann will ich geduldig den Besuch des Deckmannschen Ehepaares über mich ergehen lassen. Los komme ich ja doch nicht davon. Wenn mir Deckmann dann aber zu guter Letzt doch noch die Brüderschaft anträgt, dann streike ich. Ob es etwas helfen wird?

Ich hoffe, Leo kommt im Sommer zu uns und übernimmt dann das Gut in Thüringen. Dann ist er Dir ziemlich nahe, und Ihr könnt schnell mal zusammenkommen.

Lena ist froh, daß ihr Bruder bald kommen wird, und noch froher, daß sie selbst nicht mehr nach Südwest zurück muß. Sie schreckt jetzt noch manchmal im Traum zusammen und faßt ängstlich meine Hand, weil sie träumt, unter freiem Himmel zu schlafen. Meine arme kleine Frau – sie ist so rührend in ihrer Hilflosigkeit.

Wenn Leo und Kronaus hier sind, mußt Du unbedingt auch nach Neuhalden kommen, damit wir wieder einmal alle vier zusammen sind. Seit Jahren ist das nicht mehr geschehen – einer hat immer gefehlt. Ich denke, wir setzen für die Zukunft fest, daß wir mindestens einmal im Jahre auf längere Zeit zusammenkommen.

Hoffentlich höre ich auch von Dir nun Ausführliches und Erfreuliches. Deine letzten Nachrichten waren im Telegrammstil abgefaßt. Ich kann mir ja denken, daß Du viel zu tun hast, bis Du Dich in Deinem neuen Pflichtenkreis einarbeitest.

Daß Du Deinen Abschied mit einer Rangerhöhung bewilligt bekommen hast, ist nur recht und billig. Die hast Du Dir bei den Bergdamaras redlich verdient. Und Treumann kommt also im Herbst für immer zu Dir, sobald seine Dienstzeit beendet ist, wie Du mir mitteiltest. Recht so, mein Alter – Treue um Treue.

Und damit will ich schließen. Hoffentlich findest Du bald eine Frau mit der jetzt auch für Dich nötigen Ahnenzahl und den sonstigen Qualitäten. Glaube mir, solange man unverheiratet ist, ist man nur ein halber

Mensch. Freilich – meine Lena ist auch eine unvergleichliche Frau. Ich weiß gar nicht, womit ich das Glück verdient habe, so einen Edelstein gefunden zu haben. Also, mache es mir bald nach. Und laß viel von Dir hören. Mit treuem Gruß und Handschlag!

Dein alter Norbert.«

Mit glänzenden Augen sah Hasso auf diesen Brief herab. Wahrlich, Norbert hatte es nicht nötig, ihm zuzureden und ihm das Herz noch mehr mit Sehnsucht zu füllen. Seit er fast täglich mit Carry von Hartenfels zusammen war, konnte er sich wohl vorstellen, daß es wundervoll sein müsse, verheiratet zu sein. Er war längst mit sich einig, daß Carry seine Frau werden müsse, wenn sie nur wollte. Die Liebe zu ihr brannte heiß in seinem Herzen. Er hätte ihr wohl schon Worte gegeben, aber seltsamerweise war ihm Carry in den letzten Tagen gar nicht mehr »zufällig« begegnet. Er hatte sie nicht mehr allein getroffen, seit sie vor einigen Tagen oben auf dem Berge eine Begegnung gehabt hatten.

Da oben hatte er sie gefunden, wie sie, in tiefe Gedanken versunken, auf Schloß Marwedel herabgeblickt hatte. Sie hatte ihn nicht kommen hören. Er war zu ihr getreten und hatte leise gesagt:

»Carry – der verzauberte Prinz wartet auf die Waldfee.«

Sie war glühend rot geworden, war zusammengezuckt und war dann in höchster Verwirrung, ohne ein Wort zu sagen, an ihm vorüber und den Berg hinabgelaufen. Er hatte sie erst einholen können, als ihre Mutter ihnen entgegenkam, die einen Spaziergang machen wollte.

Sie hatten Frau von Hartenfels beide begleitet und hatten sich bemüht, harmlos zu scheinen. Aber sie wich seinen Blicken verschämt, aber sichtbar aus.

Seitdem war er ihr nicht mehr allein begegnet. Wich sie ihm aus? Ahnte sie, wie es um ihn stand, und wollte sie eine Erklärung verhindern? Oder hielt sie ihre mädchenhafte Bangigkeit zurück, damit es nicht den Anschein habe, als komme sie ihm entgegen?

Er atmete tief auf und trat an das offene Fenster seines Arbeitszimmers. Der treibende Frühling, der alles Leben zu voller Kraft erweckte, saß ihm im Blut. Ein sehnsüchtiges Verlangen nach Carrys Besitz füllte ihm die Brust. Seine Seele suchte sie.

Und wie so oft flogen seine Augen zu dem Berg hinauf, der Marwedel von Hartenfels schied. Neben dem Fenster lag auf einem Tischchen immer ein Krimstecher bereit. Es war ein scharfes, gutes Glas. Damit hatte er schon oft da hinaufgespäht, und es hatte schon manche »zufällige« Begegnung dort oben herbeigeführt.

Auch jetzt nahm er es zur Hand. Und kaum hatte er das Glas an die Augen gesetzt, legte er es schon wieder hastig zur Seite. Er stürmte aus dem Zimmer. Draußen nahm er einen Hut und lief, wie er ging und stand, im Reitanzug hinaus ins Freie. Er hatte oben auf dem Berg eine schlanke Frauengestalt entdeckt, und er wußte, das war Carry, sein Herz sagte es ihm.

Er nahm sich nicht Zeit, den Berg zu umgehen bis zu dem aufwärtsführenden Pfad. Mitten durch das Unterholz brach er sich Bahn und kletterte den steilen Abhang empor, um den Weg abzukürzen.

Als er oben auf dem Plateau anlangte, sah er sich enttäuscht um. Der Platz, auf dem er Carry zu sehen geglaubt hatte, war leer.

Unruhig spähte er umher. Und da erblickte er sie. Fast hätte er einen Freudenlaut ausgestoßen. Da drüben stand sie, an einen Baum gelehnt, und sah mit sehnsüchtigen Augen den Weg hinab, auf dem er sonst heraufzusteigen pflegte. In seinem Herzen jubelte es. Er fühlte – sie wartete auf ihn – sehnte sich nach ihm, wie er sich nach ihr gesehnt hatte.

Vorsichtig schlich er sich hinüber und stand plötzlich vor ihr. Stumm, mit heißen Augen sah er sie an.

Sie zuckte zusammen und machte unwillkürlich eine fluchtartige Bewegung. Er faßte mit einem raschen Griff ihre Hand.

»Nein – Sie dürfen mir nicht wieder entfliehen! Carry – Sie müssen es doch wissen, daß ich Sie liebe. Sagen Sie mir, Carry, habe ich mich getäuscht, wenn ich in Ihren Augen das gleiche Empfinden zu lesen glaubte?«

Sie erzitterte. Ihre Hand ruhte willenlos in der seinen. Sie sah ihn an, und er hielt ihre Augen fest mit seinem zwingenden Blick, der ihr bis ins tiefste Herz hineindrang.

Sie wollte antworten und konnte nicht. In mädchenhafter Scheu war all ihr frischer Mut erstorben. Aber in ihren Augen las er, daß er geliebt wurde.

Aufatmend zog er sie an sich, ohne daß sie es ihm wehrte, und drückte stumm seine heißen Lippen auf ihren zuckenden Mund.

Der Frühlingswind strich lind und lau über den Berg und umkoste die beiden glückseligen Menschen. Er trieb Carrys Kleider in neckischem Spiel gegen ihren Körper. Sie merkten es nicht. Carry lag in Hassos Armen und trank Seligkeit von seinen Lippen, wie er von den ihren.

Dann sah er sie an, und ein weiches Lächeln lag auf seinen harten, festen Zügen und gab ihnen ein eigenartig bezauberndes Gepräge. »Ist mein Herzlieb stumm geworden, findet dieser liebe, lose Plaudermund kein einziges armes Wort für mich?« fragte er mit überströmender Zärtlichkeit.

Sie schmiegte sich, erzitternd vor Glück, in seine Arme. »Ich hab' dich lieb – so unsagbar lieb – lange schon«, sagte sie leise, mit verhaltener Innigkeit.

Wieder küßte er ihren Mund, und dann sah er ihn an und sagte mit glücklichem Lächeln: »Das alles ist nun mein – mein für immerdar. Wie reich bin ich. Ach Herzlieb – wie beseligt es mich, zu wissen, daß du mein bist. Diese reinen Lippen haben mir den ersten Liebeskuß gegeben. Nicht wahr, meine Carry, du hast vor mir keinen anderen Mann in Liebe geküßt, dein Herz hat keinen anderen vor mir geliebt?«

Ihre leuchtenden Augen strahlten in die seinen. »Nein, Hasso – du bist der erste und einzige Mann, den ich liebe. Dir allein hat sich meine Seele ergeben und sie wird nie von dir lassen.«

Er preßte sie fest an sich. »Herzlieb – wir Männer sind Egoisten. Uns wirbelt das Leben herum, und wir kommen nicht rein und unberührt in den Hafen. Aber die Frauen, die wir lieben und an unsere Seite stellen, sollen den Blütenstaub noch nicht abgestreift haben. Wir wollen immer der Erste sein im Herzen der Frau. Ich glaube, ich könnte vor Eifersucht nicht zur Ruhe kommen, wüßte ich, daß meine Frau vor mir einen anderen Mann geliebt hat. Und deshalb macht es mich so glücklich, daß ich deine erste Liebe bin.«

Sie lehnte ihre Wange an die seine. »Es macht mich glücklich, daß du so sprichst. Mein Herz hat dem deinen entgegengeharrt. Mancher hat sich um mich beworben – ich fühlte für keinen etwas, das dem gleicht, was ich für dich empfinde.«

Voll inniger Zärtlichkeit küßte er ihr die Hände, die

Augen, die Wangen und den Mund.

»Deine reinen stolzen Augen haben es mir verraten, daß du noch keinen andern vor mir liebtest. So etwas Frisches, Unberührtes ging von dir aus – du mein stolzes holdes Glück. Im ganzen Lande gibt es keinen glückseligeren Mann als deinen Hasso. Weißt du es, Zauberin, was für eine Macht du über ihn hast?«

Sie nickte selig und sah ihn mit ihren hellen leuchtenden Augen an, daß ihm ein Schauer des Entzückens über den Körper rann.

Und sie küßten sich wieder und gingen dann, innig umschlungen, den Berg hinab.

Sie fanden süße törichte Worte, wie sie nur Liebende finden und wie sie nur Liebende verstehen. Der Weg nach Hartenfels nahm viel Zeit in Anspruch, und doch schien er ihnen viel zu kurz.

Arm in Arm trafen sie endlich in Hartenfels ein. Vor der Pforte blieb Hasso, wie aus einem seligen Traum erwachend, stehen und sah an sich herab.

»Herzlieb – kann ich so vor deine Mutter treten, um sie um ihren Segen zu bitten zu unserem Bunde?« fragte er, auf seinen Reitanzug deutend.

Carry strich sich das Haar aus der Stirn und lachte leise. »Ach, Hasso, wenn du mit einer solchen Bitte zu Mamascha kommst, wird sie nicht auf deine Kleider sehen, sondern nur auf den Mann, der darin steckt. Sag ihr nur, daß du mein Glück bist, dann bist du ihr in jedem Anzug lieb und angenehm.«

Er atmete tief auf. »Also – dann wage ich es getrosten Mutes.«

Und sie betraten das Haus und suchten die Mutter auf. Sie kam ihnen in ihrem kleinen Salon entgegen und sah den beiden strahlenden Augenpaaren sogleich an, daß etwas Besonderes geschehen war.

So war sie gar nicht erstaunt, als Hasso seine Werbung vorbrachte. Aber sehr bewegt war sie, als sie die Hände der beiden jungen Menschen zusammenlegte. »Haltet euch fest, meine Kinder, ein ganzes, langes Leben. Und möge euer Glück immer inniger und tiefer werden. Darum will ich täglich beten.«

Nach einer Weile ließ sie die beiden Glücklichen allein. Hasso sollte, seinem Reitanzug zum Trotz, zu Tisch bleiben, und sie schützte Hausfrauenpflichten vor, um den Liebenden ein Alleinsein zu gönnen.

Hasso zog Carry schnell in seine Arme und sah ihr zärtlich in die Augen. »Süße – ich habe ja nicht geahnt, daß ein Mensch so glücklich sein kann, wie ich es bin. Wie lieb ich dich habe – ich glaube, von dem Augenblick an, als du mir mit deinem Rodelschlitten entgegenkamst. Ich hatte gleich ein Gefühl, als sähe ich dich nicht zum ersten Mal. Wahrscheinlich hat mein Herz dich schon im Traum gesehen«, sagte er.

Mit einem schelmischen Lächeln, das ihn entzückte, sah sie zu ihm auf und legte ihre Hände auf seine Schultern. »Damals sahst du mich auch in Wirklichkeit nicht zum ersten Male, Hasso. Wir sind schon ganz alte Bekannte. Du hast kein gutes Gedächtnis.«

Er stutzte und sah sie fragend an. »Ich verstehe dich nicht, Herzlieb. Was meinst du damit?«

»Oh – ich habe unsere erste Begegnung nicht vergessen wie ein gewisser Gardeoffizier in Berlin«, neckte sie.

Er schüttelte den Kopf. »Haben wir uns früher schon gesehen? Sag mir doch, Carry, wo und wann ist das geschehen?«

Sie lachte übermütig. »Ach, Hasso, welch schlechtes Gedächtnis du hast. Erinnere dich – es ist jetzt ungefähr ein Jahr her. Da bestiegst du in Berlin am Kurfürstendamm ein Auto, das eben eine junge Dame benutzt hatte. Sie blieb mit der Schutzkette ihres Armbandes an einem Messingknopf hängen, der aus dem Auto herausragte, gerade, als sie den Chauffeur bezahlt hatte.«

Hassos Gesicht nahm plötzlich einen nervös gespannten Ausdruck an. Er strich sich wie besinnend über die Augen. Das ganze kleine Erlebnis mit der gefundenen Handtasche erwachte plötzlich in seiner Erinnerung.

»Und – weiter«, sagte er wie geistesabwesend.

Sie lachte leise. »Du löstest diese Schutzkette ab, der Dame zu Hilfe eilend, und sahst dir eine kleine Münze an, die an dem Armband hing. Darüber hast du, Böser, versäumt, mich genauer anzusehen. Sieh hier – das ist die Münze.«

Sie zeigte ihm ihr Armband, an dem die durchbrochene Münze hing mit dem springenden Eber im Wappen und dem Wahrspruch: »Treu und unverzagt« auf dem Spruchband.

Er zuckte zusammen und sah auf die Münze herab, als sei der Blitz vor ihm eingeschlagen. Leichenblaß wurde er, und seine Züge sanken schlaff herab. Plötzlich sah er den kompromittierenden Brief vor sich, den er in der Handtasche gefunden hatte, die, wie er glaubte, Carry gehört hatte. Wie mit feurigen Buchstaben geschrieben stand er vor seinen geistigen Augen.

»Ich kann Dir nie genug danken, daß Du gestern abend zu mir kamst und allem zum Trotz vor Gott mein Weib wurdest.«

Diese Stelle aus dem Brief hatte sich seinem Gedächtnis eingeprägt. Und dieser Brief war von einem Manne, wie er jetzt glauben mußte, an Carry, an seine Carry, geschrieben worden. Ein Chaos von Gedanken und Gefühlen erfüllte ihn und raubte ihm alles klare Denken. Nur das fiel ihm noch ein, daß die Handtasche mit dem Monogramm C.H. gezeichnet war – Carry Hartenfels – es stimmte genau.

Er starrte Carry entsetzt an. Seine Züge verzerrten sich. Nein – nein – darüber kam er nicht hinweg – kein Mann von Ehre konnte um ein Weib freien, das ihn so belogen und betrogen, das einem anderen sich so hingegeben hatte – einem anderen, der kein Recht an sie hatte. Er wenigstens konnte das nicht – um keinen Preis der Welt. Und wenn ihm das Herz in Stücke ging, wenn er todunglücklich wurde, weil er sie lassen mußte – es konnte keine Gemeinschaft zwischen ihnen geben.

Wie im Krampf faßte er sie am Handgelenk. »Das warst du?« keuchte er heiser, in wahnsinnigem Schmerz.

Sie erschrak. »Hasso – was ist dir?«

Er sah sie mit einem qualerfüllten Blick an. Jetzt wußte er, wo er diese Augen zuerst gesehen hatte, diese Augen, die rein wie der Himmel schienen und hinter denen die Lüge wohnte.

»Und du hattest den Mut, mir zu sagen, du hättest noch keinen Mann geliebt – noch keinem angehört – keinen geküßt«, stieß er heiser hervor.

Sie verfärbte sich. Dunkle Glut schoß plötzlich in ihr Antlitz. Sie dachte in diesem Moment erst daran, daß sie sich in Kurt von Rieds Sterbestunde in einer frommen Lüge diesem verlobt, ihn geküßt hatte. Wie Hasso das wissen konnte, wie er gerade jetzt darauf kam, war ihr rätselhaft. Aber sie zweifelte keinen Moment, daß er das meinte. Sie erzitterte leise und sah ihn verwirrt und betreten an, ahnungslos, welchen Verdacht sie ihm damit bestätigte.

»Wie kommst du jetzt darauf, Hasso? Ich hatte nicht

mehr daran gedacht – verzeihe mir, daß ich dir das nicht beichtete – ich hätte es dir natürlich später alles erzählt, wie es kam.«

Er stieß ihren Arm von sich in wütender Pein. Ein höhnisches, bitteres Lachen rang sich wie ein Schrei aus seiner Brust. »Ah – es ist nicht nötig, daß du beichtest, ich weiß alles; was ich wissen muß, habe ich ja schwarz auf weiß in dem Brief gelesen. Nein – nach dieser Eröffnung ist es mir unmöglich, dich zu meiner Frau zu machen. Ich habe dir gesagt, daß ich der Erste sein will im Herzen der Frau, die sich an meine Seite stellen soll. Dein Wesen war Lüge. Du hast mich betrogen. Das scheidet uns – für immer. Sage deiner Mutter, was du für gut hältst. Sie kennt vielleicht die Wahrheit nicht – wirf meinetwegen alle Schuld auf mich. Ich kann nach dieser Erkenntnis meine Werbung nicht aufrechterhalten. Leb wohl – wir haben uns nichts mehr zu sagen.«

So stieß er hastig und außer sich hervor, während in seinen Augen ein heißer, bitterer Schmerz brannte.

Ehe Carry nur fassen, nur begreifen konnte, was er vorhatte, war er schon zur Tür hinaus und stürmte davon.

Wie ein Sinnloser lief er durch den Wald, weiter und weiter, und rang in ohnmächtigem Schmerz mit der Verzweiflung in seinem Herzen.

Das Mädchen, das er liebte, das er für den Inbegriff aller Reinheit und Lauterkeit gehalten hatte, war schon das Eigentum eines anderen Mannes geworden, wie es in dem Brief hieß. Irgendwo in der Welt lebte ein Mann, der sie besessen, der ihr Ruf und Ehre gestohlen hatte. Warum hatte er sie nicht zu seiner Frau gemacht? Warum hatte er es zugelassen, daß sie von ihm getrennt wurde? Und sie? Sie nahm nun den ersten besten, der sie zu seiner Frau machen wollte, der ihre Schmach mit seinem ehrlichen Namen zudeckte. Und sie heuchelte ihm Liebe. Ja – sie hatte ihm Liebe geheuchelt, denn wenn sie ihn geliebt hätte, dann hätte sie ihn nicht belogen und betrogen.

Wie sie ihn angesehen hatte, als er ihr sagte, daß er sie liebte. Wie ihre Augen aufgeleuchtet hatten. Aber das war wohl nur die Freude gewesen, daß ein Mann ihr seine Hand bot und ihre Schmach zudecken würde.

Und als er ihr ins Gesicht sagte, daß sie ihn belogen hatte, da glaubte sie alles wettmachen zu können, indem sie ihm sagte, sie würde ihm später alles gebeichtet haben.

Ja – später – wenn es zu spät war, wenn er mit seinem ehrlichen Namen an sie gebunden war.

Wie sie es nur hatte wagen können, ihn an ihre erste Begegnung zu erinnern? Sie hatte demnach doch wohl geglaubt, er habe den Brief in der Handtasche nicht gelesen – oder sie hatte gefürchtet, er werde sich selbst noch dieses Zusammentreffens erinnern und hatte ihm zuvorkommen wollen. Wie dem aber auch sei – zwischen ihm und ihr konnte es keine Gemeinschaft mehr geben nach dieser Erkenntnis, und wenn ihm das Herz in Stücke ging.

Und nachdem diese Augen gelogen hatten, konnte er nie wieder einer Frau trauen.

Wie ein Verzweifelter rannte er umher, und als er endlich todmüde zu Hause ankam, hatte er sich zu einem Entschluß durchgerungen. Er mußte fort – sogleich, er konnte und durfte sie jetzt nicht wiedersehen, wollte auch ihrer Mutter nicht Rede stehen, falls sie ihn fragen wollte, weshalb er ihre Tochter zurückstieß. Mochte ihr Carry sagen, was sie ihr über diesen Bruch sagen wollte. Über seine Lippen sollte kein Wort über ihre Schmach kommen. Vielleicht wußte aber ihre Mutter auch alles. War doch in jenem Briefe auch von ihr die Rede gewesen.

Doch gleichviel, ob sie darum wußte oder nicht, er wollte auch ihr nicht begegnen. Auf keinen Fall aber konnte er es ertragen, Carry wiederzusehen. Und deshalb beschloß er, sofort abzureisen. Wohin er gehen würde, wußte er selbst nicht. Nur fort von hier.

Und er ließ sogleich seine Koffer packen, gab dem Verwalter Heilbronn Instruktionen und besprach mit Frau Wohlgemut alles Nötige. Er zeigte dabei ein ganz versteinertes Gesicht, und die beiden alten Leute sahen sich kopfschüttelnd an, weil ihnen diese plötzliche Reise, »für längere Zeit«, wie Hasso gesagt hatte, seltsam erschien.

Aber sie sagten nichts. Und gegen Abend fuhr Hasso von Ried zum Bahnhof. Mit starren Augen sah er vor sich hin. Sein Antlitz war fahl und bleich wie das eines Kranken.

XXIII

Carry hatte fassungslos hinter Hasso hergesehen. Sie wußte nicht, was eigentlich geschehen war, und verstand nicht, weshalb er mitten aus der heißesten Zärtlichkeit heraus so höhnisch und zornig geworden war.

Selbst wenn er auf irgendeine ihr unerklärliche Weise erfahren hatte, was zwischen Kurt und ihr in dessen Sterbestunde geschehen war – konnte er ihr daraus einen Vorwurf machen? Durfte er sie der Lüge zeihen, nur weil sie in ihrer Glückseligkeit jene Stunde ganz vergessen hatte?

Aber bei alledem war noch etwas Rätselhaftes, Unbegreifliches. Warum kam er gerade auf diese Angelegenheit, als sie ihn an die Begegnung in Berlin erinnerte? Warum hatte er so außer sich, so entsetzt gefragt: »Das warst du?« Sie war so fassungslos erschrocken, daß sie ihrer Mutter weinend um den Hals fiel, als diese nach einer Weile eintrat.

Frau von Hartenfels glaubte ein glückliches Brautpaar zu finden und erschrak über ihre weinende Tochter. »Mein Gott, Carry, was ist denn geschehen?« fragte sie. »Wo ist Hasso?«

»Er ist fort, Mama – in Zorn und Schmerz fortgelaufen«, sagte Carry schluchzend und erzählte ihrer Mutter ausführlich alles, was geschehen war.

Die Mutter hörte ebenfalls fassungslos zu. Sie verstand so wenig wie ihre Tochter Hassos Handlungsweise.

Sie ließ sich noch einmal alles Wort für Wort erzählen, und als sie lange Zeit darüber nachgedacht hatte, zog sie Carry an sich.

»Beruhige dich, meine Carry, je mehr ich mir das alles bedenke, je sicherer komme ich zu der Annahme, daß hier irgendein verhängnisvoller Irrtum vorliegt. Kein Mensch, auch der strengste nicht, kann dir einen Vorwurf daraus machen, daß du deinem sterbenden Freund durch eine fromme Lüge das Sterben leicht machtest. Und der Kuß, den du ihm gabst, war ein Werk der Barmherzigkeit. Auch daß du Hasso nicht davon sprachst, ist keine Schuld, du wolltest es ihm nicht verheimlichen und hattest in deinem jungen Glück nicht daran gedacht. Nein, nein – das kann es nicht sein, was er dir zum Vorwurf machte – er hätte es sicher verstanden und gebilligt. Mag Gott wissen, was dahintersteckt. Es muß doch, wie ich die Sache übersehe, mit eurer ersten Begegnung in Berlin zusammenhängen. Ich werde morgen nach Marwedel hinüberfahren und mit ihm sprechen. Entweder liegt ein Irrtum vor, oder – aber nein, das ist nicht möglich.«

»Was denn, Mamascha – was meinst du, bitte sage es mir.«

Frau von Hartenfels seufzte auf.

»Oder er war krank – nicht bei Sinnen.«

Carry schüttelte den Kopf. »Das kann ich nicht glauben. Ach, Mamascha – mein schönes Glück. Er war so lieb und zärtlich erst – und dann auf einmal, als ich ihm die Münze zeigte und von Berlin sprach, sein Entsetzen. Er wurde leichenblaß, und in seinen Augen lag ein so schmerzlicher, verzweifelter Blick. Seine Züge verzerrten sich, und seine Zähne bissen sich fest aufeinander, als müsse er einen Aufschrei ersticken. Wenn ich nur wüßte, was ihn so furchtbar verändert hat. Er ließ mir gar keine Zeit, zu fragen. Aber krank – nein – krank war er nicht.«

»Nun, dann kann nur ein Irrtum vorliegen, und der wird aufgeklärt werden«, sagte die Mutter.

Stundenlang saßen die beiden Damen zusammen und überlegten, was Hasso davongetrieben haben könnte. Carry wurde immer unruhiger. »Mamascha – ich habe furchtbare Angst – Hasso war so verzweifelt – er wird sich doch nicht etwas antun«, stieß sie plötzlich hervor.

Da erhob sich Frau von Hartenfels entschlossen. »Mein armes Kind, beruhige dich – ich werde sofort nach Marwedel fahren und eine Aussprache mit Hasso herbeiführen, und will's Gott, bringe ich dir Hasso als Reuigen zurück.«

Carry küßte ihre Mutter voller Dankbarkeit.

»Gute, liebe Mamascha, ich danke dir. Ich hätte diese Nacht mit dieser Angst im Herzen keinesfalls Ruhe finden können.«

Und Frau von Hartenfels ließ ihr Auto vorfahren und machte sich inzwischen zur Ausfahrt fertig.

Unterwegs überlegte sie sich, was sie Hasso sagen sollte. Zweifellos hatte sie ein Recht, nachdem er seine Werbung vorgebracht hatte, ihn zu fragen, warum er so plötzlich von einer Verbindung mit ihrer Tochter zurücktreten wollte.

Und ob er wollte oder nicht, er sollte ihr Rede und Antwort stehen. So ohne weiteres und ohne stichhaltige Gründe ließ sich eine Freiin von Hartenfels nicht beiseite schieben.

Als das Auto vor der Freitreppe von Schloß Marwedel hielt, kam ein Diener herbei und schaltete die große elektrische Bogenlampe vor dem Schlosse ein. Der Platz vor dem Schloß hatte im Halbdunkel gelegen, und außer im Erdgeschoß, wo die Wirtschaftsräume lagen, war kein einziges Fenster erleuchtet.

Das legte sich beklemmend auf die Brust der besorgten Mutter.

»Bitte, melden Sie mich Herrn von Ried«, sagte sie zu dem Diener, der an den Wagenschlag herantrat. »Ich lasse ihn bitten, mich sogleich in einer äußerst wichtigen Angelegenheit zu empfangen.«

Dabei warf sie den Schleier zurück und zeigte ihr blasses Gesicht.

»Gnädige Frau verzeihen, aber der gnädige Herr ist vor einer halben Stunde abgereist«, sagte der Diener.

»Abgereist?« stieß sie erschrocken hervor.

»Ja, gnädige Frau, es kam ganz plötzlich. Der gnädige

Herr kam am Nachmittag nach Hause und befahl sogleich, daß seine Koffer gepackt würden.«

»Und wohin ist er gereist?«

»Das hat der gnädige Herr nicht hinterlassen. Er will später seine Adresse angeben. Aber vielleicht finden gnädige Frau Aufschluß in einem Schreiben, das der gnädige Herr zurückgelassen hat.«

»Ein Schreiben – an wen?«

»An gnädige Frau selbst. Es sollte morgen früh mit einem Boten nach Hartenfels geschickt werden.«

Frau von Hartenfels stieg entschlossen aus und betrat die große Eingangshalle des Schlosses. »Holen Sie mir bitte das Schreiben herbei«, sagte sie, sich zur Ruhe zwingend.

»Sehr wohl, gnädige Frau.«

Der Diener entfernte sich, und Frau von Hartenfels, der vor Aufregung die Knie zitterten, fiel in einen Sessel.

In diesem Moment erschien Frau Wohlgemut, begrüßte Frau von Hartenfels und berichtete ebenfalls von der plötzlichen Abreise des gnädigen Herrn.

»Ich möchte sagen, der gnädige Herr sah aus, als wenn er plötzlich krank geworden wäre oder als ob ihm ein großes Unglück widerfahren sei. Und auf lange Zeit ist er fort – er hat Heilbronn und mir Verhaltungsmaßregeln gegeben, als wollte er auf Jahre verreisen. Es ist doch, als sei jetzt alles Glück aus den Mauern dieses Schlosses gewichen, seit unser alter gnädiger Herr gestorben ist. Damals war ein schönes Leben hier – seitdem hat es nur noch Unglück gegegen«, schwatzte sie.

Frau von Hartenfels konnte nicht darüber lächeln, daß Frau Wohlgemut ihre Fehden mit ihrem alten Herrn ein schönes Leben nannte. Sie wartete nervös und erregt auf den Brief, den Hasso für sie zurückgelassen hatte. Gedankenlos erwiderte sie einige Worte.

Endlich kam der Diener zurück und brachte ihr auf einer silbernen Platte den Brief. Sie faßte danach und öffnete ihn hastig. Um dem Diener und Frau Wohlgemut ihr Gesicht zu verbergen, wandte sie sich ab, als wollte sie mehr Licht auf den Brief fallen lassen. Sie las:

»Hochverehrte gnädige Frau!

Es schmerzt mich, Ihnen mitteilen zu müssen, daß ich von einem Verlöbnis mit Ihrem Fräulein Tochter zurücktreten muß, noch ehe es offiziell geworden ist. Ich hoffe, Sie kennen mich genug, um zu wissen, daß nur unabweisbare Gründe mich dazu zwingen konnten. Diese Gründe kann und will ich Ihnen nicht angeben, will Ihnen nur sagen, daß ich sehr unglücklich bin, weil sie für mich ausschlaggebend sind.

Bitte nehmen Sie an, ein verhängnisvoller Irrtum habe mich veranlaßt, um die Hand Ihres Fräulein Tochter bei Ihnen anzuhalten. Die junge Dame wird Ihnen selbst alles Weitere erklären. Ich leide namenlos, kann aber meiner innersten Überzeugung nach nicht anders handeln, als ein Band lösen, das, kaum geknüpft, zur unerträglichen Marter wurde.

Ich kann nichts weiter tun, als Sie von Herzen um Verzeihung zu bitten, daß ich mich zu dieser Handlungsweise entschließen mußte. Um einer Begegnung zwischen uns auszuweichen, bin ich abgereist. Zum Glück weiß noch kein Mensch um unsere Beziehungen. So wird es Ihnen gelingen, jedes Aufsehen zu vermeiden.

Nochmals – verzeihen Sie mir – ein Verzweifelter bittet Sie darum. Ihr ergebener Hasso von Ried.«

Fassungslos las Frau von Hartenfels den Brief zweimal durch und steckte ihn dann zu sich. Langsam wandte sie sich zu Frau Wohlgemut um.

»Sie haben recht, Frau Wohlgemut, ein plötzlich wieder aufgetretenes Leiden hat Herrn von Ried zur Abreise bewogen. Er wird ja bald von sich hören lassen, wohin er sich gewandt hat. Dann senden Sie mir bitte sofort die Adresse zu. Ich möchte ihm gern schreiben«, sagte sie so ruhig sie konnte.

Sie fuhr davon. Frau Wohlgemut sah ihr nach und schüttelte mit dem Kopf.

»Sehr wohl sieht die Gnädige auch nicht aus. Das macht wohl das Frühjahr. Da ist man so matt in den Gliedern. Ich fühle es auch.«

Frau von Hartenfels fuhr unruhig, wie sie gekommen war, wieder zurück. Carry kam ihr voll Erregung entgegen. Ihre Augen brannten wie im Fieber, und als sie die Mutter allein aus dem Wagen steigen sah, wurde sie bleich.

»Mamascha – du kommst allein?«

Die Mutter führte sie in ein Zimmer. »Er ist abgereist, Carry – ich habe ihn nicht sprechen können. Aber er hat einen Brief an mich hinterlassen.«

»Einen Brief? Was schreibt er?« forschte Carry unruhig.

Da gab ihr die Mutter den Brief.

Carry las, und ihr Gesicht wurde noch bleicher. Ein Ausdruck namenloser Qual lag darauf. Sie sah starr vor sich hin.

»Was ist nur, das mein und sein Glück so unheimlich verdunkelt hat? Er leidet wie ich, Mamascha, das liest du doch aus seinem Briefe. Kann das alles nur sein, weil ich mit Kurt Erbarmen hatte? Hältst du es für möglich, daß ein Mann so namenlos eifersüchtig auf einen Toten ist, selbst wenn er annehmen müßte, ich hätte Kurt geliebt?«

Die Mutter schüttelte den Kopf. »Eifersucht ist ein peinvolles rätselhaftes Gefühl und kann sehr unglücklich machen. Und sie nimmt bei manchen Menschen einen krankhaften Charakter an. Aber nach allem, was du mir erzählt hast, und nach dem, was ich aus seinem Briefe las, kann ich nicht glauben, daß es sich um die Angelegenheit mit Kurt handelt. Überleg dir doch – sein Zorn, seine Verzweiflung erwachten, als du ihm von eurer Begegnung in Berlin sprachst, als du ihm das Armband mit der Münze zeigtest. Ich bleibe dabei, es muß irgendein verhängnisvoller Irrtum sein, der seine Handlungsweise dir gegenüber bestimmte. Eine unehrenhafte Absicht kann ich ihm nicht zutrauen, und aus seinem Brief klingt ein so ehrlicher Schmerz, eine so düstere Verzweiflung, daß ich ihm so wenig wie dir mein Mitleid versagen kann.«

Carry sank in einen Sessel und sah trostlos vor sich hin. »Ich begreife nichts – nichts, Mamascha! Ich weiß nur, daß ich nun nie mehr froh sein kann, denn ich liebe ihn zu sehr, um in der Trennung von ihm nicht ein grenzenloses Unglück für mich zu sehen.«

Die Mutter streichelte ihr Haar. »Meine arme Carry, beruhige dich und sei nicht so hoffnungslos. Das alles muß sich aufklären, sobald wir seine Adresse haben. Deine völlige Schuldlosigkeit liegt ja auf der Hand. Weiß ich seinen Aufenthalt, dann erzwinge ich, daß er mir klar und offen seine Gründe mitteilt, weshalb er dich aufgegeben hat. Dazu habe ich ein Recht. Und dann wird sicher alles wieder gut. Glaub es mir.«

XXIV

Hasso von Ried war an jenem Abend abgereist, ohne recht zu wissen, was er in seiner Verzweiflung tat. Er wußte nur, daß er Carry nicht wiedersehen durfte, sollte er nicht schwach werden.

Und während er ganz allein in einem Abteil erster Klasse saß in dem Zug, der nach Berlin fuhr, suchte er seine Gedanken zu ordnen. Er rief sich die Szene mit Carry ins Gedächtnis zurück – wie er erst so glücklich gewesen war und mit ihr Zärtlichkeiten getauscht hatte und wie sie ihn dann an die Begegnung in Berlin erinnert hatte. Warum hatte sie das getan? War sie so sicher, daß er jenen Brief, der sie kompromittierte, nicht gelesen hatte?

Und dann suchten seine eifersüchtigen Gedanken den anderen, der sie besessen hatte. Wer war es? Wenn er ihn vor sich hätte – er könnte ihn niederschlagen, weil er ein so herrliches Werk der Schöpfung zerstört und besudelt hatte. Wie sehr mußte sie jenen Mann geliebt haben, daß sie alles seinetwegen vergaß. Und jener andere hatte sie dann verlassen aus irgendeinem Grund, und sie fand nun keinen anderen Ausweg aus ihrer Schmach, als daß sie einen anderen betrog.

Und dieser andere war er.

Vielleicht war sie nur deshalb so liebenswürdig zu ihm gewesen, als er ihr an der Rodelbahn begegnete. Ihm wollte jetzt scheinen, als hätte sie damals stolzer und zurückhaltender sein müssen. Er sah jetzt alles mit mißtrauischen Augen an.

Er wollte sein Herz gegen sie verhärten, daß es nicht mehr den furchtbaren Schmerz fühlen sollte. Seine Liebe sollte sterben in Zorn und Verachtung. Aber – sie starb nicht – starb trotz allem nicht. Zu all seiner Pein kam immer wieder die heiße Sehnsucht nach ihrem Anblick – nach ihrem Besitz. Die reine, anbetende Liebe, die er für sie empfunden hatte, wurde zu einer heißen, fiebernden Leidenschaft. Ihre holde, frische Schönheit umgaukelte lockend und verführerisch seine Sinne.

Umkehren – alles vergessen unter heißen glühenden Küssen. Warum war er geflohen, warum hatte er sie nicht in seine Arme gerissen und mit seinen Küssen alles erstickt? Warum hatte er sie nicht genommen, wie sie der andere genommen hatte? Vielleicht war sie auch gar nicht so sehr schuldig, vielleicht gab es Milderungsgründe für sie. Und schließlich – kam er denn rein und unberührt zu ihr? Mußte sie sich nicht auch damit zufriedengeben? Warum verlangte er mehr, als er zu geben hatte?

Mit zusammengebissenen Zähnen warf er sich in die Polster zurück. Um sich abzulenken, faßte er nach einer Zeitung. Sein Blick fiel auf die Überschrift eines Feuilletons: »Ostern in Rom«.

Er mußte daran denken, daß er vor einigen Jahren das Osterfest in Rom verlebt hatte. Damals hatte ihn die Osterfeier in der Peterskirche tief berührt, obwohl er nicht fromm war. Er hatte ein seltsames Losgelöstsein von allem Irdischen empfunden. Und nun erwachte plötzlich die Sehnsucht, wieder wie damals unter der gläubigen Menge in dem hohen Dom zu stehen und dieser Feier beizuwohnen.

Er sah starr vor sich hin. Ostern fiel in diesem Jahre sehr früh, es stand dicht vor der Tür. Wenn er von Berlin aus gleich weiter fuhr, kam er gerade noch zurecht. So hatte er wenigstens ein Ziel. Es war ja gleich, wohin er seine Schritte lenkte. Ja – er wollte nach Rom, nach der

Ewigen Stadt, die so deutlich die Vergänglichkeit alles Irdischen predigte.

Und der Entschluß festigte sich.

In Berlin nahm er nur einen kurzen Aufenthalt. Schon am nächsten Morgen fuhr er weiter – direkt nach Rom.

Auf dieser Reise kam eine starre Ruhe über ihn, die der Kirchhofsstille glich, die über Gräbern ruht. Die Züge seines Gesichts hatten sich geschärft und verhärtet, und in seinen Augen brannten düstere Lichter.

Aber unter der Ruhe brannte der Schmerz, die Sehnsucht nach seinem verlorenen Glück weiter. Es kamen Stunden, in denen er wünschte, Carry möge ihm nie gesagt haben, daß sie es gewesen war, die damals das Auto vor ihm benutzt hatte. Dann wäre sein Glaube an sie nicht zerstört worden, und er hätte wenigstens ein Scheinglück besessen.

Auch daran mußte er immer wieder denken, daß sein Bursche Treumann ihm an jenem Abend, als die verschleierte Dame die Handtasche abgeholt, gesagt hatte, die Dame habe geweint, als sie die Tasche wiedererhalten hatte. Sie hatte geweint. – Daran mußte er denken. Ob sie viel Tränen vergossen hatte in jener Zeit?

Gewaltsam mußte er sich ablenken. Was ging ihn dies noch alles an? Fort mit den Gedanken an sie!

Doch die Gedanken ließen sich nicht bannen, auch nicht in Rom, inmitten der feierlichen Handlung, der er beiwohnte. Überall sah er Carrys holdes, reizendes Gesicht in der Menge. Er sah sie im Geist neben den Büßerinnen knien. Und dann glaubte er wieder ihre schlanke Gestalt mit den kraftvoll anmutigen Bewegungen vor sich hergehen zu sehen, oder er hörte im Geiste ihr frohes Lachen, als sie den Berg herabfuhr.

Wie hatte sie so übermütig jauchzen können mit dem

Druck, der doch auf ihrer Seele lasten mußte?

Er kam mit seinen Gedanken nicht los von ihr, konnte an nichts denken als an sie.

Er erreichte Rom kurz vor dem heiligen Auferstehungsfest. Wie er sich vorgenommen, nahm er teil an der großartigen Osterfeier in der Peterskirche und war wie das erstemal tief ergriffen von der Weihe des Ortes und der prunkvollen gottesdienstlichen Handlung.

Als er den Dom verließ, lief er ziellos durch die Straßen. »Was nun?« fragte er sich. »Wie geht es weiter?«

Es trieb ihn voll Unrast umher. Und ohne eine bestimmte Absicht fuhr er nach Neapel.

Hier bekam er Lust zu einer Mittelmeerreise. Er begab sich ohne langes Überlegen auf einen Dampfer. Es war, als lenke ein anderer seine Schritte, er wußte nicht, weshalb er eine Fahrkarte nach Alexandrien löste. Vielleicht tat er es, weil eine Dame neben ihm den Namen dieser Stadt aussprach.

Der Dampfer, den er benutzte, war stark besetzt. Es herrschte ein reges, fröhliches Leben darauf. Die Gesellschaft war international.

Hasso mußte an seine Reise nach Südwest denken. Wie weit, weit lag das hinter ihm. Damals war er in Norberts Gesellschaft gewesen, und Lena Holms hatten sie getroffen.

Warum war er nicht einfach nach Neuhalden zu den Freunden gefahren, um sich dort das kranke Herz gesund pflegen zu lassen? Aber nein – was sollte er mit seinen traurigen Gedanken bei diesen glücklichen Menschen? Sie hätten ihm sicher angemerkt, daß ihn etwas bedrückte und ihn vielleicht nach dem Grund seiner Traurigkeit gefragt. Und wenn sie ihm nicht hätten helfen können, wären sie wohl selbst traurig geworden.

Nein, er gehörte mit seinem qualzerrissenen Gemüt nicht unter Glückliche. Es war besser, er blieb allein.

Endlich dachte er auch daran, daß er seine Adresse nach Hause melden mußte. Aber – wußte er denn selbst, wohin er seine Schritte lenken würde, wenn er in Alexandrien den Dampfer verließ? Mochten sie zu Hause warten, bis er selbst wieder klar über sich bestimmen konnte.

Auf dem Dampfer hörte er von Kairo sprechen, von dem ägyptischen Badeort Heluan, von Nilreisen und von den Pyramiden. Daraus stellte er sich selbst eine Art Reiseprogramm zusammen. Ägypten kannte er noch nicht, früher hatte er das Geld zu solch weiten Reisen nicht gehabt. Jetzt stand ihm die ganze Welt offen, und er konnte sich das alles ansehen, wovon die Passagiere des Dampfers schwärmten. Irgendein Ziel mußte er haben, und er wollte sich treiben lassen in seinem lecken Lebensschiff, bis er wieder die Kraft fand, das Steuer zu regieren. So folgte er weiter den Eingebungen des Augenblickes – oder der Macht des Schicksals, die Menschenschritte lenkt. Auch auf dem Dampfer sah er überall Carry vor sich. Einmal erschrak er bis ins tiefste Herz. Er sah eine Dame an der Reling stehen. Sie trug auf einer Fülle sattgoldener Flechten einen Reisehut, von dem ein grüner Schleier herabflatterte. Und die Gestalt erschien ihm genau wie die Carrys. Sein Herzschlag setzte aus. Er blieb wie gebannt stehen. Aber da wandte sie ihm ihr Gesicht zu – ein fremdes Gesicht. Halb erlöst, halb enttäuscht wandte er sich ab. Und er fragte sich: »Was hättest du getan, wenn das Carry gewesen wäre, wenn sie dich mit ihren hellen, leuchtenden Augen angesehen hätte?« Ach diese Augen, diese reinen, stolzen Augen – und hatten ihn doch belogen. Er wußte aber, daß er in diesem Augenblick alles vergessen haben würde. Wäre sie es gewesen, dann hätte er sie an sich gerissen wie ein Unsinniger und hätte ihre Lippen mit Küssen bedeckt. Die Sehnsucht nach ihr ließ ihn fast verschmachten. Und in Gedanken war er schon tausendmal zu ihr zurückgekehrt und hatte ihr gesagt: »Ich kann nicht leben ohne dich, ich will alles vergessen.«

Wie ein Sonderling hielt er sich einsam auf dem Dampfer und sprach nur, wenn er angeredet wurde. Auch dann gab er nur kurz Antwort und zog sich wieder zurück. Stundenlang starrte er über die Reling auf das Wasser und rang mit seiner Sehnsucht, seinem Schmerz.

Die weiblichen Passagiere verfolgten ihn mit brennendem Interesse. Sie hätten den stillen, düsteren Mann so gern getröstet. Er war entschieden auch hier die auffallendste und interessanteste Erscheinung.

Als der Dampfer in Alexandrien anlangte, begab sich Hasso in ein Hotel. Aber schon am nächsten Tage reiste er weiter, nach Kairo.

Dort hielt es ihn aber auch nicht lange. Es war, als könne er nirgends mehr Ruhe finden. Zunächst schwankte er nun zwischen einer Nilfahrt und dem Besuch von Heluan. Er entschied sich für das letztere, weil er die Schönheit dieses Badeortes abermals rühmen hörte.

Sein Gepäck ließ er zunächst im Hotel in Kairo. Er wollte nur einen Ausflug nach Heluan machen und dann nach Kairo zurückkehren, um von hier zu einer Nilfahrt aufzubrechen.

Als er in Heluan angekommen war, verließ er den Bahnhof und schlenderte im Schein der verläßlichen Frühlingssonne Ägyptens durch die breiten, sauberen Straßen des Badeorts.

Hinter den Gittern der Haremsfenster lugten hie und da die neugierigen Töchter des Nils, die Gesichter mit Schleiern verhängt, wodurch die sanfte Glut der dunklen Augen noch erhöht wurde. Auf den Straßen herrschte ein lebhaftes Treiben.

Überrascht blieb Hasso stehen, als sich am Ende der Hauptstraße ganz unvermittelt das glänzende, weiße Al Hayat aus dem gelben Rahmen der Wüste emporhob. Eine riesige breite Freitreppe vermittelte den Eintritt in ein wahres Labyrinth von Häusern, Terrassen, Sportplätzen, Gärten und Wandelhallen. Hier herrschte reges Leben. Eine elegante mondäne Gesellschaft aus aller Herren Ländern bevölkerte dieses Riesenhotel.

Auf den breiten Terrassen waren elegante Korbmöbel gruppiert, die von plaudernden fröhlichen Menschen benutzt wurden. Mehr oder minder schöne Damen in hellen, duftigen Toiletten, gebräunte, sehnige Männer in leichter, sommerlicher Kleidung lachten, plauderten, kokettierten und flirteten miteinander.

Eine eigenartige Atmosphäre heitersten, sorglosesten Lebensgenusses lag über der ganzen Gesellschaft, über diesem internationalen ägyptischen Badeleben. Man hatte das Gefühl, daß Schmerzen und Sorgen vor dem Eingang in dieses Zauberreich haltmachten, weil sie keinen Eingang fanden.

Eine vorzügliche Musikkapelle spielte soeben ein Potpourri aus der »Fledermaus«. Graziös wiegten sich die schönen, eleganten Frauen nach diesen prickelnden Melodien.

Hasso ging langsam durch die Reihen, und auch hier flog mancher Blick aus schönen Frauenaugen sehnsüchtig hinter seiner rassigen Erscheinung her. Er achtete nicht darauf.

Bis an die Balustrade der Terrasse schritt er. Das breite Silberband des Nils blitzte durch das heiße Gelb der Wüste, die sich weit vor ihm ausdehnte. Dieses Silberband wurde eingefaßt durch grüne schmale Säume – die einzige Vegetation außer den Palmen in diesem Landschaftsbild.

Und hinten am Horizont zeichneten sich in dunklen, klaren Linien die Pyramiden von dem gelben Wüstensand ab.

Die Sonne übersprühte die ganze Landschaft mit ihrem hellen, goldenen Lichte, und der Himmel hing darüber wie ein herrliches, blaues Zelt. Die Augen mußten sich erst gewöhnen an diese Überfülle des Lichts.

Hasso atmete tief auf und wandte sich von diesem Bild ab. Er sah über die plaudernde frohe Gesellschaft hinweg. Um eine Erfrischung zu nehmen, ließ er sich an einem der kleinen Tische, der eben freigeworden war, nieder. Er stand dicht an der Balustrade, und man konnte, wenn man hier saß, die ganze Landschaft übersehen.

Abgewandt von der Gesellschaft saß Hasso in seinem Sessel und blickte wieder auf die sonnengebadete Landschaft. Er vernahm rings um sich her Unterhaltungen in allen Sprachen, aber er achtete nicht darauf. Auch hier waren seine Gedanken nur bei Carry. Wie lange er so gesessen hatte, zuweilen durch einen Strohhalm an einer Erfrischung saugend, wußte er selbst nicht. Plötzlich schreckte er auf. Zwei Menschen traten an seinen Tisch, eine Dame und ein Herr.

Er hörte die Dame sagen:

»Vielleicht können wir hier mit Platz nehmen, es ist kein anderer Tisch mehr frei.«

Damit legte sie mit einem leisen, rasselnden Geräusch einen Gegenstand neben Hasso auf den Tisch.

Der Herr, der in Begleitung der Dame war, hatte sich einem Kellner zugewandt, wohl um zu fragen, ob die anderen Plätze an Hassos Tische noch frei waren. Die Dame stand inzwischen wartend neben Hasso.

Er hatte sich umgewandt, sah zu der Dame empor und rückte artig beiseite. Dabei fiel sein Blick auf den Gegenstand, den die Dame neben ihn auf den Tisch gelegt hatte. Es war eine goldene Handtasche.

Seine Augen weiteten sich jäh und hingen wie gebannt an dieser Tasche. Der Bügel derselben bildete einen Elefantenleib, der von einem mit Brillantsplittern besetzten Gurtband umgeben war. Und die Augen des Elefanten wurden von Saphiren gebildet. Das goldene Netzwerk der Tasche war sehr feingliedrig.

Hasso atmete gepreßt auf. Das war genau dieselbe Tasche, die Carry damals im Auto verloren und die er gefunden hatte. Es mußte wohl mehrere Exemplare dieses originellen Musters geben.

Während er noch ganz benommen und wie magnetisch auf diese Handtasche starrte, die so bittere Erinnerungen in ihm wachrief, hatte sich ihm die Dame zugewendet. Sie sah, daß sein Blick wie hypnotisiert an der Tasche hing. Wie erschrocken legte sie die Hand darüber, als müsse sie dem Fremden den Anblick der Tasche zu entziehen. In beklommener Unruhe sah sie nach ihrem Begleiter hinüber, der jetzt mit dem Kellner herantrat.

Sie machte eine hilflose Gebärde, um ihn auf den Herrn am Tisch aufmerksam zu machen.

Das gelang ihr auch. Er sah Hasso ins Gesicht und stieß einen Freudenruf aus.

»Hasso! Hasso, bist du das wirklich?«

Dieser fuhr auf und blickte den Herrn an. Er erkannte

Rudolf von Kronau, seinen Freund. Ein mattes Lächeln huschte über sein Gesicht. Er erhob sich und streckte dem Freunde die Hand entgegen.

»Rudi! Du hier?«

Sie schüttelten sich die Hände.

Frau Charlotte von Kronau stand in peinlichster Verlegenheit dabei und suchte ihrem Gatten durch Zeichen bemerklich zu machen, daß Hasso die Tasche gesehen hatte. Rudi achtete in seiner Freude gar nicht auf sie und wandte sich erst, als er den Freund begrüßt hatte, seiner Frau wieder zu.

»Liebe Lotte«, sagte er mit leuchtenden Augen, »gestatte, daß ich dir endlich meinen liebsten und besten Freund, Hasso von Ried, vorstelle. Lieber Hasso – meine Frau.«

Höflich verneigte sich Hasso vor der jungen Frau, deren Gesicht wie in Glut getaucht war.

»Meine gnädige Frau, es freut mich, endlich Ihre Bekanntschaft machen zu dürfen«, sagte er artig.

Sie reichte ihm tödlich verlegen ihre kleine, zitternde Hand.

»Es freut mich sehr, Sie kennenzulernen, Herr von Ried«, sagte sie, und dabei dachte sie außer sich: Hätte ich doch die unglückliche Handtasche nicht bei mir.

Rudolf von Kronau ahnte nichts von den heimlichen Ängsten seiner jungen Frau und war in heiterster Stimmung.

»Seltsames Zusammentreffen, Hasso! Eben wollte ich den fremden Herrn bitten, uns zu gestatten, an seinem Tisch Platz zu nehmen, da erkannte ich dich. Ich hätte freilich alles andere eher erwartet, als dich hier zu sehen, denn ich glaubte dich in Marwedel. Keine Ahnung hatte ich, daß wir dir hier begegnen würden. Die Freude ist natürlich um so größer. Wir dürfen uns doch zu dir setzen?«

Hasso verneigte sich. »Es wird mich freuen.«

Rudi schob seiner Frau einen Sessel zurecht. Dabei konnte sie ihm endlich zuflüstern:

»Rudi, er hat die Tasche gesehen. Ich erkannte ihn sogleich, da ich ihn in Berlin zuweilen mit dir gesehen habe.«

Rudolf von Kronaus Stirn rötete sich jäh. Daran hatte er gar nicht mehr gedacht. Nun blickte auch er starr auf die Handtasche. Aber er bewahrte seine Haltung. »Ruhig, Lotte«, flüsterte er zurück und drückte zärtlich ihre Hand.

Sie nahmen alle drei Platz und unterhielten sich eine Weile über woher und wohin.

Frau von Kronau hatte nicht gewagt, ihre Handtasche verschwinden zu lassen. Und sie sowohl als auch ihr Gatte sahen nun, daß Hassos Blick immer wieder wie hypnotisiert an der Handtasche hing.

Sie sahen sich verstohlen an. Lottes Blick war ängstlich, der ihres Gatten beruhigend und tröstend.

Hasso konnte es endlich nicht unterlassen, zu sagen: »Verzeihen Sie, gnädige Frau, Sie haben da eine sehr originelle Handtasche – sie interessiert mich aus einem bestimmten Grund. Gibt es solche Taschen häufig?«

Frau von Kronau wurde noch verwirrter. Ihre Augen feuchteten sich vor Erregung. Der Hals war ihr wie zugeschnürt, sie konnte nicht antworten. Ihr Mann kam ihr zu Hilfe.

»Es gibt wohl mehrere Exemplare dieser Art, wenn sie auch nicht gerade sehr häufig sind.«

Hasso nickte. »Es ist nämlich das zweitemal, daß ich genau solch eine Handtasche sehe. Verzeihen Sie, meine gnädige Frau, wenn ich neugierig erschien, aber der Anblick dieser Tasche erinnerte mich an ein – eigenartiges Erlebnis.«

Der jungen Frau war es unmöglich, länger auf ihrem Platz auszuharren. Sie erhob sich jäh. »Ich bemerke soeben, daß ich vergessen habe, meine Schmuckkassette in meinem Hotelzimmer fortzuschließen. Ich will gleich hinaufgehen und es tun. Entschuldigen Sie, Herr von Ried.«

Damit eilte sie davon.

Ihr Gatte lief ihr nach. »Lotte – um Gottes willen, beruhige dich. Du brauchst nicht in Sorge zu sein. Wüßte Hasso, daß dies die Handtasche ist, die er gefunden hatte, er hätte nicht darauf angespielt. Einer solchen Indiskretion ist er nicht fähig. Sei ruhig, ich bitte dich.«

»Ach Rudi, ich glaube doch, er ahnt die Wahrheit.«

»Auch dann hast du nicht nötig, dich zu beunruhigen. Schlimmstenfalls sage ich Hasso, wie alles zusammenhängt. Suche das Buch hervor, aus dem du damals den Brief abgeschrieben hast, damit ich es als Beweisstück zur Hand habe.«

Sie sah ihn mit feuchten Augen an. »Ach, Rudi, wenn das nur gut abläuft. Geh zu ihm zurück – suche zu erforschen, ob er etwas ahnt. Ich bleibe auf dem Zimmer, bis du mich rufst, ich kann Herrn von Ried jetzt nicht ruhig gegenübersitzen.«

»So geh, Lotte – und keine Bange, hörst du? Daß du nicht weinst! Ich wäre außer mir. Selbst das Schlimmste ist doch erklärbar. Sei ruhig, ja?«

Sie nickte ihm mit einem tapferen Lächeln zu. »Ja, ja, ich bin ruhig – du bist ja bei mir. Nun geh schnell zu deinem Freund zurück – wir benehmen uns entschieden auffallend.«

Er streichelte ihr die Hand. »Ich gehe. Aber sei ruhig, hörst du?«

Sie nickte und ging schnell davon. Er kehrte an den Tisch zurück. Hasso saß schon wieder in Gedanken versunken. Rudi sah ihn betreten an. Es fiel ihm erst jetzt auf, daß der Freund sehr verändert schien – so, als ob ihn ein schweres Leid bedrücke.

Darüber vergaß Rudi seine eigene Sorge. Er legte die Hand auf Hassos Arm. »Hasso, was ist dir? Du siehst so seltsam aus – als bedrücke dich etwas.«

Hasso fuhr auf. »Achte nicht auf mich, Rudi, ich bin etwas aus meinem seelischen Gleichgewicht. Weißt du – ich habe ein schweres Herzenserlebnis hinter mir – eine bittere, schmerzliche Erfahrung. Ich will es dir in groben Umrissen erzählen, damit du mich verstehst und mich in Gegenwart deiner Frau nicht zu fragen brauchst. Die Handtasche deiner Frau hat die schlimmen Erinnerungen wieder in mir wachgerufen – sie schliefen freilich nie.«

Rudi sah ihn fassungslos an. »Die Handtasche meiner Frau?«

»Ja, Rudi. Also hör mich an. Ich habe mein Herz an ein Mädchen verloren, das ich für das reinste, edelste und tugendhafteste hielt. Ich hatte schon um sie angehalten, ihre Mutter gab uns ihren Segen. Dann war ich mit ihr allein und sagte ihr, daß sie mir gleich zu Anfang unserer Bekanntschaft so bekannt und vertraut erschienen wäre. Da sagte sie mir lachend, wir seien uns auch schon begegnet. Kurz vor meiner Abreise nach Südwest war es gewesen. Ich wollte gerade zu dir fahren und wartete auf ein Auto. Zufällig hielt dicht vor mir eins, dem eine junge Dame entstieg. Ich konnte ihr helfen, ihr Armband zu lösen, mit dem sie hängengeblieben war. Und – ich erfuhr nun, daß es dieselbe Dame gewesen war, mit der ich mich eben verlobt hatte.«

Kronau beugte sich erregt vor. »Nun – und?«

Hasso schob den Hut zurück, als sei ihm zu heiß. »Ich bestieg also das Auto, das sie verlassen hatte – und fand darin eine Handtasche – genau so eine goldene Handtasche, wie sie deine Frau soeben bei sich hatte. Deshalb erregte mich deren Anblick. Ich mußte die Tasche öffnen, weil ich nachsehen wollte, ob ich die Besitzerin aus dem Inhalt ermitteln konnte. Ich fand aber nur ein Monogramm innen in den Bügel graviert – die Anfangsbuchstaben der betreffenden jungen Dame. Sie stimmten genau. Aber dann fand ich noch etwas – einen Brief, der die junge Dame kompromittierte – der keinen Zweifel ließ – daß – nun – daß ihre Mädchenehre verloren war. Die Besitzerin hat später die Tasche bei mir abgeholt – ich ersparte es ihr aus Zartgefühl, mir zu begegnen. Mein Bursche übergab ihr die Tasche in einem versiegelten Kuvert. Ich hatte das kleine Erlebnis bald vergessen. Aber dann – in der Stunde, da ich mich verlobte, erfuhr ich, daß die Frau, die ich an meine Seite stellen wollte, dieselbe war, die vor mir das Auto benutzt und also auch die Handtasche verloren hatte. Und dabei hatte sie mir kurz vorher gesagt, ich sei der erste Mann, den sie liebe und der ihre Lippen berührt hätte. Ich war wie von Sinnen, riß mich los von ihr und sagte ihr, daß zwischen uns alles aus sein müsse. Sie war fassungslos und ließ mich gehen. Ich – ich habe sie nicht wiedergesehen – ich bin geflohen, vor ihr, vor mir selbst. Darüber, daß sie einem anderen gehörte und mich belog, komme ich nicht hinweg. Doch die Wunde, die mir geschlagen wurde, ist noch neu. Es hat mir zwar wohlgetan, mich einmal aussprechen zu können. Aber nun rühre nicht mehr daran, ich bitte dich – und ignoriere es, wenn du mich verändert findest.«

Rudolf von Kronau saß wie gelähmt. Er hatte Hasso die Worte von den Lippen gelesen. Ganz klar war es ihm, daß der Freund von einem Irrwahn befangen war. Die junge Dame, mit der er sich verlobt hatte, mußte dieselbe gewesen sein, die nach Lotte, vom Hause der Modistin aus, das Auto benutzt hatte. Sie hatte die Handtasche nicht bemerkt. Und sie war nun in einen falschen Verdacht gekommen.

Rudi atmete tief auf.

Das Schicksal hatte es seltsam gefügt, daß seines Freundes Glück nun davon abhängig war, daß er ihm die Wahrheit sagte – oder verschwieg. Einen Moment zauderte er. Durfte er Lottes Ruf preisgeben, um die Ehre einer anderen zu retten, um dem Freund das verlorene Glück zurückzugeben?

Er sprang plötzlich auf. Lotte sollte selbst entscheiden, ob er schweigen oder alles enthüllen sollte.

Die Hand des Freundes fassend, sagte er hastig: »Lieber Hasso, bitte, entschuldige mich einige Minuten, ich muß einmal nach meiner Frau sehen. Deine Erzählung hat mich tief erschüttert. Wir sprechen nachher noch darüber. Vielleicht – vielleicht tust du der jungen Dame unrecht – es gibt manchmal seltsame Zufälle.«

Hasso schüttelte den Kopf. »Du meinst es gut – aber laß nur, Rudi. Und nimm keinerlei Rücksicht auf mich, gehe ruhig zu deiner Frau.«

»Aber du versprichst mir, zu warten, bis ich zurückkomme, du bleibst hier an diesem Tische sitzen, nicht wahr?«

»Ja, ja – ich verspreche es dir.«

»Ich komme in wenigen Minuten zurück, Hasso.«

Damit eilte Kronau davon.

Hasso sah ihm mit trübem Lächeln nach. Der Glückliche, dachte er, und ein heißer Schmerz füllte wieder sein Herz.

Rudolf von Kronau war inzwischen zu seiner Frau geeilt. Als er zu ihr ins Zimmer trat, flog sie auf ihn zu.

»Nun, Rudi, wie steht es?«

Er zog sie neben sich nieder. »Lotti, hör zu, was ich eben von Hasso von Ried erfahren habe.«

Er erzählte ihr alles in großer Erregung. Sie lauschte mit großen Augen. Als er geendet hatte, richtete sie sich mit einem tiefen Atemzuge auf und faßte seine Hand.

»Rudi, nun weiß ich, weshalb du jetzt zu mir kamst. Du willst mich fragen, ob wir unter diesen Umständen die Wahrheit verschweigen dürfen.«

Er küßte ihre Hände. »Ja, Lotti, das will ich dich fragen.«

Sie sah ihm tapfer und gefaßt in die Augen. »Nein, Rudi, wir dürfen nicht schweigen. Das Glück zweier Menschen steht auf dem Spiel. Ich hätte nie mehr eine frohe, gute Stunde, wüßte ich mich an ihrem Unglück schuld. Herr von Ried muß alles wissen – alles. Es darf keine andere für mich leiden. Geh zu deinem Freunde – sag ihm alles!«

Da preßte Rudolf von Kronau seine junge Frau fest an sein Herz. »Du einzige, wundervolle Frau – ich wußte, daß du so sprechen würdest. Ich gehe zu Hasso und erlöse ihn aus seiner Pein. Da ist ja das Buch – ich will es mitnehmen – das brauche ich, um ihm alles zu erklären. Und fürchte dich nicht – Hasso soll dich kennenlernen, wie du bist – er soll nicht an dir zweifeln, wie er an dem Mädchen gezweifelt hat, das er liebt.«

XXV

Hasso saß noch immer in gedankenverlorener Haltung am Tisch, als Rudi wieder zu ihm trat.

»Da bin ich wieder, Hasso. Und nun komm mit mir hinüber in die Gartenanlagen. Da ist es jetzt still und ruhig. Ich habe dir eine Eröffnung zu machen, die dich vielleicht sehr erregen wird.«

Hasso sah ihn fragend an, erhob sich aber sogleich. »So komm.«

Sie gingen über die Terrassen nach dem Palmengarten und ließen sich in einer stillen, ruhigen Ecke auf einer Bank nieder, vor der ein kleiner runder Tisch stand. Auf diesen Tisch legte Rudi das Buch.

»Was hast du mir zu sagen, Rudi?« fragte Hasso.

Der sah ihn ernst und groß an. »Ich will dir eine schwere Last von der Seele nehmen, Hasso.«

Dieser fragte verwundert an: »Was willst du, Rudi?«

»Ich will dir sagen, Hasso, daß das Mädchen, das du liebst, unschuldig ist. Jener Brief, den du in der Handtasche fandest, war ein fingierter.«

Hasso schüttelte den Kopf. »Ein fingierter? Wie soll ich das verstehen?«

»Kannst du dich auf den Wortlaut des Briefes noch besinnen?«

»So ziemlich.«

»Nun – so lies einmal das.«

Rudi schlug an einer bestimmten Seite, die ihm wohl schon geläufig war, das Buch auf und bezeichnete dem Freund die Stelle.

Hasso las, und seine Augen weiteten sich betroffen. »Was ist das?«

»Erkennst du in diesem gedruckten Briefe dieses Romans den Inhalt des gefundenen?«

Hasso nickte erregt. »Ich glaube, es ist wörtlich derselbe. Was soll das heißen, Rudi?«

»Du sollst alles hören, mein Alter. Also die Handtasche, die du damals gefunden hast, ist dieselbe, die du vorhin im Besitz meiner Frau gesehen hast. Meine Frau hatte sie verloren, nicht die junge Dame, von der du sprachst. Lotte hat sie dann am nächsten Abend bei dir abgeholt, hat deinem Burschen Treumann etwas Geld als Finderlohn gegeben. Außer jenem Brief befand sich in der Tasche noch ein Schlüsselbund, eine Geldbörse und ein Taschentuch. Und hier – hier habe ich auch den Brief, den du unter der Chiffre C. H. an die Zeitungsexpedition sandtest, als Nachricht auf das Inserat meiner Frau, in dem sie ihren Verlust meldete.«

Er nahm einen Brief aus seiner Brieftasche, und reichte ihn Hasso.

Der faßte mit bebender Hand danach. Sein Gesicht war ganz farblos, die Augen hingen groß und brennend an des Freundes Gesicht.

Fassungslos starrte er nun auf sein eigenes Schreiben herab. Dann sagte er, heiser und erregt:

»Rudi – ich verstehe das nicht.«

Rudolf von Kronau faßte seine Hand. »Du wirst alles verstehen. Die junge Dame, mit der du dich verlobtest, muß dieselbe sein, die nach meiner Frau das Auto benutzte. Da die Handtasche zwischen Sitz und Wand eingeklemmt war, hat sie dieselbe nicht bemerkt. Du aber mußtest glauben, daß sie die Tasche verloren hatte. Wir, meine Frau und ich, wußten lange, daß du die Tasche gefunden hattest, und es hat uns schwere Sorge gemacht, als du jetzt die Handtasche erkanntest und sie immerfort ansahst. Wir mußten annehmen, du wüßtest alles, oder ahntest wenigstens die Wahrheit. Wenn du mir dein Herzenserlebnis nicht anvertraut hättest, hätte ich dir natürlich nicht gebeichtet. Als du es aber getan hattest, wußte ich, daß dein Glück davon abhängig war, daß ich sprach. Deshalb eilte ich zu meiner Frau und sagte ihr alles. Und sie sagte sofort: ›Herr von Ried muß alles wissen, das Glück zweier Menschen hängt davon ab‹.«

Hasso hatte sich vorgebeugt, und seine Hände umkrampften die des Freundes. »Rudi, ahnst du, was in mir vorgeht nach deiner Enthüllung?« stieß er hervor.

Rudolf nickte. »Ich kann mich sehr wohl in deine Lage versetzen, Hasso. Aber weil ich dir das gesagt habe, mußt du mich weiter anhören – du mußt erfahren, wie ich dazu kam, diesen fingierten Brief an meine Frau zu schreiben, die damals noch nicht einmal meine Braut war. Vorerst gebe ich dir aber freiwillig mein heiliges Ehrenwort als Offizier – und als dein Freund –, nie bestanden vor unserer Verheiratung Beziehungen zwischen meiner Frau und mir, wie sie aus diesem Brief ersichtlich sind. Der Brief war nur Mittel zum Zweck, um Lottis Mutter die Einwilligung zu unserer Verbindung abzuzwingen. Du weißt ja, wie ich bei der Rätin Wendt wohnte. Weder bei Tag noch bei Nacht hätte ich eine Dame dort empfangen können, ohne daß sie gesehen worden wäre. Du hast dich ja selbst oft genug über meine Zerberusse beklagt. Also höre mich an.«

Und Rudolf von Kronau erzählte dem Freund, wie Lotti den Brief aus dem Roman kopiert und ihn gebeten hatte, denselben Brief an sie zu schreiben, weil es das einzige Mittel sein würde, die Mutter zu einer Einwilligung zu zwingen.

Er schilderte alles genau und der Wahrheit gemäß,

auch von der Versöhnung mit seiner Schwiegermutter, nachdem Lotti ihr gestanden hatte, daß der Brief nur ein fingierter gewesen sei. Und dabei schilderte er Lottis ganzes, opfermutiges Verhalten in dem hellsten Licht, zugleich aber auch ihre Angst um den verlorenen Brief in der Handtasche.

»Zur Beurteilung meiner Frau«, fuhr er fort, »möchte ich dir noch folgendes sagen: So sehr sie sich fürchtete vor einer Mißdeutung dieses fingierten Briefes, zögerte sie keinen Augenblick, mich zu bitten, dir alles zu sagen. Sprich, Hasso, glaubst du mir, daß auf der Ehre meiner Frau auch nur der leiseste Hauch eines Makels ruht?«

Hassos Augen glänzten feucht. Eine furchtbare Last war von seiner Seele genommen, so plötzlich, daß er es noch nicht fassen konnte, daß er an ein Wunder glauben mußte. Er drückte krampfhaft des Freundes Hand.

»Ich glaube dir, Rudi, deine Frau muß ein anbetungswürdiger Engel sein. Geh zu ihr, sage ihr, ich lasse sie bitten, meinen innigen Dank entgegenzunehmen. Und dann entschuldige mich für heute. Ich fahre sofort nach Kairo zurück, packe meine Sachen und reise heim. Nicht eine Stunde länger als nötig darf ich zögern, denn – ach mein Gott – sie, die ich liebe, wie muß sie leiden wegen meines grundlosen Mißtrauens. Und doch – wie konnte ich anders, als sie für die Besitzerin der Handtasche halten. Ihre Anfangsbuchstaben sind C. H., das ›von‹ fehlt ja meist bei Monogrammen.«

»Es hieß aber in diesem Fall ›Charlotte Harder‹«, warf Rudolf ein. »Und hoffentlich wird noch alles gut. Aber nun warte hier einige Minuten, jetzt will ich meine Frau holen.«

Eilig lief er davon, Hasso in einem Chaos von Empfindungen zurücklassend.

Rudolf kam nach wenigen Minuten mit seiner Frau zurück. Hasso erhob sich und ging ihnen entgegen, mit einem erregt zuckenden Gesicht. Er führte Lotti von Kronaus Hand ehrerbietig an seine Lippen. »Meine hochverehrte, gnädige Frau, zuweilen sendet der Himmel einen Engel auf die Welt, der gnadenvolle Wunder tut an uns Menschen und Glück und Freude für trostlose Herzen spendet. Solch ein Engel sind Sie. Ich danke Ihnen innig für Ihre Seelengröße.«

Lotti sah ihn mit frohen, strahlenden Augen an. »Lieber Herr von Ried, es war doch selbstverständlich, daß ich nicht eine Schuldlose für mich leiden ließ. Sie hat es wohl schon zuviel getan.«

»Was Ihnen selbstverständlich erscheint, hätten vielleicht hundert andere an Ihrer Stelle nicht getan. Ich bin Ihnen so viel Dank schuldig. Und da das Gebet guter Menschen doppelt wirksam ist, bitte ich Sie, für mich zu beten, daß ich Verzeihung finde für mein Mißtrauen, meinen Unglauben.«

Lottis Augen glänzten feucht. »Ich will herzlich und innig darum beten. Doch seien Sie ganz getrost, Herr von Ried, wenn Sie geliebt werden, finden Sie auch Verzeihung. Eine liebende Frau kann alles verzeihen, wenn sie nur weiß, daß sie geliebt wird. Und ihre eigenen Schmerzen und Leiden werden Ihre eifrigsten Fürsprecher sein.«

»Ich danke Ihnen für dieses gute Wort, verehrte, gnädige Frau.«

Sie atmete tief auf. »Nun ist auch mir ein schwerer Stein vom Herzen gefallen. In all meinem Glück hatte ich immer eine heimliche Angst, Sie könnten Rudis Handschrift in dem Briefe erkannt haben, und ich fürchtete mich vor einem Zusammentreffen mit Ihnen.«

»Das tut mir herzlich leid. Nein – ich hatte die Handschrift nicht erkannt. Rudis Briefe an mich waren immer mit der Schreibmaschine geschrieben. Ich hoffe, Sie wissen nun, daß Sie keine Ursache hatten, sich vor einer Begegnung mit mir zu fürchten.«

Rudi hatte mit strahlenden Augen dabeigestanden und zog nun Lottis Arm durch den seinen. Die drei Menschen gingen langsam auf den breiten, sorgsam gepflegten Wegen durch die Gartenanlagen und plauderten zusammen in herzlichster Weise. Leise klang die Musik von der Terrasse zu ihnen herüber.

Hasso hatte noch eine Stunde Zeit, bis der nächste Zug nach Kairo zurückfuhr. Die wollte er in Gesellschaft des jungen Paares verbringen. Er mußte versprechen, sofort zu depeschieren, wenn alles wieder gut war zwischen ihm und Carry.

Frau Lotti gefiel ihm sehr. Er fand, daß sein Freund Norbert recht gehabt hatte, als er sie in seinem Brief einen reizenden, wertvollen Menschen genannt hatte.

Kronaus überlegten schnell, mit nach Kairo hinüberzufahren, um etwas länger mit Hasso zusammen sein zu können. Er nahm dies Anerbieten erfreut an.

So machte sich das junge Paar schnell reisefertig. Sie fuhren mit Hasso nach Kairo und blieben den Abend mit ihm zusammen. Hasso konnte erst am nächsten Morgen weiterreisen. Und da war es ihm eine Wohltat, mit Kronaus zusammen zu sein. Mit ihnen konnte er wenigstens von seiner Carry sprechen.

Ehe sie sich spät am Abend trennten, versprachen sie einander, im Sommer in Neuhalden zusammenzutreffen.

Am nächsten Morgen nahmen Kronaus mit Hasso noch das Frühstück zusammen ein. Sie waren in demselben Hotel geblieben und wollten erst im Laufe des Tages nach Heluan zurückkehren.

Nach herzlichem Abschied von dem jungen Paar trat Hasso die Heimreise an.

Er legte sie ohne jede Unterbrechung zurück. Und doch flog ihm seine Sehnsucht ungeduldig voraus.

Sein ganzes Wesen war in einem unbeschreiblichen Aufruhr. Er begriff sich jetzt selbst nicht mehr, daß er an Carrys Reinheit hatte zweifeln können. Und er ging deshalb streng mit sich ins Gericht, obwohl er vordem nicht anders hatte handeln können.

Flüchtig kam ihm auch der Gedanke, daß Carry davon gesprochen hatte, sie hätte ihm später etwas beichten wollen. Was würde sie ihm Großes zu beichten haben? Da sie es vergessen hatte, konnte es nichts Wichtiges sein – vielleicht irgendeine unschuldige Backfischschwärmerei, die längst hinter ihr lag, oder sonst eine harmlose Kleinigkeit.

Wie froh war er, daß Rudi ihm die volle Wahrheit gesagt hatte, wie dankbar gedachte er seiner Frau, die großherzig ihre Furcht vor einer Mißdeutung überwand, um ihm seine Herzensruhe wiederzugeben. Hätte sie es nicht getan, dann –

Er atmete tief und schwer, als er sich ausmalte, wie freudlos und öde sich sein Leben dann gestaltet haben würde und, was noch viel schlimmer war, wie schwer Carry hätte leiden müssen. Wenn er an Carrys Schmerz und Jammer dachte, den er ihr durch seinen Unglauben zugefügt hatte, dann überlief es ihn heiß und kalt. Was mußte sie nur von ihm denken? Wie würde sie sich sein seltsames Benehmen erklärt haben? Würde sie ihm verzeihen können?

Das Herz klopfte ihm hart und laut vor angstvoller

Liebe und Sehnsucht. Seine Gedanken riefen unablässig nach Carry. Er gab ihr tausend zärtliche Namen und bat sie in seinem Innern immer und immer wieder um Verzeihung. Er wünschte sich, fliegen zu können, um das Ziel seiner Sehnsucht schneller erreichen zu können.

Erst hatte er depeschieren wollen, daß ein unseliger Irrtum ihn fortgetrieben habe, um sie nicht länger in Unruhe zu lassen. Aber wie sollte er die Worte wählen, um Aufsehen zu vermeiden und sich doch verständlich zu machen?

So unterließ er es.

In denkbar kürzester Zeit legte er die Reise zurück, aber sie schien ihm doch eine Ewigkeit zu dauern. Und seine Unruhe wuchs von Stunde zu Stunde. Er fragte sich, wie er Carry antreffen, wie sie ihn empfangen würde. Er hatte ihr doch seine schmerzliche Verachtung deutlich genug gezeigt.

Ganz heiß machte ihm dieser Gedanke. Und wenn er daran dachte, was geworden wäre, wenn ihn das Schicksal nicht gerade nach Ägypten geführt, wenn Frau von Kronau nicht ihre goldene Elefantentasche bei sich gehabt hätte, als sie zusammentrafen, dann biß er die Zähne zusammen vor Erregung. Er mußte an eine Schicksalsfügung glauben, wenn er bedachte, wie willenlos er sich den Eingebungen des Augenblicks überlassen hatte.

Qualvoll war ihm die lange Dauer der Reise. Die Stunden dehnten sich zu Ewigkeiten, und wenn er zu einem unvorhergesehenen Aufenthalt gezwungen wurde, fieberte er vor Unruhe und Aufregung.

XXVI

Carry von Hartenfels hatte ihre Tage in qualvollem Trübsinn verbracht. Sie konnte nicht ruhig werden über das, was ihr geschehen war.

Als Tag um Tag verging, ohne daß eine Nachricht von Hasso eintraf, überließ sie sich einer trostlosen Verzweiflung. Ihre Mutter war in schwerer Sorge um sie und suchte vergeblich, sie ein wenig aufzuheitern.

Mit aller Pracht war der Frühling ins Land gezogen. Wie zartes Federgekräusel zierte das helle lichte Grün die Wälder. Auf den Wiesen blühten die Frühlingsblumen, und die Vögel sangen und jubilierten in jauchzender Lebensfreude. Der Mai hielt seinen Einzug wie ein rechter, echter Wonnemonat.

Aber Carry sah mit blassem Gesicht und traurigen Augen auf die blühende, grünende Pracht und ging müde mit ihrem schwerbedrückten Herzen umher. Fast den ganzen Tag hielt sie sich im Freien auf. Im Hause hatte sie ein Gefühl, als müßten sie die Mauern erdrücken.

Fast täglich stieg sie mit langsamen Schritten den Berg hoch und schaute hinab auf das Schloß mit den sieben Türmen. Ein bitteres Lächeln umspielte ihren Mund, wenn sie an die Prophezeiung der Zigeunerin dachte. Ihr Schicksalsweg würde nicht über den Berg in das Schloß mit den sieben Türmen führen, sie würde nicht als dessen Herrin ein langes, glückliches Leben führen. Immer würde sie nur abseits stehen und mit ihrer heißen Sehnsucht, mit ihren qualvollen Schmerzen ringen.

So stieg sie auch heute an dem wundervollen Frühlingstag den Berg hinan. Ein weichfallendes, schlichtes weißes Kleid fiel an ihrer schlanken Gestalt herab. Den

Hut trug sie an einem Band am Arm, so daß der Frühlingswind ungehindert mit den blonden, goldflimmernden Locken auf ihrer Stirn spielen konnte.

Als sie oben angelangt war, sah sie mit ihren großen, traurigen Augen, die den hellen, strahlenden Glanz verloren hatten, auf Schloß Marwedel herab. Und dann warf sie sich müde auf einen Abhang, der mit hohem Rasen und zahllosen großen Sternenblumen bedeckt war. Ihr blasses Gesicht zuckte, und unter den geschlossenen Lidern hervor quollen große Tränen und rollten über ihre Wangen herab.

Es war ein lautloses, schmerzliches Weinen, das die Seele erschütterte und keine Befreiung brachte. Ihre Sehnsucht rief nach dem Geliebten, der fern von ihr war und Schmerzen litt wie sie. Warum – warum?

»Hasso, wie lange willst du mich noch so leiden lassen? Was trennt dich von mir – was habe ich verbrochen, daß du so von mir gehen konntest?«

So sprach ihre Seele mit dem Verlorenen. Und die Tränen rannen haltlos über das blasse Gesicht.

So fand Hasso die Geliebte.

Er war vor einer Stunde in Marwedel eingetroffen, plötzlich und unerwartet, wie er abgereist war. Er hatte sich nur schnell umkleiden und dann nach Hartenfels fahren wollen. Aber unwillkürlich waren seine Blicke nach dem Berge hinaufgeflogen und da hatte er ein weißes Frauenkleid durch das zarte Waldesgrün schimmern sehen.

Ein halberstickter Ausruf kam über seine Lippen, und wie an jenem Tage, da er ihr seine Liebe gestanden hatte, eilte er quer durch das Unterholz den steilen Abhang hinan, so schnell er konnte.

Dicht neben dem Platze, wo Carry in ihrem haltlosen

Schmerz saß, trat er zwischen den Bäumen hervor. Carry sah ihn nicht, da sie die Augen geschlossen hielt. Er sah ihr blasses, schmerzverzogenes Gesicht, ihre lautlosen Tränen, die ihn anklagten. Der Anblick schnitt ihm ins Herz.

Er stürzte auf sie zu, warf sich neben ihr in die Knie und faßte ihre Hand.

»Carry – meine heißgeliebte Carry, ich wage es kaum, um deine Verzeihung zu bitten. Aber um meiner eignen qualvollen Schmerzen willen bitte ich dich – vergib mir, daß ich dir dies Leid angetan habe«, stieß er atemlos hervor.

Sie war zusammengezuckt und sah ihn erschrocken an. Dann sprang sie mit einem Ruck empor. Sie löste hastig ihre Hand aus der seinen. In diesem Augenblick siegte ihr Stolz über ihre Liebe. Ihre Tränen versiegten.

»Herr von Ried, Sie scheinen zu glauben, daß die Freiin von Hartenfels ein Spielzeug für Sie ist, das Sie nach Laune und Willkür behandeln können. Ich bin allerdings an Überraschungen gewöhnt von Ihrer Seite. Aber nach der Art, wie Sie mich vor Wochen von sich gestoßen haben, begreife ich nicht, wie Sie den Mut fanden, mir wieder in den Weg zu treten.«

Er sah in ihre flammenden Augen, in ihr zuckendes Gesicht. Und wieder faßte er ihre Hand und hielt sie trotz ihres Widerstrebens fest. Flehend sah er zu ihr auf, in seiner Stellung verharrend.

»Du hast ein Recht, Carry, dich stolz von mir zu wenden, weil ich dich mit einem unbegründeten Mißtrauen quälte. Aber du mußt mich anhören, mußt dir sagen lassen, was für ein unseliger Irrtum mich von dir getrieben hat. Ach, meine heißgeliebte Carry, ahntest du, was ich gelitten habe, du zürntest mir nicht. Glaube mir, ich habe mir selbst am wehesten getan.«

Sie zitterte trotz aller Selbstbeherrschung am ganzen Körper. Ihre Augen, die in abwehrendem Stolz auf ihn geblickt hatten, verloren den harten, glänzenden Ausdruck. Sie trübten sich. Sie sah in seinen Zügen – diesen heißgeliebten Zügen – daß er gelitten hatte wie sie, sah, daß er noch litt und sie voll heißen Flehens ansah. Fest preßte sie die Lippen aufeinander. Und dann atmete sie tief auf und sagte heiser:

»Ich glaube nicht, daß wir uns noch etwas zu sagen haben. Sie haben mich so verächtlich von sich gestoßen, daß ich mich tief verletzt fühlen mußte, denn ich bin mir keiner Schuld bewußt gewesen, und weiß nicht, was Sie mir zum Vorwurf machen konnten.«

Er preßte ihre Hände an seine heißen, brennenden Augen, an seine Lippen.

»Carry, ich weiß heute, daß ich in unsinniger Verblendung, in qualvollem Irrtum wie ein Sinnloser gehandelt habe. Aber bedenke, daß nur meine große, tiefe Liebe zu dir mich so sinnlos machte vor Schmerz. Carry – ein lieber, wertvoller Mensch, der mir die Binde von den Augen nehmen ließ, sagte zu mir, als ich, zugleich beglückt und entsetzt, meinen Irrtum erkannte und voll heißer Sorge war, ob du mir verzeihen würdest: ›Wenn Sie geliebt werden, finden Sie auch Verzeihung!‹ Carry, hast du mich nicht mehr lieb? Hat mein verhängnisvoller Irrtum alles in dir ertötet, was du für mich gefühlt hast?«

Sie sah mit leidvollen Augen in die Ferne.

»Ich glaube, in meinem Herzen ist alles tot und erstorben, was darin geblüht hat. Sie selbst haben mit grausamer Hand alles zerstört und vernichtet.«

Er barg sein Gesicht in ihrer Hand.

»Nein, Carry – nein – um meiner Schmerzen willen – das darf nicht sein. Glaube doch nicht, daß du mich strafen mußt. Ach, mein Gott – wie grausam habe ich mich selbst gestraft. Laß mir die Hoffnung, daß ich wieder aufwecken kann, was ich zerstört habe. Ach, du mein holdes, geliebtes Leben, sieh in mein Herz und glaube mir, ich bin so wenig schuldig wie du, daß dieser Sturm über uns dahinbrauste. Weil ich dich hochhalte über alles, deshalb brachte es mich von Sinnen, als ein unseliger Irrtum mir Schatten auf deinem Bild zeigte. Willst du mir nicht erlauben, dir alles zu erklären? Bitte, höre mich an. Und wenn du alles weißt, und du verdammst mich dann noch – dann will ich mich deinem Urteil fügen. Aber erst hör mich an.«

Ihre Augen sahen unsicher zu ihm herab. Und als sie mit den seinen zusammentrafen, als sie sah, daß er noch immer litt, erzitterte sie.

Sie hatte ihrem mädchenhaften Stolz Genüge getan, war hart gewesen, wo sie vor Sehnsucht und Liebe hätte aufschreien mögen. Nun schmolz der Stolz dahin unter dem heißen, zwingenden Bann seiner Augen, die noch die alte Macht über sie hatten.

»Sprechen Sie – ich will Sie nicht ungehört verdammen – wie Sie es mit mir getan«, sagte sie mit bebender Stimme.

Da sprang er auf und faßte ihre beiden Hände. Und heiser vor Erregung, seine Augen nicht von ihrem Antlitz lassend, sagte er ihr alles. Von ihrem ersten Zusammentreffen an, von dem Fund der Handtasche und des Briefes, bis zu der plötzlichen Aufklärung seines Irrtums durch seinen Freund Kronau.

Alles sprach er sich vom Herzen. Die Qual der rastlosen Reise schilderte er ihr, bis zu der sehnsüchtigen

Unrast auf seiner Heimreise. Und als er mit seinem Bericht zu Ende war, atmete er tief auf, sah ihr mit heißem Flehen in die Augen und sagte mit verhaltener Stimme:

»Nun weißt du alles, Carry – nun sprich mein Urteil. Sage mir, Carry, ist meine Schuld in deinen Augen unverzeihlich? Entsprang sie nicht nur meiner übergroßen Liebe? Sprich, Carry – kannst du mir verzeihen?«

Sie hatte in zitternder Erregung zugehört. Die Farbe kam und ging auf ihrem Antlitz. Plötzlich lösten sich große Tränen aus ihren Augen. Und leise sagte sie, ihn mit der alten innigen Liebe ansehend:

»Ich habe dir nichts zu verzeihen, du Armer. Wir waren beide Opfer eines Irrtums.«

Da zog er sie mit einem zitternden Aufatmen fest in seine Arme. Voll unaussprechlicher Zärtlichkeit küßte er ihr die Tränen fort.

»Weine nicht, Herzlieb – du sollst, wenn ich es verhüten kann, nie mehr um mich weinen«, sagte er innig.

Und seine Lippen suchten und fanden die ihren. In diesem Kusse erstarb alles Leid, und die ganze heiße Seligkeit ihrer Liebe erwachte wieder zu neuem Leben.

Lange hielten sie sich umschlungen im Bewußtsein, nun wieder einander anzugehören auf ewig.

Endlich löste sich Carry aus Hassos Armen. »Nun laß uns zu Mamascha gehen, Hasso. Sie hat mit mir und um mich gelitten, wir wollen sie erlösen.«

Er richtete sich auf. »Ich fürchte mich! Sie wird mir eine strengere Richterin sein als du.«

Lächelnd schüttelte Carry den Kopf. »Nein, Hasso, sie wird nicht richten, sie hat dich beklagt, wie sie mich beklagte, und behauptete immer wieder, es müsse ein Irrtum zwischen uns liegen, der aufzuklären sein würde.

Sie wartete nur auf deine Adresse, um es tun zu können.«

Er preßte ihre Hand an seine Lippen, an seine Augen. »Wie ein holder Traum ist es mir, daß ich wieder Seite an Seite mit dir gehe. Nun sind alle Schatten zwischen uns geschwunden.«

Ihr leuchtendes Gesicht wurde ernst. »Etwas muß ich noch zur Sprache bringen, daß alles klar zwischen uns wird, mein Hasso. Ich sagte dir damals, daß ich dir etwas zu beichten habe. Das sollst du hören.«

Er drückte ihren Arm an sich und lächelte. »Was es auch sei – ich weiß, daß es uns nicht trennen kann. Du wirst mir eine kleine, harmlose Backfischschwärmerei beichten wollen.«

Sie schüttelte ernst den Kopf. »Es ist weniger – oder mehr. Höre mich an. Du fragtest mich, ob ich vor dir einen andern geliebt, einen andern in Liebe geküßt habe. Ich sagte dir nein. Aber – ich habe mich einem Manne verlobt – ohne Liebe – und ihn auch ein einziges Mal geküßt.«

Er zuckte nun doch betroffen zusammen. »Du warst schon mit einem andern verlobt?« fragte er unruhig.

Aber als sie mit ihren klaren, stolzen Augen zu ihm aufblickte, wurde er ruhig.

»Es war ein Sterbender, Hasso, und er hatte mich geliebt, wie mich ein Mensch nur lieben kann in edelster, lauterster Art. Ich konnte ihn nicht lieben, sah in ihm nur meinen besten, treuesten Freund. Und um ihm, der keine Ahnung hatte, daß er sterben mußte, noch eine glückliche Stunde zu schaffen, verlobte ich mich in einer frommen Lüge mit ihm und küßte ihn, auf seinen heißen Wunsch, ein einziges Mal. Es war dein Vetter, Kurt von Ried.«

Hasso atmete tief auf. »Das also war es, was du mir zu beichten vergessen?«

»Ja, Hasso, in meiner Glückseligkeit vergaß ich meinen toten Freund. Er hat mich jahrelang treu geliebt und infolge einer Prophezeiung fest daran geglaubt, daß ich seine Frau werden würde, obwohl ich ihn wieder und wieder abwies und ihn eigentlich recht schlecht behandelt habe. Als ich ihn aber dann nach jenem furchtbaren Unglück vor mir liegen sah, ein vom Tode schon Gezeichneter, der nur noch Stunden zu leben hatte, ohne daß er es ahnte, da hatte ich nur den einen Wunsch, ihm das Sterben leichtzumachen, ihm so viel Liebes zu tun, wie sich in diese kurzen Stunden hineindrängen ließ. Du kannst mich nicht mehr und treuer lieben, als er es tat. Er starb wie ein Glücklicher, schlief sanft ein im seligen Bewußtsein, daß sich die Prophezeiung, auf die er baute, nun erfüllen würde.«

»Was war das für eine Prophezeiung, Carry?« fragte er ernst.

Sie sah mit ihren leuchtenden Augen in die seinen. »Eine Zigeunerin wahrsagte mir, mein Schicksalsweg führe über den Berg in das Schloß mit den sieben Türmen, als dessen Herrin ich ein langes, glückliches Leben führen werde. Du weißt doch, daß Schloß Marwedel sieben Türme hat.«

Er zog sie jäh an sich. »Herzlieb – sie soll in Erfüllung gehen, diese Prophezeiung. Bald hole ich dich heim in das Schloß mit den sieben Türmen als meine geliebte Herrin.«

»Das war es, was ich vergessen hatte, dir zu beichten, und ich glaubte, davon sprächst du, als du mir den Vorwurf machtest, ich hätte dich belogen.«

Er drückte ihre Hand an seine Augen und Lippen.

»Meine süße, liebe Carry, wie hätte ich dir aus dieser barmherzigen Tat einen Vorwurf machen können? Du hast recht getan. Du wärst dir nicht selbst treu geblieben, hättest du Kurt diese Tröstung versagt. Ich lieb' dich um so mehr darum, du mein goldenes, liebes Herz.«

Sie schmiegte sich an ihn.

»Und nun ist alles klar zwischen uns.« –

Als sie vor dem Hartenfelser Herrenhaus ankamen, stand Frau von Hartenfels auf der Terrasse und sah ihnen entgegen. Sie legte die Hand über die Augen, als sähe sie nicht recht, und kam dem jungen Paar dann in heller Aufregung entgegen.

Sie sah in die beiden glückstrahlenden Gesichter, und ihre Augen leuchteten fast so hell wie die ihrer Tochter.

»Kinder – meine Kinder – habt ihr euch nun wieder zusammengefunden über Irren und Wirren hinweg? Ist alles wieder gut?«

Carry flog ihr um den Hals. »Mamascha, du hattest recht – es war ein verhängnisvoller Irrtum, der uns trennte.«

Die Mutter küßte froh ihr Kind. »Also doch ein Irrtum?«

»Ja, Mamascha – und Hasso ist so wenig schuld daran wie ich. Zanke nicht mit ihm.«

Frau von Hartenfels reichte Hasso, der bittend vor ihr stand, die Hand.

»Wie soll ich zanken, wenn ich eure glücklichen Augen sehe? Ist nun alles wieder gut?«

Er führte ihre Hand an seine Lippen. »Gottlob – es ist alles wieder gut. Lassen Sie sich danken, teure Mama, daß Sie mich so gnädig und gütig aufnehmen. Und ich bitte Sie, meine Rechtfertigung zu hören.«

»Das will ich tun. Kommen Sie herein in mein Zimmer und sagen Sie mir alles.«

Und Hasso erklärte nun auch ihr seinen verhängnisvollen Irrtum und dessen Aufklärung.

Aufmerksam hörte sie zu, und ihre Augen wurden feucht. Als er zu Ende war, faltete sie ihre Hände.

»Mein Gott im Himmel, wie wenig gehört dazu, ein Menschenglück zu zerstören. Aus diesem Beispiel kann man wieder einmal die Lehre ziehen, daß man nichts und niemanden verurteilen soll, wenn man nicht volle Beweise hat – und wenn man nicht vorher Gelegenheit zur Rechtfertigung gab. Und der kleinen tapferen Frau von Kronau will ich von Herzen dafür danken, daß sie der Wahrheit die Ehre gab, so peinlich sie auch für sie war, sonst wäre meine Carry unglücklich geworden – und Sie auch, mein lieber Sohn.«

Er küßte ihre Hand.

»Verehrte Mama, ich danke Ihnen für Ihr gütiges Verstehen und Verzeihen.«

Die drei glücklichen Menschen saßen nun lange beisammen und hatten sich viel zu sagen.

Dann gedachte Hasso aber des Versprechens, das er Kronaus gegeben hatte. Er sandte eine Depesche an sie ab, die folgenden Inhalt hatte:

»Ein glückseliges Brautpaar sendet herzliche Grüße und der lieben, tapferen Frau von Kronau herzinnigen Dank. Hasso und Carry.«

Die Hochzeit des jungen Paares wurde nicht lange hinausgeschoben. Bereits Ende August zog Carry als Herrin in das Schloß mit den sieben Türmen ein.

Und an der Hochzeitsfeier nahmen alle drei Freunde Hassos teil. Baron Platen und Rudolf von Kronau waren natürlich in Begleitung ihrer jungen Frauen gekommen und Leo von Holms hatte sich Schwester und Schwager angeschlossen. Er hatte tatsächlich seine Farm an Herrn Deckmann verkauft, und zwar nach langem Her und Hin zu dem Preis, den er dafür hatte erzielen wollen.

Deckmanns hatten aber doch dafür gesorgt, daß sie auf ihre Rechnung kamen. Sie hatten sich Leo von Holms, ob er wollte oder nicht, auf der Heimreise nach Deutschland angeschlossen, und er hatte sie einfach nicht loswerden können, bis er mit ihnen in Schloß Neuhalden eintraf.

»Lieber Norbert, ich nehme es dir nicht übel, wenn du mich samt Deckmanns an die Luft setzest – aber es war mir nicht möglich, Herrn Deckmann die Überzeugung beizubringen, daß ihr seinen Besuch als eine von den sieben Landplagen ansehen würdet. Du weißt, seiner unverfrorenen Dreistigkeit ist nicht zu widerstehen«, hatte er gesagt.

Norbert und Lena nahmen den Deckmannschen Überfall humoristisch und beruhigten Leo lachend.

Deckmanns hatten also gesiegt und machten sich in Neuhalden breit.

»Ich bin doch neugierig, wie lange sie sich hier festsetzen?« hatte Leo gefragt.

»Nun – sie können auf keinen Fall länger bleiben als wir selbst – und heute in vierzehn Tagen reisen wir nach Marwedel, um Hassos Hochzeit zu feiern«, hatte Norbert erwidert.

Leo aber hatte die Hände zusammengeschlagen.

»Erbarm dich – die gehen auch noch mit nach Marwedel zur Hochzeit. Bei mir haben sie sich auch schon als Besuch angekündigt, wenn ich erst in Thüringen auf meinem Gut sitze.«

Norbert hatte gelacht.

»Es sind halt liebe, anhängliche Menschen. Aber nach Marwedel dürfen sie nicht mit, das müssen wir verhindern – um jeden Preis.«

Bei Tisch war dann die Rede darauf gebracht worden, daß Baron Platen mit seiner Frau und seinem Schwager nach Marwedel reisen würden und daß man daher die Gäste nur so lange aufnehmen könne.

»Ah, Sie reisen nach Schloß Marwedel? Das ist doch das Majorat unseres lieben Freundes, Herrn von Ried, der uns leider ganz aus den Augen gekommen ist«, bemerkte Herr Deckmann erregt.

»Ganz recht, Herr Deckmann, wir sind dort zu einer intimen Familienfeier geladen. Hasso von Ried hält nämlich Hochzeit«, erwiderte Baron Platen. Die schöne Frau Ilona, die mit flammenden Augen bei der Erwähnung von Hassos Namen aufgeblickt hatte, ließ jetzt die Lider über die Augen fallen.

»Herr von Ried ist verlobt?« fragte sie und nagte nervös an der Unterlippe.

»Ja, er ist ein sehr glücklicher Bräutigam.«

Diese Auskunft hatte Frau Ilona anscheinend nicht sehr befriedigt.

Herr Deckmann hatte zwar unverfroren gesagt: »Diese Hochzeit müßten wir eigentlich mitfeiern, als alte Bekannte. Herr von Ried war ja unser lieber Gast auf der Ilonafarm, er würde sich sicher freuen, wenn wir kämen. Na – und ein Hochzeitsgeschenk, das sich sehen lassen könnte, würden wir machen, was, Ilona?«

Aber zum Glück hatte Frau Ilona keine Lust, Zeugin von Hasso von Rieds hochzeitlichem Glück zu werden.

»Wir werden dazu keine Zeit haben. In acht bis zehn Tagen gehen wir doch von hier aus nach Ostende. Ich habe mich mit der Gräfin Rheyd dorthin verabredet«, sagte sie stolz und gleichzeitig entsagungsvoll.

Und Herr Deckmann fand es nun auch pompöser, sich mit der Gräfin Rheyd auf der Ostender Strandpromenade zu zeigen, als sich als ungeladener Hochzeitsgast in Marwedel einzuschmuggeln.

So war man die ungebetenen Gäste in Neuhalden schneller losgeworden, als man gehofft hatte. Und Herr Deckmann konnte in Ostende der Gräfin Rheyd versichern, daß sein Freund, Baron Platen auf Schloß Neuhalden, untröstlich gewesen sei, daß er seinen Besuch bei ihm nicht länger ausdehnen konnte. Um historisch zu bleiben, sei bemerkt, daß die Gräfin Rheyd ein wenig an der Wahrheit dieser Worte zweifelte. Jedenfalls konnten Platens mit Leo von Holms nun in frohester Stimmung zu Hassos Hochzeit reisen.

Dieselbe verlief in glänzender und stimmungsvollster Weise.

Lotti von Kronau und die Baronin Lena Platen schlossen mit Carry einen Freundschaftsbund.

»Wir müssen treu zusammenhalten, um das ideale Freundschaftsverhältnis unserer Männer nicht zu stören«, sagte Lotti in ihrer lieben, frischen Art.

Lena und Carry stimmten herzlich zu. Und es wurde während der Hochzeitsfeier beschlossen, daß die vier Freunde und die jungen Frauen jedes Jahr zweimal auf längere Zeit zusammenkommen sollten, einmal im Winter in Berlin bei Kronaus und einmal im Sommer abwechselnd in Neuhalden und Marwedel. – –

Hasso und Carry waren wunschlos glücklich und hatten längst alle Schmerzen vergessen, die sie umeinander gelitten hatten.

Das Hochzeitsgeschenk, das Kronaus der jungen Freifrau von Ried zu Marwedel machten, war eine genaue

Kopie der goldenen Elefantentasche, die eine so große Rolle in ihrem Herzensroman gespielt hatte.

Carry versprach, sie in hohen Ehren zu halten.

Leo von Holms saß als einziger Junggeselle zwischen seinen verheirateten Freunden, und er hielt einen launigen Toast auf die drei jungen Paare. Er erklärte es für seine Pflicht, dem Beispiel seiner drei Freunde bald nachzueifern.

Und er hat Wort gehalten.

Von Marwedel aus reiste er gleich nach der Hochzeit mit Schwester und Schwager auf das Thüringer Gut, das ihm Norbert verkauft hatte. Norbert führte seinen Schwager dort als Herrn ein und reiste dann mit seiner Gattin nach Neuhalden zurück.

Leo lebte sich recht gut ein und lernte sehr bald eine reizende, junge Dame kennen, die Besitzerin eines Gutes, das in seiner nächsten Nachbarschaft lag. Sie war Waise und unumschränkte Herrin ihres Besitzes. Leo von Holms eroberte ihr Herz im Sturm, und um die Weihnachtszeit kündete er telegrafisch seinen drei Freunden:

»Seine Verlobung mit Baronesse Hilda von Schönau meldet euch hochbeglückt

der letzte Junggeselle in Eurem Bunde, Leo.«

Und um die Pfingstzeit feierten die Freunde die Hochzeit des letzten Junggesellen. Es war ein fröhliches Fest, und vier jungen Paaren strahlte das helle Glück aus den Augen.

Am hellsten aber strahlte es aus den Augen Carrys und Hassos.